내 이름은……

레이지 슬로터 돌즈

과거에는 회사에 헌신하는

보잘것없는 월급쟁이였지만,

지금은 대마왕님에게 헌신하는

보잘것없는 마왕이다.

타락의 왕
Sloth
Devil

「레이지 님, 오늘 저녁에 드시고 싶은 것이 있을까요?」

「제가 말했죠? 상대는 그…… 폭식의 마왕이라고.」

「레이지 전속 메이드」
로나

「검은 사도」
메르비우스

타락의 왕

Sloth Devil

Author 츠키카게
TSUKIKAGE
Illust. 에레트 사와루

He does everything in a slovenly way.

Index

Acedia
Chapter.1 ———— 나태 ————   005

제1화 아~ 귀찮아   006

제2화 평화주의자야   010

제3화 딱히 니트인 건 아니다   015

제4화 타락과 나태   027

Avaritia
Chapter.2 ———— 탐욕 ————   039

제1화 영광과 보구도 쌓아 왔다   040

제2화 하드한 이야기구먼   046

제3화 이 녀석의 갈망과 내 갈망은 충돌하지 않아   056

제4화 자, 찬탈을 시작하자   063

Luxuria
Chapter.3 ———— 색욕 ————   073

제1화 일찍이 색욕의 마왕은 말했다   074

제2화 질 수는 없다   084

제3화 이해할 수 없다   099

제4화 차라리 납득할 수 있어   117

Chapter.4 ──── ^{Ira}**분노**──── 129

제1화 떠올리기만 해도 화가 나 130

제2화 죽어라! 140

제3화 뭐 이런 놈이 다 있어 152

제4화 헛~소~리~ 하~지~ 마~! 176

Chapter.5 ──── ^{Gula}**폭식**──── 199

제1화 이 세계는── 지옥이다 200

제2화 그 맛을 봐 주겠어요 204

제3화 잘 먹겠습니다 219

제4화 잘 먹었습니다 245

Epilogue. ──── 승리의 대가 ──── 269

Extra ────Skill Tree 289

후기 298

일러스트 : 에렉트 사와루

《공(空)의 지름길》
숏컷
자신의 왕령(王領) 내 한정의 순간 이동 능력

《신기하고 편리한 공(空)의 오른손》
미라클 원더 라이트핸드
오른팔과 연동한 염동계 원거리 스킬. 주로 멀리 있는
것을 가져올 때 쓴다. 깨지더라도 실제 오른손에 피해
가 돌아오지는 않는다.

《신기하고 편리한 공(空)의 왼손》
미라클 원더 레프트핸드
왼팔과 연동한 염동계 원거리 스킬. 주로 멀리 있는 것
을 가져올 때 쓴다. 깨지더라도 실제 오른손에 피해가
돌아오지는 않는다.

《살육인형 생성》
크리에이트 슬로터돌즈
물질에 생명을 부여해, 생성자의 의지에 따르는 인형을
만들어 낸다. 만들어 낸 인형은 자기 의지로 움직여 성
장한다.

《무위의 길잡이》
타인이 품은 갈망을 일시적으로 없앤다.

《붕괴하는 정밀한 금월(金月)》
슬로스 마이너스 그로스
타인이 축적한 경험을 삭제한다. 유사 시간 역행.

Chapter. 1

Acedia

제1화 아~ 귀찮아

아~ 귀찮아.

갑작스럽게 미안하지만, 이세계 환생이라는 말을 알고 있을까.

나도 당해 볼 때까지는 몰랐고, 원래 세계에서도 그다지 알려진 말은 아니었으리라 생각하지만, 글자 그대로 죽고 나서 다른 세계에 다시 태어나는 걸 말한다. 그럴 때는 대부분 전생의 기억이 있고, 특수한 능력을 지니고 있거나 한다는 모양이다.

2회차 NEW GAME이라고 말하면 알기 쉬울까.

나는 딱히 전생에 강하거나 하진 않았지만 말이야. ……하아.

예를 들면, 나는 지구라는 별에 있는 일본이라는 나라의 도쿄라는 장소 출신이다. 뭐, 흥미가 없을 테니까 자세한 것은 생략하겠지만, 아무튼 이 세계에는 그다지 수는 많지 않아도 어느 정도 비율로 그런 환생자가 존재하고, 높은 확률로 중요한 직위에 올라가 있거나 한다.

영웅이라든지 모험가라든지 성녀라든지 발명가라든지 사장이라든지 귀족이라든지. 그런 위치로 환생하는 경우가 많다고 한다. 수고가 많다.

그런 귀찮은 일을 잘도 한다 싶다. 길가의 돌멩이 급으로 무진장 아무래도 좋지만, 그 마음가짐에는 감탄을 금할 수 없다.

자, 어째서 그런 이야기를 하고 있는가 하면…….

……어라? 어째서 나는 이런 아무래도 좋을 일을 일부러 입을 움직여 가며 이야기하고 있었더라?

"……대마왕님께서 직접 내리신 명령입니다. 보고서 정도는 말하지 않더라도 제대로 써 주십시오!"

시끄러워.

귓가에서 꽥꽥 아우성치는 소리에서 벗어나기 위해 푹신한 침대에 팔꿈치를 대고 몸을 돌렸다.

그대로 귓가에서 소란 떠는 녀석을 봤다. 검은색을 기조로 한 옷으로 전신을 둘러싼 여자다.

최근에 온 여자다. 무시무시하게 시끄러운 여자였다. 뭐, 절세의 미녀라는 것은 틀림없지만.

전부 하찮은 이야기다.

나는 베개에 팔꿈치를 괴고 눈앞에서 눈을 치켜뜨는 여자──대마왕, 파멸의 왕 '카논'이 보유한 어쩌고 기사단의 일원이라는 여자를 바라봤다.

"그래서…… 뭐라고?"

"보고서입니다! 혼나는 것은 전데요?! 다른 마왕님께 파견된 동기는 제대로 사명을 완수하고 있다고 하는데……."

"그건 좀 불쌍하네……."

"당신 탓입니다! 이제 좀 써주십시오! 보~고~서!"

시끄러워, 귀찮아.

어째서 내가 그런 일을 해야만 하나.

팔꿈치를 괴는 것이 힘들어서 다시금 베개에 엎어졌다. 하찮은 일에 체력을 쓰고 말았다.

어깨가 격하게 흔들린다. 꽥꽥거리는 목소리가 귓가에서 짜증스러워 견딜 수가 없다.

얼굴만 들어 짜증스러운 여자를 봤다.

정말, 귓가에서 떠들 여유가 있다면 제대로 일을 해라, 일을.

"그냥 네 맘대로 해."

"예……? 예에?! 마음대로……? 어, 어쩌라는…….."

"맡기겠어. 나는 바빠."

이불을 붙잡아 안으로 파고들려 한 내 팔을 여자가 붙잡았다.

젠장, 성가시다. 이렇게까지 말해 줬는데 아직도 나를 번거롭게 할 줄이야.

나른하다. 무진장 피곤하다. 모든 것이 아무래도 좋다.

아니, 그보다 보고서라니 무슨 보고서야.

"애초에 말을 꺼낸 게 마왕님이었잖습니까?! 쓰는 것이 귀찮다. 처음부터 말할 테니까 그걸 쓰라고!"

……그랬었나?

"……이젠 말하는 것도 피곤하니까 멋대로 써."

요 끝에 놓여 있던 정사각형 상자를 던졌다.

인장이다. 보고서에 찍어야만 한다고 한다. 가지러 가는 것이 귀찮아서, 언제라도 쓸 수 있듯이 이불 안에 넣어둔 것이다.

멋대로 하도록 해라. 적어도 내가 말한 것을 쓰는 것보다는 이 여자가 쓴 쪽이 조금이나마 제대로 된 보고서가 되겠지.

여자는 그것을 허둥거리며 받고 어리둥절한 표정을 지었다.

"……그럼 나중에 봐."

"헉?! 잠깐…… 기다려, 이건…… 이 봐!"

이번에야말로 아우성치는 목소리를 무시하고 머리 위까지 이불을 뒤집어썼다.

고작 몇 초 만에 의식이 멀어진다. 꺅꺅 소리치는 목소리가 점점 멀어져, 의식 밖으로 밀려난다.

저기 그러니까, 마지막으로 해야 할 일이 있었을 것이다. 뭐였더라.

그래…… 이름이다.

내 이름은…… 레이지 슬로터돌즈. 일본에 살았던 시절의 이름은 한참 전에 잊었다.

과거에는 회사에 헌신하는 보잘것없는 월급쟁이였고, 지금은 대마왕님께 헌신하는 보잘것없는 마왕이다.

제2화 평화주의자야

솔직히 말하자면 처음에 이세계에 환생했다고 깨달았을 때 제일 먼저 생각한 것은 오직 귀찮다는 마음뿐이었다.

하지만 지금은 지구에서 귀찮게 월급쟁이로 살았을 때보다도 지금의 생활 쪽이 훨씬 편하다고 생각한다.

이것도 평소의 행실이 좋았기 때문일까. 그렇다. 틀림없이 그렇겠지.

그렇지 않았다면 앞으로 몇십 년은 일해야만 했을 테니까. 수없이 존재하는 일반 노동자와 마찬가지로. 뭐, 어쩌면 도중에 귀찮아져서 자살했을지도 모르지만.

그것과 비교하면 지금의 생활은 매우 편하다.

자세한 것은 귀찮으니까 생략하지만, 나는 이곳 이세계에 태어나서 단 한 번도 일한 적이 없다. 그런데도 그럭저럭 쾌적한 생활이 가능하다.

기한이 없는 나태. 이것보다 더한 쾌락은 없을 것이다. 적어도 청빈함을 공경하는 나로서는 이 정도의 생활로 만족스러웠다.

"무직?! 일한 적이 없어?! 감히 대마왕님의 손발인 마왕이 편하다고?! 자신이 일하지 않는 것뿐이잖아요?!"

지금, 유일한 두통의 씨앗은 대마왕에게서 파견된 이 여자뿐이다.

이름은 모른다. 흥미도 없다. 하지만 베갯머리에서 꺅꺅 소란을 떨고 있어서 대단히 민폐였다. 온화한 내 성질에 맞지 않는다.

대마왕이 심술을 부리는 데에 얼마나 뛰어난지 알 수 있을 것이다.

"……그래서, 뭐였지?"

수많은 환생자들과 마찬가지로 평범한 악마로 태어난 나에게 다행이었던 것은, 이 세계가 매우 편했다는 것이다.

생명의 가치가 살짝 낮지만, 조금 노력하면 게으른 생활을 할 수 있다. 노력하지 않아도 가능하다.

일본에서 일했던 것이 바보 같다. 지금이니까 말할 수 있지만, 더 빨리 환생하고 싶었다.

"용사입니다. 용사! 용사가 쳐들어 왔어요! 자, 지금이야말로 일어날 때입니다! 서둘러 침대에서 일어나 주십시오!"

"……나는 평화주의자야."

나로서는 어째서 네가 그렇게 활기찬 건지 이해가 안 가.

양손을 치켜들고 주장하는 여자를 차가운 눈으로 봤다. 체인지다, 체인지. 좀 더 제대로 된 녀석으로 데리고 와.

더는 기분 좋게 잠들어 있을 때 깨우지 않기를 바란다. 이상한 시간에 깨우니까 내가 항상 수면 부족이잖아.

의욕이 있는 것은 좋지만, 의욕이 없는 사람에 대해서도 생각해 주기를 바란다.

쓸데없이 의욕이 충만해 항상 쓸데없이 늦게까지 잔업해서 부서 안의 의욕을 갉아 먹었던 상사를 떠올리고 말았다. 이름은 잊어 먹었지만.

"평화주의자?! 마왕이 평화주의자?! 마침내 뇌에 구더기라도 들끓기 시작했습니까?! 칙령이에요! 대마왕님의 칙령!! 이 의미, 이해하고 있는 겁니까? 대마왕님께서 직접 명령을 내려 주시는 일이 얼마나 대단한 영광인데……."

이해하고 있다. 영광스러운 일이다.

졸음에는 이길 수 없을 뿐이지.

"……체인지다. 체인지. 전에 있던 나태한 녀석을 데리고 와."

"예? 체인지?"

"그래. 너, 체인지. 너, 시끄러워. 나, 싫어."

"뭐어어어어어어어어어어?"

여자가 과장되게 눈을 부릅떴다.

눈앞의 여자는 악마다.

나도 악마이고, 대마왕도 악마다.

하지만 일괄적으로 악마라고 해도 사실 여러 종류가 있고 속성으로 나뉘어 있다.

즉, 몇 가지인지는 잊었지만 그거다……. 그 왜, 지구에서도 신화인지 종교인지 만화인지 그런 것에서 슬쩍 들어 본 적이 있는 것.

그게…… 그 왜, 파멸인지 붕괴인지 뭔가 그런 느낌의…… 일곱 개인가 여덟 개인가 있는 녀석이다. 뭔가 거창해 보이잖아, 어이.

"전임자는 은퇴했습니다! 뭔가 '나태' 하게 있는 것이 한심해졌다는 모양이라던데요?! 이 의미를 이해했습니까! 마왕님을 보고 반면교사로 삼은 거예요! 알겠어요?!"

"그러냐."

"그러냐?! 감상이, 그러냐?! 한마디? 단 한마디?! 아~, 정말. 이 남자는!"

꽤나 아무래도 좋은 이야기다.

애초에 전임자의 얼굴도 그다지 기억나지 않는다. 기억하고 있는 것은 그저 이 녀석보다는 조용했다는 것뿐이다.

나는 악마다. 속성은 '나태' 다.

타락과 포기, 도피와 열화, 정지와 쇠퇴, 타성과 우울을 담당하는 악마이자, 그 지배자인 마왕 중 하나.

이불 속에서 대마왕의 수하를 엿보았다.

"그런 내가…… 움직일 것으로 생각하나?"

"큭……. 이 남자는……."

자랑은 아니지만, 나는 얼마든지 삼잘 수 있는 남자다. 이것은 악마이기 때문이 아니라, 환생 전부터 그랬다.

살기 위해 어쩔 수 없이 일했지만 휴일은 계속 잠으로 보냈다. 그래서 언제 어떻게 왜 죽었는지도 기억하지 못한다. 아니, 정말로 죽었는지조차도——.

그것은 틀림없이 트럭에 치이거나 무차별 살인마에게 찔리거나 해서 환생한 사람들보다 운이 좋은 것이겠지.

뭐, 이제 와서는 아무래도 좋은 일이지만.

다시 꺅꺅 소리치는 여자에게 어쩔 수 없이 지시를 내려 주었다.

마왕이라는 것도 왕인 만큼 쉽게 편해질 수가 없다.

"카논에게 전해라."

그 한마디로 여자가 조용해진다.

이러니저러니 해도 이 녀석은 직무에 충실하고, 어쨌든 마왕에게 파견될 정도로 신뢰가 있고, 동시에 우수했다.

말하고 싶은 내용을 끝마친 나는 마침내 다시 꿈나라로 여행을 떠나기 위해 시도하고, 다시금 여자에게 이불을 잡아끌렸다.

"잠깐……! 아직 아무 말도 하지 않았어요!! 어째서 자려고 하는 겁니까!!"

"……눈치껏 알아채."

내가 전력을 내면, 이 정도의 악마가 수면을 방해하는 것은 불가능하다.

이불과 팔과 머리카락을 잡아당기는 것을 느끼며, 내 의식은 나락의 바닥, 평온한 어둠으로 떨어져 갔다.

제3화 딱히 니트인 건 아니다

자랑은 아니지만, 나도 딱히 계속 잠들어 있는 건 아니다.

배가 고프면 밥도 먹고, 청소해 줄 때는 침대에서도 내려온다.

그래, 나는 일하지 않을 뿐이다. 딱히 니트인 건 아니다.

"……형편없네요. 그것을 세간에서는 니트라고 부릅니다만."

"불로소득이야."

"아니, 딱히 공짜로 그 생활을 하고 있는 것은 아닌데요?!"

나에게는 공짜나 마찬가지다.

딱히 개의치는 않고 있지만, 침대는 되도록 푹신푹신한 편이 좋으니까 청소할 때만큼은 침대에서 내려오도록 하고 있다. 날마다 침실을 바꾸는 안도 나왔지만, 복도를 걷고 싶지 않았기 때문에 각하했다. 움직일 바에야 푹신함 따위는 무시하겠어.

악마로 환생해서 좋다고 생각하는 최대의 이유는, 얼마든지 자도 깨어날 때 두통이 오지 않는다는 것이다.

문이 조용히 열리고 메이드가 들어온다. 금발 벽안의 메이드다. 사람의 얼굴을 기억하는 것이 서툰 내가, 어렴풋하게나마 기억하고 있는 몇몇 사람 중 한 명이었다.

"실례합니다."

메이드는 익숙한 동작으로 나를 안아 올리고는, 침대 옆에 놓인 크고 탄탄한 나무로 만들어진 안락의자에 올려 준다. 그 사이에도 표정은 온화한 웃음을 짓고 있다. 프로페셔널하다.

의자는 내가 애용하는 것이다. 나름 골동품으로 가격이 나간다는 모양이지만 자세히는 모른다. 거기에 앉아 앞뒤로 몸을 흔들면, 흔들리는 요람 안에 있던 아기 시절이 떠오른다. 그리고 잠이 온다.

"어이, 덮을 거."

"예. 여기 있어요, 마왕님."

메이드가 만면의 웃음을 지으며 모포를 건네준다.

이것이다. 이쯤은 되어야 그래도 마왕이라고 불리는 존재에 어울리는 대응이라 할 수 있겠지.

마왕이라는 것은 그저 이름만이 아니다. 신하도 있고 영지도 있다.

대마왕에게 하사받은 것이지만, 그런 것은 아무래도 좋다. 중요한 것은 이 하사받은 신하들이 모두 내 시중을 들어준다는 것이다.

자랑은 아니지만, 나는 청소도 빨래도 요리도 할 줄 모른다. 내가 할 수 있는 것은 잠드는 일뿐이다.

감사를 전하고 모포를 받아, 안락의자 위에서 덮었다.

그러는 내 팔을 대마왕의 앞잡이가 갑자기 붙잡았다. 반응할 틈도 없이 전신을 덮치는 부유감. 시야가 크게 회전한다. 나는 그것을 무저항으로 보고 있었다.

던져졌다고 깨달은 건 벽에 머리부터 처박힌 뒤였다.

무시무시한 괴력. 여윈 몸이라지만, 아무리 그래도 성인 남성인 나를 가는 팔의 여자가 휘두른다는 기적.

놀라움은 없다. 공포도 없다. 덤으로 아픔도 없고, 처음 있는 일도 아니다. 나는 이렇게 던져질 때마다 먼 옛날 인간이었던 시절의 기억을 떠올리고, 이곳이 이세계라는 사실을 실감하는 것이다.

하지만 나에 대한 이 여자의 취급이 점점 나빠지는 건 기분 탓일까.

"잠깐…… 마왕님?! 괘, 괜찮으신가요?!"

"그래."

"적당히 해 주십시오!!"

여자가 발을 쾅 굴렀다.

귀신 같은 표정이었다. 으음, 이 녀석이 오고 나서 어느 정도 시간이 지났더라.

메이드는 그것을 간단히 무시하고 조용히 나를 들어 올려 의자 위에 설치한다.

그리고 그대로 대마왕의 앞잡이에게 손가락질했다.

마왕의 신민이라 당연히 메이드도 악마다. 속성은 모른다. 덤으로 이름도 모른다.

나는 다른 사람의 이름을 기억하는 것이 서툴렀다. 기본적으로 그다지 흥미가 없는 것이다.

"적당히 해야 할 쪽은 당신이에요, 리제 블러드크로스! 아무리 카논 님 직속의 감시관이라고는 해도, 마왕님에 대해 그 태도는 도가 지나친 불경이에요!"

그런가. 이 여자, 리제라는 이름이었나.

그렇게 듣고 보니까. 처음 이곳에 배속되었을 때 자기소개를 했던 것 같은 기분이 든다.

"뭐어어어?! 다, 당신들이 그 모양이니까, 이 마왕님은 언제까지고 일을 안 하잖아요!"

아무리 그래도 그 폭언에는 나도 끼어들지 않을 수가 없었다.

"아니, 이 녀석들이 없어도 나는 일할 마음이 없어."

"역시나 레이지 님!"

메이드가 반짝거리는 존경의 눈빛으로 나를 봤다. 그녀는 내가 그녀의 이름조차 모른다는 사실을 알고 있을까.

그리고 그녀는 대체 나의 어디를 존경하고 있는 것일까.

뭐, 모든 것은 아무래도 좋을 일이다.

나는 무관심하게 눈을 감았다.

"잠깐……! 자지 마아아아아! 지금 이제 막 눈을 떴잖아아아?!"

"리제, 마왕님은 쉬고 계세요! 조용히 하세요!"

"아아아아아아! 당신들은 어째서 이 마왕님의 응석을 그렇게 받아주는 거야?! 아니 그보다, 어째서 이딴 게 '마왕' 인 거야?! 그저 잠만 잘 뿐이잖아!"

아아, 시끄러워.

정말. 모든 것이 다 귀찮다.

악마는 많지만, 마왕에 이르는 자는 많지 않다.

마왕인지 아닌지의 판단 기준은 간단하다.

클래스 '마왕^{데몬즈 로드}'.

그 클래스의 유무가 마왕의 분수령이다.

전세에는 클래스란 개념이 존재하지 않았지만, 간단히 말하자면 직업 같은 것이다.

클래스를 얻으면 이 세계의 사람은 다양한 의미를 알 수 없는 초능력 같은 힘…… '스킬'이라고 불리는 것을 몇 종류인가 쓸 수 있게 된다. 자세한 것은 모르고, 어떤 이유로 스킬을 쓸 수 있는지도 모른다. 아니, 그런 건 아무래도 좋다. 중요한 것은 클래스라고 불리는 것을 손에 넣음으로써 편리한 힘을 쓸 수 있게 된다는 사실 단 한 가지다. 노력도 하지 않고.

그리고 환생자는 특수한 클래스를 부여받는 패턴이 많다는 모양이다. 용사라든지 영웅이라든지, 현자 같은 것도 일종의 클래스다.

내 경우에는 태어났을 때부터 '악마^{데 몬}'라는 클래스를 지니고 있었다.

그런데 오랜 세월 게으른 생활을 보내고 있었더니, 어느샌가 '마왕'이라는 클래스로 바뀌어 있었다. 클래스가 변하는 일은 자주 있다고 한다. 누군가가 상급직? 같은 소리를 했던 것 같은 느낌이 들지만, 잘 기억이 나지 않는다.

어쨌든 나는 결국 아무런 노력도 하지 않고 마왕이 되어, 하늘에서 떨어진 듯한 행운으로 영문을 알 수 없는 힘을 자유롭게 쓸 수가 있다.

그런 의미에서 이 여자가 말하는 질문에 대한 답은 간단하다.

그저 자고 있었더니 마왕이 되어 있었다. 내 의지가 아니다.

그렇게밖에 말할 수 없고, 그 이상의 답도 갖고 있지 않다.

귀찮으니까 입으로는 꺼내지 않지만.

한동안 열화처럼 날뛰는 여자를 지켜보고 있었지만, 그때 문뜩 깨달았다.

"애초에 너, 뭔가 볼일이 있나?"

볼일도 없는데 이곳에 올 만큼 한가하지는 않을 것이다.

내 말에 여자가 만족스럽다는 듯이 가슴을 펴고 장엄한 목소리로 외쳤다.

"마왕 레이지 슬로터돌즈! 대마왕님의 최측근 '검은 사도'의 일원으로, 대마왕 '카논'의 이름으로 명합니다! 군단을 이끌고 염옥(炎獄)으로 향해, 적대하는 마왕 글란자 에스터드를 멸하십시오!"

"싫어."

어째서, 왜, 내가 일부러 어딘지도 모르는 장소로 가야만 한다는 것인가.

"뭐? 대마왕님의 이름으로 내려진 명령을 거부한다는 겁니까? 당신은? 그것이 어떤 의미인지 알고 있습니까?"

"……."

아무래도 좋았으니까 모르겠다고 대답하려고 했지만, 귀찮아져서 그만두었다.

성격의 불일치. 나는 이 여자와 서로를 이해할 마음이 들지 않는다. 쓸데없는 일은 싫어하고, 귀찮은 일은 더 싫다. 내가 사랑하는 것은 수면과 한가함이고, 그것 이외에는 상당한 비율로 아무래도 좋다.

슬쩍슬쩍 이쪽을 지켜보는 메이드를 불러 한마디만 했다.

"짐은."

"……알겠습니다."

메이드가 공손하게 머리를 숙였다.

그대로 파닥파닥 가벼운 발소리를 내며 나가는 것을 배웅. 나는 다시금 눈을 감으려다가 이번에는 머리를 얻어맞았다.

엄청난 힘이었다. 마음에 들었던 안락의자가 엉덩이 아래에서 박살이 나고, 바닥에 빠직 금이 갔다.

이 여자의 팔은 가늘다. 콩나물 같다고 평가받는 나와 비슷한 정도의 두께밖에 안 된다.

하지만 이곳은 어디까지나 판타지스러운 세계라 생김새와 힘이 비례하지 않는 것이다.

하아하아 거친 숨을 내쉬며 눈을 치켜뜨고 얼굴을 새빨갛게 붉힌 여자를 슬쩍 본다. 마음에 들었던 의자가 없어졌는지라 어쩔 수 없이 그 자리에서 드러누웠다.

침대에는 아직 들어갈 수 없다. 이제부터 이불을 널어야 한다. 덤으로 침대 위로 기어 올라가는 것도 귀찮다.

여자는 그 자리에 드러누운 나를 어처구니없다는 표정으로 봤다.

"……무, 무슨?! 다…… 당신……. 그, 그렇게까지 합니까?!

뭐, 뭐라고 말을 좀 해 보시죠?"

대단히 귀찮은 여자였다.

특히 금방 폭력에 의지하는 것은 좋지 않다. 덤으로 이 여자, 카논의 직계인 만큼 어지간한 악마보다도 상당히 강한…… 것 같은 느낌이 든다. 악마는 일반적인 악마와 마왕 이외에도 몇 개의 등급이 있는데, 그중에서 말하는 마왕의 하나 아래 정도의 랭크……장군급의 힘 정도는 있을 것 같다. 판타지스러운 세계이기는 해도 품성과 지위가 걸맞지 않은 자가 있다는 건 전생과 아무 차이가 없다. 뭐, 이 녀석은 걸맞은 실력이 있어 보이지만…….

귀찮아.

"폭력 반대."

멱살을 잡혀 앞뒤로 덜컥덜컥 흔들린다.

머리 하나 정도 작은 여자에게 협박당하는 남자의 구도가 만들어졌다. 하지만 어차피 이 정도로 내 잠을 방해하는 것은…… 무리다.

"뭐? 이 상태에서 눈을 감아?! 있을 수 없어, 있을 수 없어, 대체 뭡니까, 이 마왕!!"

찰싹찰싹 뺨을 맞고, 시원하게 보디블로가 들어온다.

어퍼에 턱이 하늘로 향하고 그대로 발차기가 들어온다. 물 흐르는 듯한 세련된 동작에, 이 녀석이 사람을 때리는 것에 익숙하다는 사실을 연상할 수 있었다.

이 녀석…… 아무리 그래도 파견지의 주인을 상대로 가차 없어.

충격의 여파로 이불이 터지고, 내용물인 깃털이 화려하게 흩어졌다.

카논 녀석에게 청구서를 보내야지……. 그렇다고 해도 보내는 것은 내가 아니지만.

하지만 뭐, 어차피 이 정도로 내 잠을 방해하는 건…… 무리다. 딱히 내가 아픔에 강한 게 아니다. 대미지가 없는 것이다.

이곳은 일본과 크게 다른 곳이고, 전세보다도 상당히 시스템틱하게 만들어져 있다. 이 세계에는 만물에 생명력이라고 불리는 수치가 설정되어 있어, 이것이 줄지 않는 한 몸에는 상처가 나지 않고 아픔도 없다.

보통은 걷어차이거나 스킬 같은 것으로 HP가 줄지만, 여기서 이번에는 완강성(頑强性)이라고 불리는 수치에 의해 판정이 걸린다. 간단히 말하자면 vitality…… VIT가 높으면 높을수록 받는 대미지가 줄어든다.

이 세계는 모든 것이 파라미터로 되어 있고, 그것에 의해 명확한 격차가 생긴다. 귀찮은 일이다.

그리고 명색이 마왕인 내 VIT는 꽤나 높았다. 여자의 공격은 모조리 내 VIT 판정에 저지되어, 내 몸에는 갓난아기가 때리는 정도의 대미지도 들어오지 않는다.

그야 잠도 올 만하다.

하지만 성가신 여자다. 이 녀석의 속성은 대체 뭐지?

아주 살짝 흥미가 생겨났다.

"너, 속성은……."

거기서 나는 한숨을 쉬고 빙글 몸을 돌려 누워 시선을 피했다.

"도·중·에·멈·추·지·마아아아아아아아아아아!"

정말로 시끄러운 녀석이었다. 나는 그렇게까지 너에게 흥미가 없다.

입을 열기는 열었지만, 도중에 아무래도 좋아졌다.

여자의 다리가 무방비한 내 몸통을 짓밟는다. 머리를 마치 축구공처럼 걷어차고, 검이 내 뺨을 찔렀다. 아프다구, 아파······. 거짓말이지만. 그 괴력으로 찌른 검이 내 피부에 닿았지만, 피부를 돌파할 수는 없다. 피 한 방울도 나오지 않고 압력조차 느껴지지 않는다. 이것이 파라미터.

하지만······ 날붙이까지 꺼내 들다니. 뭐라고 할 마음은 없지만······.

몇 분 뒤, 잔뜩 몸을 움직이고서 기진맥진한 대마왕의 수하와 노 대미지인 나만이 남았다.

"하아하아······. 이 남자······ 알고 있었지만······ 다, 단단해······."

당연하지. VIT가 높지 않으면 주위에서 방해를 받아 잘 수가 없다.

내 VIT은 대단히 높아 고온, 저온, 독, 마비 등의 모든 속성과 상태 이상에 지극히 높은 내성이 있다.

딱히 태어날 때부터 그랬던 것은 아니다, 마왕 클래스에 그런 스킬이 있는 것이다.

뭐, 자세한 내용은 귀찮으니까 지금은 생략하지만.

여자가 깜짝 놀라 자신의 손바닥을 봤다.

"이것이······ '나태' 의 마왕······."

눈을 크게 뜨고 느끼도록 해라. 나의 힘을.

그리고 부디 좀 더 조용히 해 주길 바란다. 틀림없이 그게 모두
가 행복해질 유일한 길일 테니까.

제4화 타락과 나태

자신이 원해서 얻은 지위가 아니지만, 그래도 왕인 이상 나에게도 부하…… 신하가 있다.

마왕이라는 것은 사람에게는 천적이고, 무슨 나라에 사는 무슨 무슨 신의 군대에는 원수이다. 덤으로 기본적으로 자기 멋대로인 다른 마왕과 악마도 노리고 있다.

즉, 적이 많다. 내가 무언가를 한 것도 아닌데 적이 많다. 톱인 카논 녀석이 세계 정복인지 천계 정복인지 마계 정복인지를 쓸데없이 열심히 하고 있는 탓에 여파가 몰려오는 것이다.

분기에 한 번 정도 용사 클래스를 가진 녀석이나 그 외의 영웅이 쳐들어오고, 1년에 한두 번 정도는 신의 병사가 암살을 하러오고, 한 달에 한두 번 정도는 마계의 전쟁에 휘말린다. 귀찮아 죽겠다. 나는 스스로 싸우지 않기 때문에, 마왕 중에서도 만만하게 보이는 모양이다. 세상 말세인 이야기였다.

리제라는 이름인 듯한 대마왕의 앞잡이가 짜증스러워하며 팔짱을 끼고 대단히 언짢은 표정으로 보고했다.

"마왕 레이지 슬로터돌즈. 염옥에서 벌어졌던 타국의 마왕 글란자 에스터드와의 투쟁에서 유례없는 전적을 남긴 것을 인정해, 대마왕 카논의 이름으로 서열 제3위로 승격 및 마검 셀레스테를 하사할 것을 여기에 선언한다."

"그러냐."

무슨 이야기였는지는 모르지만 아무래도 좋은 일이다. 어느 정도의 빈도인지는 모르지만, 상당히 빈번하게 이 자리를 찾아오는 여자가 나는 이미 지긋지긋했다.

정말 싫다는 표정으로 내민 한 자루의 검을 받아서는, 잘 보지도 않고 바닥에 내버렸다.

검 따위 필요없어. 그렇다고 해서 방패를 원하는 것도 아니고, 당연히 훈장을 바라는 것도 아니다. 지위를 원하는 것도 아니다. 원하는 것은 안식과 시간뿐이다.

"아아아아아, 카논 님이 하사하신 마검에 무슨 짓을!"

리제가 황급히 검을 주워 소중하다는 듯 껴안고 나를 노려봤다.

마검과 평범한 검의 차이도 모르고, 침대에서 거의 나오지 않는 나에게 그것을 쓸 기회는 없다. 차라리 부엌칼 쪽이 도움이 된다.

뭐, 부엌칼도 쓰지 않지만 말이야.

"……납득이 안 가. 어째서 당신이 승격하는 겁니까! 아무것도 하지 않았는데!"

"몰라."

그딴 것은 네 주인에게 직접 묻도록 해. 그러는 편이 시간을 낭비하지 않을 수 있으니까.

얼굴을 마주하는 것만으로도 지치니까, 침대에 바로 드러누웠다.

리제가 화려하게 박살 냈기 때문에 새것이다. 처음에는 이전 침대가 그리웠지만 지금은 신경 쓰이지 않는다. 결국 나에게는 그저 수면이 필요할 뿐이다.

승격하는 이유도 모르고, 지금 자신이 어떤 지위에 있는지도 모른다. 제3위가 높은 지위인지 어떤지도 모른다.

모든 것은 아무래도 좋을 일이다.

하지만 리제는 내 태도가 마음에 들지 않는지 분에 차 발을 굴렀다. 이 녀석이 오고 나서 얼마나 시간이 지났는지 모르지만, 이전에 있었던 미인이라는 인상은 이제는 한 조각도 남아 있지 않다. 미인도 보다 보면 질린다는 말은 사실이었던 것인가. 지금은 조잘거리는 부분만이 눈에 들어오지만, 동시에 그것에도 익숙해지고 있었다.

"저는 알고 있어요! 찬탈의 데지가 당신의 군을 이끌었어요! 그가 글란자의 군단을 격파했습니다!"

"그러냐."

찬탈의 데지는 누구지?

뭐, 아무래도 좋은 이야기다. 흥미가 없다.

리제는 내 얼굴을 보고 한숨을 쉬었다. 내가 이 녀석에게 익숙해진 것과 마찬가지로 이 녀석도 나에게 익숙해졌다. 적응력이 있다는 것이다.

"훌륭한 지휘였습니다. 타락의 레이지 군단은 우수하고 강하다는 소문은 사실이었더군요. 글란자의 군단을 어린아이처럼 다뤘습니다……. 카논 님께서 당신의 태도를 허용해 주는 이유도 이해가 됩니다."

"그러냐."

"……듣고 있습니까?"

"그러냐."

한 번 더 몸을 돌리고, 내 키 정도 되는 커다란 베개를 껴안았다. 자는 것도 좋지만, 일어난 뒤에 뒹굴거리는 것도 정말 좋다.

리제가 눈을 치켜뜨고 내 베개를 빼앗아 바닥에 내동댕이쳤다. 할 수 없이 덮는 이불을 껴안았다.

"……아무튼, 대마왕님께 파견되어 온 몸입니다만 충언을 올리겠습니다. 마왕으로서 큰 공훈을 세운 데지에게 포상을 내려 줘야 합니다."

"……그러냐. ……데지? 그게 누구지?"

"예에에에에에에? 당신, 설마 자신의 군단 멤버도 기억하지 못하는 겁니까?"

나태란 그런 것이다.

그리고 나는 데지라는 악마에 대해 전혀 흥미가 없었다.

귀찮았지만, 리제가 껴안고 있는 검을 가리켰다.

"……그 검을 넘겨줘."

"뭐? 진심입니까? 아무리 공훈을 세웠다고는 해도, 대마왕님께서 하사하신 마검을 그냥 악마에게 내려 주겠다고요?"

"나는 필요 없어. 침구라면 원하지만 말이야."

침대라든지 베개라든지, 혹은 이 녀석이 부순 안락의자의 대용품이라도 좋다. 카논은 그래 봬도 꼼꼼한 면이 있으니 꽤나 좋은 물건을 보내 줄 것이다.

"신구…… 신의 보구를, 아무리 마왕이라고는 해도 악마인 당신이 쓰겠다고요?"

리제의 마치 괴물이라도 보는 듯한 시선은 내가 처음 느껴보는 것이었다.

확실하게 잘못 듣고 착각하고 있지만, 그것을 정정하는 것도 귀찮다.

"……그래."

"과연……. 그냥 무용지물은 아닌 모양이군요……."

무용지물……. 상당히 재미있는 소리를 하는 여자다.

뭐, 하고 싶은 대로 말해라. 나는 그런 너의 말에―― 흥미가 없다.

나는 다시금 몸을 돌렸다. 이불은 따뜻하고 무거워 안심감이 있었다.

모든 일을 끝낸 나는 크게 하품을 하고 눈을 감았다.

"잠깐 기다려 주십쇼, 레이지 나리."

시끄러운 녀석이다. 항상 그렇다. 내가 휴식을 취하려고 하면 모두가 나를 방해한다.

이대로 잠들어 버리자.

"마왕님, 데지입니다."

그러니까 데지가 누구냐고.

어깨가 흔들려, 어쩔 수 없이 무거운 눈꺼풀을 열었다.

한 남자가 거기에 있었다.

근골이 울퉁불퉁하고 덩치가 크다. 갈색 두발에 적갈색 피부.

하지만 최고의 특징은 좌우에 세 개씩 자라난 합계 여섯 개의 팔일 것이다.

그리고 번뜩거리는 여섯 개의 눈동자, 음흉하게 일그러진 입에서 엿보이는 이빨이 나를 보고 있다.

"누구냐, 넌."

"……여전하시구먼요, 레이지 나리. ……데지 블라인다크. 레이지 님의 군단, 제3군의 사령관을 담당하고 있습니다."

"그러냐……."

데지라고 이름을 밝힌 그 남자 악마가 생김새와 어울리지 않는 표표한 어조로 말했다.

이 녀석이 아까 리제가 여러 번 말했던 데지인가…… 과연 그렇군…….

대단히 아무래도 좋다.

"나는 너와 아는 사이인가?"

"물론입니다요, 레이지 나리. 저를 제3군의 지휘자로 임명한 것은 나리이니까요."

"……그러냐."

제 몇 군까지 있는지 조금 신경 쓰인다. 하지만 상당히 높은 쪽이겠지.

이 데지라는 악마, 그럭저럭 강력한 힘을 지니고 있는 것이 본능적으로 느껴졌다.

"미디아 아가씨의 반대를 물리치고 제3군의 사령관에 임명했던 게 나리입니다만? 여전하시구먼요."

미디아 아가씨는 누구야. 리제 쪽을 봤지만, 딱히 신경 쓰는 기색은 없는 부분을 보면 내 군에서는 널리 알려진 악마일 것이다.

뭐, 아무래도 좋은 일이다.

이름도 존재도 힘도 모든 것이 아무래도 좋다. 원하는 대로 하도록 해라.

나는 눈꺼풀을 비비며 데지에게 말했다.

"짐은."

"옙, 나리의 기대에 부응할 수 있어 기쁩니다요."

데지가 황송해했다. 그 모습에 리제가 고개를 갸우뚱했다.

"······그 '짐은'이라는 게 뭡니까?"

'짐은' 개의치 말고 뜻대로 하여라.

'짐은' 만족한다.

그 두 가지 의미를 지닌 독자적인 말이다. 일일이 치하하거나 명령하거나 하는 것이 귀찮았던지라 정한 규칙이다. 적당해 말해 두면 적당해 해석해서 움직여 주니까 편하게 쓰고 있다.

대답하는 것이 귀찮아서 리제는 무시하기로 했다.

"그래서, 무슨 볼일이지?"

"옙, 외람되지만 나리가 저에 대한 포상을 한창 정하는 중이 아닌가 하고 멋대로 생각했습니다만, 어떠하신지요?"

어쩌고 자시고도 없다.

그런 것은 아무래도 좋다. 나에게 중요한 것은 앞으로 어떻게 기분 좋게 수면을 취할 것인가 하는 것뿐이다.

나는 차가운 눈으로 데지를 내려다봤다. 물론 귀찮으니까 입 밖으로 꺼내지 않지만.

"그 검을 주지."

데지는 그 말에 리제가 안고 있는 한 자루의 검을 보고, 사냥감을 발견한 육식동물처럼 눈을 번뜩였다.

하지만 입술을 날름 핥고 이쪽을 다시 봤다.

"분에 넘치는 영광입니다요, 나리. 하지만 저에게는 또 하나 하사받고 싶은 것이 있는데……. 아니, 검이 필요 없다거나 그런 것은 아닙니다요. 보시는 대로 저에게는 팔이 여섯 개 있으니까 말이지요……."

"데지…… 네 이놈, 일개 악마 주제에 대마왕님께서 하사하신 마검 셀레스테만으로는 부족하다고 하는 것이냐?!"

손바닥을 내밀어 격분하는 리제를 말렸다. 베개가 발밑에서 짓밟히고 있었다. 그러지 않기를 바란다.

시끄럽다. 귀찮다. 조금은 입을 닫도록 해라. 나는 이제 그저 졸렸다.

탐욕의 악마. 욕구가 많은 것은 당연하다고 할 수 있다.

그리고 탐욕의 데지와 나태인 나 사이에 바라는 것이 충돌할 일은 없다.

나는 팔만 뻗어 리제의 발밑에서 베개를 되찾아 머리 밑에 깔았다. 천장의 흐물흐물한 모양을 시선으로 따라가며 대답했다.

"원하는 대로 해라."

"옙, 그럼 나리의 '인형'을 새로 하나 받아도 괜찮겠습니까요."

그것은 예상 밖의 대답이었다.

있던 것이라면 모를까, 새로운 인형을 만들려면 수고가 들어간다.

"……귀찮아."

"그래도 어떻게 좀. 가장 밑바닥 타입이라도 좋습니다요……."

버티는 탐욕. 번들거리는 욕망은 내가 알았다고 대답하거나, 내가 이 녀석을 죽일 때까지 사라질 것 같지 않다.

이 녀석을 처분하는 것과 인형을 새롭게 만드는 것 중 어느 쪽이 수고가 덜 들어갈까.

어려운 부분이지만, 이 녀석이 공적을 남긴 것은 확실한 모양이다.

어느 쪽도 마찬가지로 수고가 들어간다면, 인형을 줘도 좋으리라.

방을 둘러보고 가장 가까이에 있던 사이드 테이블에 올려져 있는 촛대를 손에 들었다.

해골을 흉내 낸 디자인의 촛대. 귀찮으니까 이것으로 하자.

그것을 그대로 데지에게 던졌다.

데지는 그것을 희색이 만면해서 공손히 받아들었다.

여섯 개의 팔로 늑골을 긁었다.

"나리, 영혼이 들어 있지 않습니다요."

넣지 않았으니까.

"넣는 편이 좋나?"

"……농담을 다 하시는구면요. 영혼이 없는 인형 따윈 그저 물건에 지나지 않지요. 제가 받고 싶은 것은 학살인형^{슬 로 터 돌}입니다요."

"……그러냐."

역시 수고를 들여야만 하는 모양이다.

할 수 없다. 빨리 처리해 버리자.

하품을 하며 손가락을 내밀어, 영혼이 없는 해골 촛대를 가리켰다.

스킬을 사용한다.

그것만으로 촛대에 생명의 기운이 생겼다.

마왕 클래스가 지닌 스킬 중 하나에 물질에 생명을 불어넣는 힘이 있었다.

내가 장기로 삼는 스킬이다. 그런 탓에 나는 슬로터돌즈^{학 살 인 형}라고 불리고 있다.

"그것으로 됐나?"

"옙, 황송합니다요. 덤으로 이름을 붙여 주실 수 있겠습니까요?"

이름을 붙이는 것은 악마에게 있어 중요한 의식이다. 이름은 실체를 상징해, 이름에 의해 힘이 정해진다고 해도 과언이 아니기 때문이다.

어째서 내가 그런 일을 해야만 하나.

"……다음에 공적을 세운다면 말이지."

"……킥킥킥, 알겠습니다요. 처분당하지 않도록 성심을 다하겠습니다요."

데지는 귀에 남는 목소리로 킥킥거리며 웃고는 간단히 물러났

다. 탐욕을 담당하는 악마에 어울리지 않는 그 모습은 의외였지만 아무래도 좋은 일이다.

그리고 험상궂은 표정으로 허수아비처럼 우뚝 서 있는 리제에게서 검을 빼앗고는,

"그럼 나리. 다시 공적을 세우면 알현하도록 하겠습니다요."

한 번 깊숙이 머리를 숙이고 나갔다.

딱히 두 번 다시 오지 않아도 된다. 원하는 것은 무엇이든, 얼마든지 주겠다.

허가도 필요 없다. 뜻대로 하여라.

그러니까 내 방해만은 하지 마라.

타락과 나태. 그것만이 내가 존재하는 의의이며, 내가 원하는 것이니까.

Skill Description
> 〈 일부 스킬 해설 〉

《찬탈(簒奪)》
스킬 룰러
원하는 타인의 스킬을 빼앗는다. 빼앗긴 상대는 스킬을
사용할 수 없게 된다.

《탐욕의 창고》
빅 포켓
아공간에 물질을 수납할 수 있다.
넓이는 사용자의 랭크에 의존한다.

《욕망의 궁전》
액티브 팰리스
일부 스테이터스와 힘을 일정 시간 배로 증가시킨다.

Chapter 2

탐
욕
Avaritia

제1화 영광과 보구도 쌓아 왔다

이런 이런, 레이지 나리도 여전하다.

나는 고작 몇 분 동안 이야기를 나눈 것만으로 지치고 말아, 한숨을 쉬며 나태의 마왕의 침실을 뒤로 했다.

여전하다.

내 감상은 오직 그것뿐이다.

이 마왕의 군에 편입되고 벌써 10년.

악마에게 10년이라는 세월은 순식간이다. 사실 나도 이미 1만 년 넘게 살아 있다.

탐욕을 담당하는 나——데지 블라인다크는 악마치고는 상당히 잘 나가는 편이라고 생각한다.

이곳에 오기 전부터 군을 이끄는 것에 익숙했고, 보유한 마력도 다른 악마와 비교하면 높은 편이다. 태어난 뒤로 계속 탐욕을 부려 왔고, 클래스도 그럭저럭 파고든 상태다. 전투에도 조금은 자신이 있다.

그래서 이제까지 적대하는 악마군을 모조리 쳐부수고, 탐욕의 대상——영광과 보구도 쌓아 왔다.

하지만 말이다.

처음에 만났던 것은 수천 년도 전, 부하가 되고 나서 알현한 횟수도 이미 셀 수 없을 정도다. 그런데 아직도 얼굴도 이름도 기억시키지 못했다. 찬탈의 데지라는 이름값을 못하고 있다.

킥킥킥. 뭐, 타락과 나태를 담당하는 마왕님이 상대니까 어쩔 수 없지.

나도 이제 오랜 세월 겪었지만, 아직 나리가 침실에서 나오는 모습을 본 적이 없는 형편이니 그건 진성이라고 봐야 한다. 역시 '마왕'은 달라도 뭐가 다르다는 거겠지.

뭐, 지금까지 이런 마왕은 본 적이 없지만.

영침전(影寢殿).

마계의 일대세력이기도 한 대마왕, 파멸의 카논에 소속된 마왕 레이지 슬로터돌즈의 거성(居城)이다. 동시에 레이지 군(軍)의 최고 중요 거점이기도 한 거대한 성이다. 그 크기와 넓이는, 대마왕인 카논의 거성—— 파염전(破炎殿)마저도 아득하게 능가한다.

호화롭지는 않지만, 나리가 담당하는 나태를 상징하듯이 성 안에서 모든 것이 완결되도록 되어 있었다. 마왕 레이지 슬로터돌즈의 영토 안에 있는 것은 그저 성 하나뿐——. 도시는 없다.

대마왕에게 하사받은 무수한 악마는 모두 단 하나의 성, 영침전 안에 머물러 있다. 대마왕군에서도 제1위인 광대한 토지가 완전히 낭비되고 있단 말이지.

개인실로 주어진 방문을 열었다. 커다란 문이다.

배정된 방은 나리의 침실보다도 훨씬 넓다. 나리는 욕구가 없으니까 말이지.

그래서는 악마 같은 것을 해나갈 수 없을 텐데.

뭐, 그러니까 나태와 탐욕은 상성이 좋지만.

실내에 들어가, 문을 확실하게 잠그고 오늘 포상으로 받아온 검을 살폈다.

마검 셀레스테——.

대마왕에게 하사받은 일급 보구다. 나름의 내력도 있는 물품. 검의 종류는 오서독스한 롱소드다. 지옥의 불꽃을 나타낸 듯한 진홍색 양날 검신에 용의 의장이 들어간 자루. 칼날과 자루, 칼 집조차도 피처럼 새빨갛게 물들어 있다.

자랑은 아니지만, 무구를 보는 눈에는 자신이 있다. 킥킥킥, 내 욕구의 대상이다 보니 공부도 하게 된단 말이지.

그런 내 견적으로는, 이 마검은 틀림없이 진짜다.

고대룡을 고작 한 방에 양단하고, 만물을 재로 바꾸는 힘을 감 추고 있다고 전해지는 전설의 마검. 칼집에서 뽑아 그 새빨갛게 불타는 칼날을 쓰다듬었다.

그 진가는 검에만 있는 게 아니다. 아니, 물론 검으로서도 일급 이지만 엄밀히 말하면 마구(魔具)로서의 성질이 강하다.

사실 그 검신에서 느껴지는 마력도 지금까지 내가 컬렉션 했던 마검과 비교할 수 없을 정도로 절대적이다. 원래 장군급의 악마 인 내가 지닐 랭크의 물건이 아니야. 실로 마왕급이다. 그야 대 마왕님은 마왕인 레이지 나리에게 하사하려고 했던 것이니 말이 야. 나름 랭크가 있는 것이 당연하지.

이것만 있으면 어떤 적도 무섭지 않아. 그런 식으로까지 느껴진다.

이런. 안 되지, 안 되지. 오만은 내 영역이 아니라고.

자신을 타일렀다. 감정이, 욕구가 흔들리면 그것이 원인이 되어 악마로서의 힘도 흔들리게 되고 만다. 나는 아직 탐욕을 성취하지 못했어.

탐욕의 스킬인 '탐욕의 창고^{빅 포켓}'를 사용해 만들어진 이공간에 검을 확실하게 소장했다.

내 욕망이 계속되는 한 끝없는 용량을 지닌 무한의 창고다. 이것으로, 이 군으로 오고 나서 하사받은 무구는 딱 세 개째다.

그것도 레이지 나리가 직접 대마왕님께 하사받은 무구니까 다 일등급. 전부가 타국 마왕의 보물창고를 뒤져도 그리 쉽게 발견되지 않을 레벨이야. 그야 그렇다. 대마왕의 창고에서 꺼낸 것이 그대로 위에서 아래로 흐르듯이 내 손으로 흘러들어온 것이니까.

이렇게 되면, 이 몸이 이 군에 있는 이유도 뻔히 알 수 있을 것이다. 다른 마왕님이라면 '탐욕'이 아니라도 이렇게는 되지 않으니 말이야. 역시 나태의 왕과 나는 상성이 좋아. 이 군은 최고의 사냥터다.

하지만 오늘의 메인은 SSS급 마검이 아니다. 이쪽이야말로 내가 이 군에 들어온 최대의 이유이기도 했다.

나는 이제 막 받아온 해골 인형을 테이블에 놓았다.

레이지 슬로터돌즈.

무위의 마왕이자 대마왕 카논의 부하 중에서도 드문 나태를 담당하는 마왕이다.

그 마왕이 직접 싸우는 모습을 본 적이 있는 자는 없다. 애초에 나태의 스킬은 거의 알려지지 않았고, 유일하게 학살인형 스킬과 그 스킬로 만들어 낸 인형의 전투 능력만이 알려져 있었다.

실제로 나는 전장에서 그 인형과 만나 본 적이 있다. 그때, 나는 실제로 검을 섞어 보고 확신한 것이다. 이 스킬이 얼마나 많은 수의 인형을 만들어 낼 수 있을지 모르지만, 이 레벨의 병사를 무수하게 만들어 낸다면—— 틀림없이 마계를 손에 넣을 수 있다고.

그 인형은 그 정도로 강했다.

그 창조물의 능력으로 이름을 떨치는 마왕이 직접 내린 물품이다.

힘에는 자신이 있지만 아직 마왕 클래스가 열리지도 않았고 인형 같은 것에는 문외한인 나라도 알 수 있다. 이 녀석은 이제 막 태어났을 뿐이지만, 실로—— 차원이 다르다.

어쩌면 대마왕님께서 하사한 마검에도 필적할지 모르는 힘을 지니고 있다.

아직은 약소하지만 말이야. 앞으로 이 녀석을 키우면 내 오른팔마저 될 수 있을 것이다.

킥킥킥, 내 탐욕은 나 혼자만으로는 채울 수 없을 정도로 깊으니까 말이야. 이래서는 몸이 하나 더 갖고 싶어지는 것도 순리 아니겠어?

해골 형태의 평범한 촛대였던 그것이, 두 다리로 똑바로 서서 나를 구멍 뚫린 눈구멍으로 바라본다.

클래스 【슬로터돌】.

그 녀석은 분명하게 의지를 지니고 있는 것처럼 느껴졌다. 존재를 만들어 내는 힘은 악마의 스킬 중에 여럿 있지만, 실로 마왕의 위업이라고밖에는 표현할 수가 없다.

그 정도 스킬을, 스킬명조차 선언하지 않고 하품 섞어 가며 발동할 수 있을 정도로 말도 안 되는 힘.

레이지 나리는 무시무시한 남자다. 성격이 아니라 그 힘이. 나태의 마왕으로서 전혀 행동하지 않고서도 지금의 지위까지 올라간 그 힘이 실로 무시무시하다.

등급은 고작 하나 차이인데, 그 힘은 끝자락조차 보이지 않는다.

뭐, 언젠가…… 빼앗겠지만 말이야. 그 힘을.

해골 인형이 무릎을 꿇고, 나에게 충성의 자세를 취한다.

좋다 좋다. 실로 만족스럽다.

레이지 나리는 무엇 하나 나에게 흥미를 지니고 있지 않아. 그렇기에 이 병기에도 딱히 제한이 걸려 있지 않다.

나는 자신이 얻은 새로운 무기를 향해 시선을 낮추고 웃었다.

"킥킥킥, 잘 부탁하마. 학살자."

언젠가 모든 것을 손에 넣어 보이겠다.

뭐, 그때까지는 부디 잘 지내 보자고.

제2화 하드한 이야기구먼

시간에 맞춰 군사 회의실을 찾아가니, 이미 멤버는 모여 있었다.

나태의 마왕, 레이지 슬로터돌즈가 보유한 전력── 군은 크게 세 개로 나뉘어 있다.

가장 구성 인수가 많고, 전쟁에서 공수의 핵심이 되는 제1군.

가장 구성 인수가 적고, 주로 나리의 성을 지키는 정예 부대이기도 한 제2군.

적당한 인원수를 보유하고, 높은 기동력과 공격력을 살려 습격을 하는 제3군. 내가 이끌고 있다.

그 외에는 대마왕님에게 파견되어 온 악마인 리제 블러드크로스가 이끄는 부대가 있지만, 이 녀석들은 나리의 전쟁에는 움직이지 않으니까 그다지 관계없다.

이것이야말로 정예강병으로 마계 전체에 소문이 난 나태의 마왕군 전부다. 의외로 심플하다고? 그럴지도 모르지만 말이야. 이러니 저러니 해도 최종적으로는 심플한 것이 제일이야.

덤으로 이 상태로 이기고 있으니까 이대로 가는 것도 어쩔 수 없는 것이다. 기본적으로 악마의 전쟁은── 힘과 힘의 충돌, 스킬과 스킬의 충돌이니까 말이지.

나는 전원의 시선을 느끼며 비어 있는 팔걸이의자에 앉고, 그 오른쪽에 측근인 슬로터를 세웠다.

나리에게 받았을 때는 사이드 테이블에 올려놓을 정도의 크기밖에 되지 않았던 슬로터는 존재를 얻고 마계의 독기를 흡수해 '성장' 해 있었다. 검은 눈구멍의 2미터는 될 것 같은 해골이 한마디도 하지 않고 가만히 서 있는 모습은 실로 압권이다.

"데지, 늦어."

"킥킥킥, 미안하구먼. 뭐, 시간에는 맞췄잖아? 용서해 달라고."

제2군의 장군인 미디아 룩스리아하트가 평소처럼 언짢은 듯이 말했다.

몸집이 작은 여자 악마다. 무뚝뚝한 얼굴에 피 같은 심홍색 눈동자. 아무렇게나 자른 머리카락을 머리 장식으로 묶어 두고 있다.

내참, 성실한 아가씨구먼.

하지만 얕봐서는 안 돼. 이래 봬도 장군급이다. 귀여운 생김새에 속으면 따끔한 맛을 보게 된다. 악마는 생김새와 능력이 비례하지 않으니까 말이지.

뭐, 싸우면 무구와 성질의 차이로 내가 이기겠지만 말이야.

이어서 안쪽에 앉은 예쁘장한 남자──하드 로더가 모두를 둘러보고 입을 열었다.

키는 나보다 약간 작고 여윈 몸의 남자다. 하지만 이 녀석은 이군의 총사령관이기도 하다. 즉, 레이지 나리의 오른팔이라는 것이다.

나리의 부하에는 특이한 녀석이 많지만 이 녀석은 그중에서도 특출나게 위험한 녀석이다. 아마 이 군에서는 가장 레이지 나리에 가깝게 강하다.

"이런 이런, 드디어 모였나. 그럼 시작하도록 하지."

하드의 목소리를 신호로 원탁에 지도가 떠올랐다.

나리의 영역을 중심으로 한 마계의 지도다.

대마왕 카논과 거기에 소속된 마왕의 영토 중에서도, 제일의 넓이를 자랑하는 암옥(暗獄)의 땅을 통째로 삼긴 광대한 토지였다. 요전의 전쟁으로 빼앗은 염옥의 땅도 포함되어 있다.

반해 버릴 정도로 넓지만, 동시에 대마왕에 반항하는 악마들의 영역과 가장 인접한 최전선의 땅이기도 하다.

킥킥킥, 말하자면 영토를 얼마든지 약탈할 수 있다는 것이다. 반대로 말하자면 방심하면 빼앗긴다는 것이지만 그건 좋지 않다. 찬탈의 데지에게 물건을 빼앗으려고 하다니 100년은 빠르지.

뭐, 대마왕님의 명령이라도 아닌 한 멋대로 싸움을 걸거나 하진 않지만 말이야. 목숨이 가장 아까우니 말이지. 파멸의 카논……분노를 담당하는 대마왕을 화나게 하는 짓은 할 짓이 못되니까 말이야.

아무리 나라도 레이지 나리와 대마왕을 저울에 올리면 대마왕으로 기운다고?

하드가 태연하게 정보를 늘어놓았다.

"대마왕으로부터 폭식의 마왕인 제블 굴라코스의 토벌 명령이 우리 군에 내려졌다. 이 마왕은 원래 대마왕에게 소속된 일개 마왕이었지만, 이번에 식량 부족을 이유로 반기를 들었다. 지금은 대마왕파의 마왕인 아스텔 자브듀스와 클라드 아스탈, 양자를 살해하고 우리 영지로 접근 중이다."

지도에 표시된 광점이 두 개의 원을 관통하는 것과 동시에 그 영토가 붉게 물들었다. 광점은 거기에 만족하지 않고 나리의 지배 영지를 향해 전진을 이어가고 있었다.

나리의 거성인 영침전까지는 아직 거리가 있지만, 일직선으로 나아가고 있다.

킥킥킥, 다시 성가신 이야기가 날아들어 온 거구먼.

이번에는 이전에 내가 토멸했던 글란자 에스터드와의 싸움과는 차원이 다르다.

글란자 때는 그 군이 상대였고, 마왕 본인은 나타나지 않았다. 애초에 마왕이란 존재는 그리 쉽게 전장에 나타나지 않는다.

하지만 이번에는 다르다. 정보에 보이기로는 마왕이 있다.

"상대는 둘을 쓰러트린 마왕인가……. 상당히 하드한 이야기구먼."

"그래. 하지만 마왕 둘을 쓰러트렸다고는 해도, 대단한 힘도 없는 신참 마왕이다. 레이지 님의 적이 아니야."

하지만 하드 총사령관은 그것을 알면서도 개의치 않았다.

그래. 그 말대로다. 참으로 그렇겠지.

그도 그럴 것이 레이지 나리의 마력은, 정말이지 근방의 마왕 따위는 상대도 되지 않는다. 행동이 저런데도 이번에 제3위가 되었다고. 제3위── 단순히 말하자면 나리는 카논에 소속된 마왕 중에서 세 번째로 강하다는 것이다.

하지만 이번에 죽은 그 두 명은 그래도 마왕으로, 아직 클래스가 장군급인 우리보다는 훨씬 강하다는 것은 잊어서는 안 되지 않을까?

상대는 그 마왕을 둘이나 연속으로 격파한 강력한 악마다.

역시나 '오만독존(傲慢獨尊)'의 하드 로더. 자신만만해서 부럽구먼. 하지만 자신의 힘을 좀 과하게 평가하고 있는 거 아닌가?

나는 탐욕스럽기는 하지만, 타인의 힘을 인정하고 있다.

폭식의 제블이라고 하면 그다지 다른 마왕에 대해 잘 모르는 나도 알 만큼 빅네임이다. 이명은 악식(惡食). 대마왕의 부하 중에서도 제5위의 지위에 있었던 흉악한 마왕이다. 그리고 우리 마왕님은 직접 움직이지 않으니 말이지.

평범한 악마라면 일대일로 지지 않을 자신이 있어.

군단이라도 토멸할 자신은 있다.

하지만 상대가 마왕이라면 말이지, 아무리 이제까지 무수한 싸움에 승리해 왔던 일기당천의 나라도 불리하다는 말이 나올 수밖에 없어.

대답은 알고 있지만, 확실하게 해 두기 위해 물었다.

"나리는 뭐라고 했지?"

"뜻대로 하여라, 라고."

휘유~.

휘파람을 불자, 미디아 아가씨가 표정을 찌푸리고 나를 혼내는 듯한 눈으로 바라봤다.

역시 전부 떠넘겼나. 역시나 나태. 마왕 본인이 온다고 해도 흥미가 없다는 건가.

흥미가 없다. 오만이 어린아이로 보여. 스탠스가 흔들리지 않아.

미디아 아가씨가 얼굴을 찌푸리고 제블의 정보가 정리되어 있는 종이 다발을 팔랑팔랑 넘기다, 금방 고개를 들고 말했다.

"……조금 불리한 것 같아. 따로 쓸 수 있는 패는?"

"이 이야기는 레이지 님에게만 내려진 것이다."

그 말에 하드가 대답했다.

이런 이런, 나리도 꽤나 큰일이구먼. 하지만 5위의 마왕에 이쪽에서도 제3위를 맞붙인다는 수는 이치에 맞다. 나리의 특성을 생각하지 않을 때 이야기지만.

미디아가 팔짱을 끼고 언짢은 듯이 다리를 떨었다. 기분이 안 좋구먼. 무슨 일이 있었던 거냐?

"레이지 님을 번거롭게 할 수는 없어."

"그러하다. 상대가 마왕이라면 이쪽도 상응하는 전력을 꺼낼 뿐이다."

마왕에 버금가는 전력이라니 대체 뭘 가리키는 것인가.

하지만 타락의 마왕은…… 무슨 일이 있어도 움직이지 않는 법이다.

탐욕의 내가 목숨이 걸린 싸움을 해서라도 보구를 바라는 것처럼, 타락의 마왕은 그저 무기물처럼 거기에 있기를 갈망한다.

확실히 알 수 있다. 이것은…… 영광으로 향하는 하나의 시련이다.

군을 이끌고 있다고는 해도, 마왕을 격파한다는 사실은 레이지의 이름을 지금까지 이상으로 드높여 줄 것이다.

동시에 마왕을 둘이나 쓰러트린 마왕을 격파했다는 공적의 보상은 마검 셀레스테를 능가하는──SSS급을 초월한 L 급의 보구가 될 가능성마저 있다. 그리고 그것은 나에게 흘러들어올 것이다.

그것을 얻었을 때, 내 안에 잠든 갈망은 한층 더 높은 위계에 도달할 것이다. 어쩌면──마왕에까지 이를지도 모를 정도로.

목숨을 걸 가치는 충분히 있다.

"흥. 마왕님의 이름을 더럽힐 수는 없지……. 데지, 통례대로 할 수 있겠지?"

하드가 태연하게 나에게 강한 시선을 보냈다. 그 감정에 초조함은 없다. 이 녀석은 진심으로 생각하고 있는 것이다. 자신이 나서면 이 정도 마왕은 간단히 격멸할 수 있다고. 그러면서 나에게 이야기를 돌린 것은, 그 본질인 오만이 자신만이 아니라 자신이 지휘하는 군단에까지 미치고 있기 때문이다.

확실히 통례대로라면 첫 공격은 제3군의 역할이다.

킥킥킥. 어려운 일을 태연하게 말해 주는구먼, 총사령관님께서는.

나는 무리하지 않는 남자라고? 공적은 원하지만 말이야.

"킥킥킥, 내 군세만으로는 힘들겠군. 군단 상대쯤은 일도 아니지만 폭식의 스킬은 범위 공격에 특화되어 있고, 애초에 상대는 강력한 마왕이야."

"내가 나가겠어."

몸집이 작은 소녀가 자리에서 일어났다.

어떻게 된 일이지.

나리의 호위로 일하는 미디아 아가씨가 설마 스스로 나서려 하다니.

내일은 낮밤이 뒤바뀌기라도 하나?

"……어이어이, 대체 무슨 바람이 분 거지? 미디아 아가씨? 아가씨에게는 역할이 있을 텐데~?"

나리의 거성을 수호한다는 역할이 말이야.

하지만 미디아 아가씨는 강한 시선으로 태연하게 답했다.

"데지, 레이지 님에게는 나 정도의 힘이 필요하지 않아."

어이어이, 그건 입 밖으로 꺼내서는 안 될 이야기잖아?

애초에 그런 문제가 아니야.

마왕의 스킬은 강력하다. 배우고 숙달한 정도에 따라 사용 가능한 스킬에 차이는 있지만, 우리의 공적이라고는 해도 제3위까지 올라간 나리의 스킬이 얼마만큼의 힘이 될지 나에게는 상상도 되지 않아.

하지만 그것을 말해 버리면 나도 하드도 필요없다는 이야기가 되고 만다.

군사 회의실의 분위기가 불온해졌다.

하지만 그것은 아가씨의 다음 말에 의해 불식되었다.

아가씨가 드물게 감정을 드러내고 도끼눈으로 나를 봤다.

"게다가 최근에 공적을 세우지 않았어. 조금 운동을 해야……."

의외의 말이었다. 원래 그런 건 아가씨의 영역이 아니다.

하지만 그렇구먼. 그런 이야기였나.

논리적인 이유가 아니라는 이야기구먼.

아가씨도 얌전한 표정으로 꽤 한단 말이지.

공적. 탐욕도 오만도 아닌 아가씨가 원하는 이유.

씨익 웃고 일단 물어봤다.

"호오. 즉…… 쌓여 있다는 건가?"

"……."

오~오~, 무섭구먼.

삼백안이 내 전신을 꿰뚫고, 어마어마한 압력이 실내를 가득 채운다.

시선만으로 사람을 죽일 수 있겠는데.

킥킥킥, 색욕을 담당하는 미디아 룩스리아하트.

괜찮아, 부끄러운 일이 아니야. 나도 물욕은 뒤엎을 수 없으니 말이지. 아가씨가 색욕을 억누를 수 없더라도 어쩔 수 없어.

……뭐, 애초에 그런 감정이 남아 있는 색욕의 악마라는 것도 드물려나.

"데지, 당신은 나서지 않아도 돼……. 아니, 처박혀 있어. 내가 하겠어."

하지만 그 말은 그냥 듣고 넘길 수가 없어.

나는 싱글거리면서도 반론했다.

"아니 아니 아니지, 공격은 내 군의 역할이잖아? 처박혀 있을 수 있을 리가 없지. 나는 말이야, '탐욕'이라고."

"흥. 둘이서 가면 되지 않나."

하드가 얕보듯이 내뱉었다.

확실히 그 말대로다. 하지만 아무리 그래도 이름 높은 나리의 군을 두 개나 내보냈다가 패배하면 차마 눈 뜨고 볼 수가 없지. 마왕군은 대마왕님께서 하사하신 것이다. 만약 잃게 된다면 대마왕님의 '분노'를 자극할 수 있어. 이유를 만들어 주어서는 안돼.

아가씨는 그 말에 안 좋은 표정을 지었지만 이번 상대—— 제블 굴라코스의 역량을 알고 있는지 그 이상은 아무 말도 하지 않았다. 충성심이구먼.

원탁에 비치던 지도가 사라졌다.

군사 회의라고 해도 악마는 모두 제멋대로이고, 결정하는 일은 누군가 대응할지 뿐이다. 뒤는 각 군단장의 지휘에 걸려 있다.

나는 일어나기 전에 만약을 위해 하드에게 물었다.

"그런데 너는 괜찮겠어? 하드 총사령관."

"그래. 내가 나설 것까지도 없다. 데지와 미디아에게 맡기도록 하지."

그 목소리에는 진심이 담겨 있었다. 이 녀석은 진심으로, 평범한 악마가 마왕을 격파할 수 있으리라고 생각하고 있다.

이놈이고 저놈이고 미쳐 있다.

킥킥킥, 오만도 상당히 업이 깊구먼. 무서워 무서워.

뭐, 이쪽으로서도 처분당하지 않도록 최대한 일할 뿐이다.

제3화 이 녀석의 갈망과 내 갈망은 충돌하지 않아

"미디아 아가씨는 말이야——."

"……시비 거는 거야? 얼마든지 받아주겠어."

전선 기지는 이미 전개되어 있다.

나리의 군은 조금 전례가 없을 정도로 우수하다. 사령관인 나도 우수하지만, 그 이전에 일반 군인 악마의 질이 달라. 대국의 종군 경험이 있는 나니까 말할 수 있는데, 의욕이 다르다. 그러니 실력도 좋을 수밖에 없지.

킥킥킥, 이곳의 높으신 분은 욕구가 없으니까 말이야. 탐욕인 내가 그럭저럭 만족할 만큼의 포상이 나온다. 그야 일반 악마들에게는 상당히 많은 급료이겠지.

나라와 나라 경계의 광대한 구릉 지대에 전개된 군의 수는 약천. 제3군의 거의 전부다.

인간족의 군대와 비교하면 숫자야 떨어지지만, 질은 비교가 되질 않아. 악마의 스킬은 정말이지 그 천 배의 인간족을 상대하고도 거스름돈이 남을 정도의 전투 능력을 부여한다.

상대는 폭식과 그 부하가 약 300. 킥킥킥, 일반 병사의 수로서는 평균적이지만, 마왕이 전장에 나서는 것에 의한 사기 향상은 무시할 수 없고, 제블의 군도 제5위인 만큼 그럭저럭 무명을 떨치고 있다.

군의 수는 제3군과 비교하면 세 배 가까운 차이가 있다. 일단 평범하게 맞부딪치면 일단 밀어 버릴 수지만, 상대 마왕의 존재가 무엇보다도 위험하다. 폭식은 원래 광범위 섬멸에 적합한 스킬이 많다. 마왕이 쓴다면 어느 정도의 범위에 영향을 미칠지 나로서는 상상도 할 수 없지만 엄청난 피해를 입게 될 것은 틀림없다.

어떻게 상대의 수를 읽어낼지, 상대의 성능을 예측할지가 승패를 나누게 된다.

킥킥킥, 뭐, 사기라는 점에서는 이쪽도 뒤지지 않지만 말이지. 뭐니 뭐니 해도 단 한 명이라고는 해도 항상 성을 지키고 있는 미디아 룩스리아하트가 있다. 미디아는 얼굴이 예쁘고, 무엇보다 ── '색욕'을 담당하고 있다.

어쩌면 떡고물을 받을 수 있을지도 모르니 말이야. 그야 사기도 오를 법하지.

그 당사자인 미디아는 찌푸린 얼굴로, 색기의 색 자도 느껴지지 않는 긴 기장의 순백 로브를 걸치고 있다. 살색 성분이 부족해. 마치 수녀 같다.

"──아가씨는 말이야, 좀 더 색기가 있는 모습을 해야 해. 사기에도 영향이 미친다고."

아가씨는 내 진심이 우러난 충고를 코웃음 쳤다.

"쓸데없는 참견이야. 데지, 몇 번이나 말하지만 나는…… 그런 눈으로 바라보는 것이 구역질이 날 정도로 싫어."

확실히 몇 번이나 들었다. 하지만 도저히 색욕을 담당하는 자의 발언처럼은 들리지 않아. 뭔가 잘못 안 거 아닐까?

악마의 욕구는 결코 장식이 아니다.

클래스를 얻으면 그 직종의 길이 열리지만, 이것은 통상 외길이 아니다. 여러 개의 길이 가지처럼 뻗어 있어, 어느 길을 갈지는 개개인의 의지에 따라 정해진다. 당연히 어느 길을 걸을지에 따라 사용할 수 있는 스킬도 정해진다.

흔히 스킬 계통수(系統樹)라고도 스킬 트리라고도 불리는 기본적인 개념이 있다. 그런 식으로 말하면 악마의 클래스에는 여덟 개의 스킬 계통수가 있다. 즉 나태, 탐욕, 색욕, 분노, 폭식, 질투, 오만의 원죄와 일치하는 일곱 개와 기본적인 악마의 능력을 담당하는 기본 트리를 합친 합계 여덟 개.

그것들은 말하자면 운명의 이정표다. 그것을 순서대로 따라가는 것에 의해 강력한 스킬을 얻게 되지만, 악마의 스킬 트리는 스킬을 쓰거나 경험치를 모으면 성장하는 평범한 클래스의 스킬 트리와는 조금 다르다.

악마의 스킬 트리는 욕구를 성취하는 것에 의해서만 심연을 들여다보는 것이 가능하다. 그것은 악마의 스킬 트리에 있어 가장 초보적인 패시브 스킬…… 자동 발동 스킬인 '원죄의 갈망'에 의한 족쇄가 있기 때문이다.

그 족쇄 탓에 우리는 그저 단순하게 레벨을 올리기만 해서는 스킬이 늘어나지 않는다.

탐욕을 채우는 것에 의해 탐욕 스킬 트리를, 색욕을 채우는 것

에 의해 색욕 스킬 트리를 성장시킬 수 있게 된다.

그런 의미로 말하자면 아가씨는 좀 지나치게 금욕적이다.

킥킥킥, 그래서 색욕의 트리를 진행할 수 있으려나. 색욕을 담당하지 않는 나로서는 전혀 알 수 없지만.

하지만 뭐, 어차피 이쪽은 모르는 영역이니까 참견하지 않도록 할까. 쓸데없는 참견을 했다가 또 죽고 싶지 않으니 말이야.

"킥킥킥. 뭐, 아가씨의 길은 아가씨의 거야. 잘 싸우라고."

"말할 필요도 없어. 포상은 내가 받도록 하지."

"……어이어이, 그건 넘겨 들을 수가 없는데. 군을 내보낸 것은 나라고?"

아무리 강하다고는 해도 단독으로 나와서 독점하는 것은, 아무리 탐욕인 나라도 깜짝 놀랄 일이다. 애초에 너의 힘은…… 전투에 적합하지 않잖아?

환상마영(幻想魔影)의 미디아.

악마 중에서도 가장 유망한 녀석은 마왕이지만, 그렇지 않더라도 장군급 악마 정도 되면 이름도 사방팔방에 울려 퍼진다.

그 이름은 레이지 군 안에서도 세 손가락에 들어갈 정도로 유명하다. 킥킥킥, 나도 나리의 부하로 들어오기 전부터 알고 있었다고.

어째서 색욕^{Luxuria}의 속성을 지닌 악마가 나태의 악마 휘하에 들어왔는지는 모르지만 말이야.

설령 전투 적합성이 없더라도 평범한 악마가 상대라면 압살할 수 있겠지만, 이번 상대는 보통 상대가 아니야. 악식의 마왕이

상대라면 상대가 나쁘다고 말할 수밖에 없지.

미디아가 슬쩍 내 등 뒤에 서 있는 슬로터돌로 시선을 돌렸다.

아직 이름조차도 없는데도, 슬로터돌은 이미 평범한 악마를 아득히 초월한 전투 능력을 자랑하고 있었다. 내가 모은 희소한 무구마저 장비시키면 실로 일기당천.

술자의 힘이 얼마나 비정상적인지 드러나는 부분이다.

하지만 미디아는 금방 진심으로 흥미 없다는 듯이 이쪽을 돌아봤다.

"무구 따윈 필요 없어. 보구도 필요 없어. 인형도 필요 없고, 지위도 필요 없어."

"어이어이, 그러면 뭐를 원한다는 거야?"

"나는 색욕. 원하는 것은 욕정뿐."

그렇구먼……. 재미있어.

그 한마디로 확실히 알 수 있다. 이 녀석이 내포한 원죄는 그저 단순하게 물건이나 힘을 원하는 나보다도 아득하게 죄가 깊다.

하지만 상관없다. 이 녀석의 갈망과 내 갈망은 충돌하지 않아. 지금은 그렇다고 치도록 하자.

비지니스 파트너로서 이 이상 파고들 필요는…… 없으니까 말이지.

"나와 너의 욕망은 경합하지 않는다는 건가. 뭐, 좋겠지. 그 말 믿겠어. 뒤통수를 맞고 끝장나는 경우가 가장 기분 잡치니까 말이지."

못을 박아 두었다.

악마의 군세란 건, 의지가 충돌하면 아군이 금세 적군이 되니 말이지.

킥킥킥, 덤으로 미디아는 내가 군에 들어오는 것을 마지막까지 반대했던 악마다. 대비는 지나쳐도 나쁘지 않아.

뭐, 정면으로 맞붙는 전투로 말하자면 마왕급의 무구를 갖춘 나에게 이길 수 있을 리가 없어.

부디 개죽음을 당하지 않도록 그 힘을 발휘해 달라고. 마왕을 상대로 스스로 나서겠다고 큰소리칠 정도로 엄청난 힘이 있는 거잖아?

제4화 자, 찬탈을 시작하자

폭식을 담당하는 마왕 제블 굴라코스——악식의 제블은 가장 흉악한 마왕이다.

마계에서 최대 세력을 자랑하는 대마왕인 카논 이라로드의 부하 마왕 중에서도 열 손가락에 들어가리라. 단순히 전투 능력만으로 정해진 것은 아니지만, 대마왕의 부하 마왕으로서 부여된 서열도 5위였다.

눈앞에 정렬한 군단 앞에서 거만하게 물었다.

"그것이 어떤 의미인지 알고 있나? 제군."

"…………."

상식이지만 악마의 생김새는 절대로 인간형만이 아니다.

힘이 강하면 강할수록 인간형을 취하는 경향이 높지만, 그 모습과 형태는 전부 개개인의 본질을 나타내고 있다.

다종다양한 용모를 띤 이형의 악마가 많은 무리를 이루어 규칙 바르게 줄을 선 모습은, 마왕의 군단 안에서는 흔히 보기 드문 질서가 충만해 있었다.

모든 것은 이 땅을 지배하고 있는 나리의 스킬에 의한 것이다. 마왕의 스킬에 의해 그 힘이 충만한 땅은 아군에게 힘을 부여해 준다.

마왕의 공통된 클래스 스킬이자, 가장 유명한 스킬인 '혼돈의^{어 비 스} 왕령^존'.

악마의 싸움에서 군단의 크기나 지리적 이점이 아니라 소속된 마왕 간의 격의 차이가 가장 큰 유불리 요소가 되는 이유.

레이지 나리는 전선에 나오지 않지만, 마왕끼리의 눈에 보이지 않는 싸움은 이미 시작되었다.

악식의 제블이 형성한 존은 눈에 보이지 않을 뿐이지, 나태의 레이지의 존을 침식해 자기 군에 유리한 필드를 만들어내려 하고 있을 것이다.

킥킥킥, 부디 열심히 해 달라고.

뭐, 나도 다소는 일하겠지만 말이야.

"그건 말이지…… 우리에게 마왕을…… 게다가, 상위의 마왕을 토멸할 영예가 주어졌다는 거다. 킥킥킥, 나리도 여간내기가 아니야. 우리에게 큰 기회를 내려 주다니…….."

부디 조금만 더 사정을 봐주길 바라지만, 그것은 무리한 이야기다.

아마 나리는 제블이 쳐들어오는 것조차 기억하지 못하고 있을 거야.

하지만 현장에서 직접 싸우는 우리에게 그런 건 관계없다.

탐욕을 채우기 위해서는 리스크를 두려워해서는 안 돼. 그래선 촌구석의 일개 악마로 인생이 종치고 만다.

허리에 찬 한 자루 검을 뽑는다.

마검 셀레스테──.

검사라면…… 아니, 악마라면 누구나가 아는 전설의 검을.

불타는 검신에 시선이 집중된다.

태양처럼 진홍색으로 빛나는 마력(<ruby>마 나</ruby>)이 사용자인 내 손에 의해 마치 빛의 기둥처럼 마계의 붉은 하늘을 꿰뚫는다. 그 힘은 나 자신이 내포한 그것을 아득히 뛰어넘었다.

킥킥킥, 이것만 있으면 일당백이야.

덤으로 셀레스테보다는 못하지만, 이것보다 살짝 아래 정도 랭크의 마검을 나는 여러 자루 갖고 있다.

"가자, 이놈들아. 돈도 명예도 힘도 여자도 원하는 대로 손에 넣을 수 있다. 욕망을 해방해 우리의 마왕 레이지 슬로터돌즈에게, 그리고 대마왕 카논 이라로드에게 자기가 가진 힘을 증명해라. 폭식의 마왕에게 파멸의 순간이 찾아왔을 때 알려 주는 거다. 자기가 대체 누구에게── 싸움을 걸었는지를."

이형의 집단이 천둥소리 같은 갈채를 터트렸다.

이 녀석들도 바보가 아니다. 강력한 마왕에게는 강력한 부하가 모인다. 대마왕의 하사품이라든가 하는 이야기가 아니다. 그건 운명을 끌어당기는 힘이다.

투쟁심을 채우는 흉악한 기적에 악마의 본능이 뒤따른다.

불타는 붉은 하늘에 떠오른, 허무한 푸른 달(<ruby>블 루 문</ruby>).

영역은 아직 나리의 것이다. 멀리 거친 땅에서 질주하는 검은 폭식의 군세가 보인다.

미디아가 천천히 일어났다.

그 윤곽은 안개처럼 불확실해서, 위압감만이 그 존재가 그곳에 있다는 것을 나타내고 있다.

나와 이 녀석은 군의 성질상 함께 싸우는 일이 거의 없다. 하지만 그 동작 하나만으로도 이 녀석이 가진 악마로서의 격을 알 수 있다.

내게 색욕의 스킬은 미지의 세계나 마찬가지다. 물론 상대한 적이 없는 것은 아니지만, 장군급이 되면 그리 간단히 만날 수 있는 레벨의 악마가 아니다.

높은 정신 오염 내성을 지닌 악마의 오감을 속이는 고위의 환술.

호색한 눈으로 미디아를 보고 있던 부하들의 시선이 변한다.

킥킥킥, 이 녀석은 무서운 여자라고. 그도 그럴 것이, 이 군단에서 유일하게 여자가 사령관을 맡고 있으니까 말이지. 얕보면 영혼을 빼앗기고 만다.

"내가 먼저 가겠어. 이견은?"

"킥킥킥, 마음대로 해, 색욕. 아가씨는 오늘은 게스트니까 말이야."

퍼스트 어택 정도는 얼마든지 양보해 주겠다. 내가 탐내는 것은 결과뿐이다.

우선은 악식의 힘을 파악하게 하도록 하자. 그것은 룩스리아의 특기 분야잖아?

미디아의 모습이 다시금 크게 흔들린다. 초점이 맞지 않았을 때와 비슷하지만, 그 모습이 되돌아오는 일은 없다. 둘로 늘어난 아가씨가 똑같은 어조로 거만하게 말했다.

"탐욕, 고마워."

"……그딴 건 필요 없어. 부디 일격에 죽지 않게 주의하도록 해."

"훗……."

색욕이 내 말에 코웃음 쳤다.

동시에 찰나의 틈도 없이, 순식간에 그 모습이 두 명에서 셀 수 없을 정도로 무수하게 늘어났다.

이것이…… 색욕의 스킬. 유혹과 몽환을 존재 증명으로 삼는 악마의 능력.

예상 밖이다. 나의 눈을 속이는 환상을…… 순식간에 이만큼의 수로 전개한다고?

어이어이, 괴물이잖아. 정신 오염 저항의 스킬로 전혀 저항^{레지스트}하지 못하고 있어.

내심 놀라면서도, 그게 표정에 드러내지 않도록 전력으로 삼켰다.

이 녀석과 비교하면 내가 지금까지 봐 왔던 색욕의 악마가 쓰던 기술 따윈 어린아이 장난에 지나지 않는다.

스킬에는 위계가 있다. 직전의 스킬까지 얻지 않으면 다음 스킬을 알 수 없으니 파악할 수 없지만, 대체 얼마나 색욕을 채우면 이 정도로 현혹시키는 스킬을 손에 넣을 수 있지?

미디아가 입술을 요염한 동작으로 날름 핥았다. 붉은색이 칠해진 것처럼 입술이 핏빛으로 물든다. 그 동작은 담당하고 있는 속성에 신빙성을 줄 정도로 그럴 듯했다.

"그럼 먼저."

순백의 로브가 펄럭였다.

전부 제각각 다른 동작으로 외투를 흔들며, 모든 미디아가 질주했다.

황야를 아무런 소리도 없이, 그 동작에도 불구하고 눈에 띄지 않고. 그러면서 엄청난 속도로.

아지랑이처럼 흔들리는 그 희미한 존재감은, 방심하면 놓치고 말 것 같다. 오감에도 마력 탐지에도 걸리지 않는다.

말도 안 돼 말도 안 돼 말도 안 돼. 큰일이야. 이 녀석의 능력…… 그 이름대로야.

이전에 듣던 평판대로라고? 농담하지 마. 그 이상이다. 내 스킬로 저항할 수 없다면, 폭식의 군단 멤버도 그리 쉽게 꿰뚫어 볼 수 있을 리 없어.

이대로는…… 속아 넘어가 죽게 될 거야.

나 따위는 나설 것도 없어.

색욕의 스킬은 상위로 올라갈수록 비교할 수 없이 무섭다고 들었지만, 설마 이런 곳에서 눈으로 보게 될 줄이야. 세상은 알 수 없어. 아군이라 다행이야.

뭐, 아군이라도 골치 아프지만 말이야. 이래서는 내 공적을 세울 수가 없잖아.

"어이, 이놈들아. 놀고 있을 때가 아니잖아? 미디아의 뒤를 따라 전군 돌격이다! 이대로는 아가씨에게 모든 공적을 빼앗기고 말 거라고."

내 말을 듣고 간신히 깨달은 것인지 부하 악마가 뒤를 따라 질주했다. 하지만 그 시선은 무수한 미디어에게 꽂혀 있다.

이런 이런, 모조리 현혹되어 버렸다. 적에게 색욕이 있다면 골치 아프겠어. 내성 장비를 갖추어야 하나?

아니, 애초에 그런 장비 정도로 이 환상에 저항할 수 있나?

흙먼지를 피워올리며 악마 군세가 언덕을 내려가는 중에, 유일하게 남은 측근에게 물었다.

질투의 악마. 리벨 아이젠스. 몸집이 작고 힘은 없지만, 그 지식의 깊이는 비할 데 없는 학자풍의 악마다. 동시에 내가 이 군으로 올 때 함께 온 맹우이기도 하다.

악마의 전쟁에서 상대 스킬의 정체를 간파하는 일은 중요한 요소다. 그것에 따라 전술이 변하고 마니 말이지.

박식한 악마에게 묻는다. 적이 아니라, 아군의 정보를.

"어이, 저 스킬, 본 적이 있냐?"

리벨은 보라색 눈동자로 빤히 바라보며 뒤쫓고 있었지만 금방 대답했다. 킥킥킥. 꼬맹이 같은 모습을 하고 있지만, 이 남자는 과거 천계 녀석들과의 투쟁에서 지략으로 훈장을 받았을 정도의 지식인이기도 하다.

내 친구 중에서는 가장 악마에 대한 지식이 깊은 남자다.

"본 적은 없지만 들어 본 적이 있어……. 색욕의 최상위 스킬…… SS급 스킬인 '분장환무(分裝幻舞)', 실체를 지닌 환상을 만들어 내는 스킬이야……."

리벨이 잔뜩 힘을 준 무시무시한 악귀나찰 같은 표정으로 아랫 입술을 깨물고, 지옥의 밑바닥에서 울려 퍼지는 듯한 목소리를 냈다.

하지만 그런 표정 따윈 아무래도 좋다. 그 말은 내 상정 밖이었다.

"……뭐? 어이어이, 농담하지 마. SS급 스킬? 그딴 것은 장군급의 그릇을 초월했잖아?"

"……믿을 수 없어. 아니…… 하지만, 틀림없어. 자네보다도 훨씬 레벨이 높은 정신 오염 내성을 지닌 내 눈으로 꿰뚫어 볼 수 없다니……."

그 말에 거짓은 없다. 질투의 스킬이 가진 성질상, 리벨의 정신 오염 내성은 나보다 까마득하게 높다.

어이어이, 정말이냐.

SS급 색욕의 스킬? 틀림없이 마왕의 영역이다.

같은 장군급인 나조차, 탐욕의 스킬은 상위 클래스…… S급까지밖에 얻지 못했다.

저 담백해 보이는 아가씨가 거기에 도달했다고? 어떻게?

아니, 그만큼의 색욕을 내심으로 품고 있다는 말인가? 밖으로 드러내지 않고? 은근히 밝혀? 아니 아니야, 그런 멍청한 이야기가 있을 것 같아. 악마의 갈망은 그런 어설픈 것이 아니야. 어떤 속임수지?

아니, 애초에 어떻게 거기까지 달성했으면서—— 왜 아직 색욕의 마왕이 되지 않았지?

아니지. 지금 생각해야 할 부분은 거기가 아니야.

마왕의 스킬은 악마의 스킬을 크게 뛰어넘는다. 몇 개 스킬을 쓸 수 있는지 모르겠지만, 색욕의 스킬을 SS급까지 자유자재로 다룬다고 하면 아무리 상위의 마왕이라고 해도 고전을 면치 못할 것이다. 상대는 사전 정보가 없을 테니 말이지. 뭐니 뭐니 해도 색욕의 상위 악마는 원체 수가 적다.

큰일이다. 이대로는 폭식의 마왕이 잡아먹힐지도 몰라.

이공간에서 검을 꺼내, 왼손에 들었다. 셀레스테를 뽑아, 황야의 끝――적과 접촉하는 아가씨를 멀리서 노려봤다.

순백의 외투. 눈에 띄는 모습을 하고 있음에도 불구하고, 내 시선은 아가씨를 포착하지 못하고 있다.

"쳇, 어쩔 수 없지. 나도 나가겠어. 리벨, 너는 아가씨의 스킬을 '질투' 해라."

"……하지만 내 틀은 이미 채워져 있어."

이런 이런 이해를 못 하는 남자다. 색욕의 최상급 스킬을 질투할 수 있는 기회는 그리 쉽게 오지 않는다고.

'질투' 의 스킬은 예민하다. 지나치게 욕심을 부리면 써야 할 타이밍을 놓치고 아무것도 할 수 없는 평범한 악마가 되고 만다.

"리벨, 내 '찬탈' 을 버려라."

"……어쩔 수 없군. 편리했었는데."

리벨은 금방 납득이 간 것처럼 고개를 끄덕였다. 그렇게 이해가 빠른 점이 좋다니까.

그래서 나는 리벨과 맹우란 말이지.

"킥킥킥, 괜찮아. 네 트리가 확장되면 금방 자리가 비니까. 색욕의 상위 스킬만 쓸 수 있게 되면 간단히 올릴 수 있을 거야. 다행히 조건은 이미 거의 채워져 있어. 그렇지?"

"그래, 그렇게 할까."

질투의 스킬은 횟수 제한과 엄격한 취득 조건이 있긴 해도, 타인의 스킬을 완전하게 모방하는 편리한 스킬이다. 그도 그럴 것이 조건만 충족하면 마왕 클래스의 스킬마저도 사용이 가능하니까.

이것은 기회라고. 마왕급에는 그리 간단히 다가갈 수 없어. 취득 조건을 충족시킬 수 없으니까 말이지.

지금 미디어가 보여 준 스킬은 강력하다. 범용성도 있다. 그것만 쓸 수 있게 되면 우리는 더욱 강해질 수 있다.

마왕에 더더욱 다가갈 수 있다. 찬탈의 데지와 탐구의 리벨이 팀을 짜면 최강이다.

킥킥킥, 아무래도 내 운도 드디어 기운을 타기 시작한 것 같다.

자, 찬탈을 시작하자.

"아가씨, 미안하네. 그 스킬, 내가 받겠어."

힘도 명예도 보물도 전부다 나의 것이다.

《분장환무(分裝幻舞)》
실체를 지닌 분신을 복수 만들어 낸다. 각각의 분신은
사용자와 동등한 힘을 지닌다. 실체를 갖고 있기 때문
에 내성 스킬이 통하지 않는다.

Chapter.3

색
욕

Luxuria

제1화 일찍이 색욕의 마왕은 말했다

일찍이 색욕의 마왕은 말했다.

공격성 마력 같은 것이 없더라도, 갈망을 달성하는 데 부족함이 없다고.

욕망을 채우는 것에 아무런 장애도 없다고. 그렇게 말하고 먹을 것도 먹지 않아 깡마르고 여윈 내 머리를 상냥하게 쓰다듬었다.

그 시원스러운 용모와 홀딱 반할 것 같은 글래머러스한 몸은 설령 여자인 내 눈으로 보더라도 아름다웠다. 위험한 정을 품고 타락하고 말지도 모를 정도로. 이것이야말로 마성의 미모라는 것인가 감탄하는 것과 동시에, 질투를 품지 않을 수 없었다.

아마 그녀는 나에게 일반적으로 볼 수 있는 '색욕'과는 다른 시점으로 '색욕'을 보고 싶었을 것이다. 그것은 틀림없이 매우 달콤하고, 어둡고, 허무한 감정이었을 것이다.

그 마왕은 이미 멸망하고 말았지만, 그 가르침은 내 근원에 단단히 뿌리내리고 살아 있다.

색욕이란, 상대가 사람이라면 모를까 각각의 원죄를 품은 악마종 중에서는 가장 '싸우기 어려운' 형태라고들 한다.

악마는 그리 간단히 욕정에 현혹되지 않는다.

탐욕이란 물욕이고, 오만이란 명예욕.

폭식은 식욕이고, 질투와 분노는 방향성이 다르다.

나태 같은 것은 단 혼자서 세계가 완결되고 있어 이쪽의 이름조차 기억해 주지 않는다.

그리고 상위의 악마, 강력한 악마가 되면 될수록 갈망을 추구해 왔다는 이야기라, 그 감정에 물들어 간다. 마왕 정도 되면 아예 그 외의 감정 따윈 얄팍한 종잇조각만큼도 남아 있지 않을 것이다.

지금의 적은 폭식의 마왕 따위가 아니라, 아군의 마왕이었다.

이미 내가 함께 소속되고 수십 수백 년이 지났다. 적어도 이름 정도는 기억해 주기를 바란다.

그렇게 생각하고 마는 것은 내 업이 깊기 때문일까?

탐욕의 데지는 싫다. 하지만 그 강력한 전투 능력은 인정하고 있다.

나나 오만은 스스로 쳐들어간다는 발상이 없다. 추가로 레이지 님에게도 그런 감정은 없다. 그러니 포상으로 강력한 무구를 바라는 데지는 현재 레이지 님 산하의 군에서는 가장 도움이 되고 있다.

전투와 갈망이 직결되어 있는 그는 우리 군에서 유일한 '육식계'였다.

그것이 그저 부럽다.

나도…… 원하는 것 정도는 있다. 단지 그것을 명확하게 원하는 일이 없을 뿐이지.

그것은 내가 담당하는 속성상 어쩔 수 없는 일이겠지만.

적과의 접촉은 고작 몇 초 만에 이루어졌다.

그래도 나는 상위의 악마다. 자주 작다느니 무뚝뚝하다느니 색기가 없다느니 하는 소리를 듣지만, 그것도 전투 능력과는 무관하다. 상위 악마의 다리 힘으로 바닥을 차는 순간, 순식간에 시야가 탁 트인 황야를 답파해 몇 킬로 이상 떨어진 폭식의 행군과 맞부딪쳤다.

분할되어 있던 시야가 흔들리고, 배 이상으로 분할된다.

이제 시야의 수는 100을 넘지만, 수백 미터 앞에 확실하게 보이는 폭식의 군세는 이쪽을 보는 기색조차 없다.

색욕의 스킬 트리에서 가장 많은 것은 정신을 오염시키는 스킬이다.

매료처럼 지극히 일반적인 오염부터 자유자재로 환각을 보이는 스킬, 타인을 잠들게 하는 스킬 등이 존재한다.

그러나 이런 스킬들은 악마에게 효과적이지 못하다.

악마가 지닌 기본적인 스킬 트리의 가장 첫 부분에서 정신 오염 내성의 패시브 스킬이 손에 들어오기 때문이다. 다른 종족은 그리 쉽게 얻을 수 없지만, 악마나 천사 등의 종족에게 그 스킬은 갖고 있지 않는 것이 신기한 종류의 기본적인 스킬이었다.

그런 탓에 색욕을 담당하는 악마는 무시당하기 쉽다. 색욕의 스킬 트리 초급에서 중급에 걸친 정신 오염 스킬은, 기초 스킬 트리 초반의 정신 오염 내성 패시브 스킬에 완전히 방어되기 때문이다.

지독한 경우는 애완용이라며 야유받기도 할 정도라, 나는 그런 색안경으로 보는 녀석들을 모조리 토멸해 왔다. 중요할 때는 흥미조차 갖지 않는 주제에 장난으로 안을 수 있다고 생각한다고? 오만을 담당하는 것도 아니면서 내 자존심을 자극하고, 분노를 담당하는 것도 아닌데 내 마음을 격노하게 만든다.

　애초에 색욕 속성은 그런 게 아니다. 그들은 지독하게 착각하고 있다.

　결코…… 나에게 색기가 부족한 것도, 매력이 부족한 것도 아니다. 머리카락도 피부도 복장도 신경 쓰고 있고, 표정도 되도록 밝고 친근할 수 있도록 노력하고 있다.

　몸의 굴곡이 빈약한 것은 절대로 내 잘못이 아니다. 어렸을 적에 영양이 부족했던 것이 문제다. 분별력이 생기고 난 뒤로 황급히 되도록 영양을 섭취하려고 마음먹었지만 이미 늦었다.

　운명을 저주할 수밖에 없다.

　하지만 괜찮다. 내 주인의 입버릇을 따라 하는 것은 아니지만, 모든 것이 아무래도 좋다.

　나는 딱히── 만인이 성욕을 품는 존재가 되고 싶은 것도, 만인에게 안기고 싶은 것도 아니니까.

　악식의 제블의 군단을 구성하는 악마 대부분은 폭식의 원죄를 품은 악마다.

　광범위 공격에 탁월한 스킬을 가졌다. 분노의 스킬^{Ira} 다음으로 높은 공격력을 자랑하는 스킬 트리다.

　하지만 맞지 않으면 그만일 뿐이다.

정신 오염에 내성이 있다는 이야기는, 만약 그것이 깨졌을 경우의 대응 수단이 부족하다는 이야기이기도 하다.

특히 색욕의 상위 스킬인 '분장환무'는 평범한 정신 오염 스킬이 아니다.

모든 환상의 시각으로 본 비전이 내 머릿속으로 들어온다.

선두에 있는 악마가 흔들거리는 내 환상을 마침내 포착해, 발을 멈췄다.

그 존재에서 느껴지는 힘은 절대 낮지 않다. 제블의 군세는 정강하다.

폭식의 군은 이형의 악마로 이루어진 집단이었다. 사람의 형태를 완전히 유지하고 있는 자는 거의 없다. 그 폭력적이기까지 한 야수성── 식욕을 표현하는 듯한 짐승의 울음소리가 바람이 되어 황야에 울려 퍼진다.

개개인에게서 느껴지는 마력은 제3군 소속 악마와 비교해도 그다지 차이가 없는 데다, 녀석들에게는 더 이상 뒤가 없다. 대마왕 카논에게 거역하고 이미 마왕 둘을 토멸한 이상, 그들은 배수의 진을 친 셈이다. 간신히 이기는 것마저도 용납되지 않는다. 압승하는 정도가 아니면, 대마왕에게 남은 열다섯 마왕에게는 맞설 수 없다.

전해 들은 이야기로는 악식이 반기를 든 이유는 식량 부족이었다고 한다. 마계에는 식량이 부족하다. 아니, 일반 악마에게는 충분한 양이기는 하지만, 폭식의 원죄는 그 필요량을 한없이 늘린다. 그들은 먹으면 먹을수록 강력한 힘을 얻을 수 있다고 한다. 색욕이 성교함을 하면 할수록 힘이 늘어나는 것처럼. 질투가 타인에게 질투심을 품으면 품을수록 그 힘이 늘어나는 것처럼.

이쪽을 알아챈 선두의 악마가 폭식의 스킬을 발동한다.

검은 마력의 파동이 순식간에 크게 퍼져, 파도가 되어 나를 삼킨다.

과연…… 폭식의 스킬. 이 무슨 흉악함인가.

몸에 두른 마력이 엄니에 꿰뚫려 벗겨진다. 제어해 발동했던 신체 강화의 효과가 강제로 벗겨져 순수한 마력으로 환원된다. 힘이 빠진다.

이것이…… 타인의 마력을 먹어 환원해 자유롭게 다루는 폭식의 스킬인가.

아마도 본체를 알 수 없으니 전체를 대상으로 삼았을 것이다. 그 넓은 범위는 색욕의 스킬과 상성이 나쁘다.

처음부터 알고 있었지만 귀찮은 상대다.

그러니까 내가 앞으로 나섰다. 이 레이지 님의 군에서도 세 명밖에 없는 장군급인 내가.

아무리 상성이 나쁘다고는 해도, 아무리 전투에 적합하지 않다고는 해도, 악마로서의 격차는 뒤집을 수 없다.

색욕의 생김새에 속아 넘어가, 일순 악마의 눈과 손이 멈춘다. 얕잡아 보고 있다.

하지만 멈춘 것은 고작 한순간이고, 금방 그 눈은 '식욕'으로 물든다. 이 녀석들은 동족마저 먹는다. 성적인 의미가 아니라 물리적으로 먹는다. 그래서 싫다. 아니, 딱히 성적으로 먹어 달라든가 하는 것이 아니라…….

다섯 손가락에서 뻗은 손톱이 가차 없이 내 뺨을 스친다. 한 줄기 혈액이 공기 중에 튀기 전에, 내 수도가 그 목을 파고들었다. 우선은 한 명. 쓰러지는 것을 확인하지 않고 그대로 지면을 박찼다.

가능하면 색욕의 스킬을 쓰고 싶지만, 초급 스킬은 통하지 않는 이상 나에게는 육탄전밖에는 수단이 없다. 하지만 그것으로 충분하다.

등 뒤에서 내밀어진 엄니가 내 배를 꿰뚫어, 그대로 내 환상 중하나를 먹어 치운다. 허공을 난 혈액이 순식간에 환상으로 변화해 사라진다.

시야가 하나 사라진다. 하지만 그 정도로는 나에게 통증을 주지 못한다. 폭식의 악마 상대라도 내 직접 공격은 통한다. 오랜만에 직접적인 전투였지만, 괜찮다. 아직 할 수 있다.

데지는 짜증스러운 남자지만, 그 전투 안목은 확실한 남자다. 천박한 점도 있지만, 고작 10년 정도 만에 사령관의 자리를 쟁취한 그 힘은 얕볼 수 없다.

수많은 환상의 오감을 집약해 통합하는 내 역할은 절대로 섬멸따위가 아니다.

나에게 주어진 역할은 마왕의 힘을 확인하는 일. 입 밖으로 내지 않더라도 알고 있다.

악식의 제블. 소문으로 들리는 상급 마왕의 스킬을 직접 몸으로 받아 확인할 것. 환상을 조종하는 내가 적임이다. 아무리 공격력과 기동력이 뛰어난 데지의 제3군이라도 마왕의 스킬을 받으면 순식간에 수가 줄어들 수가 있다.

마왕이라고 해도 그 힘에는 차이가 있다. 공격력, 내구성, 민첩성, 성격, 특수 능력. 제블이 강력한 마왕이라는 것은 의심할 여지가 없지만 그 경향을 피부로 확인할 필요가 있었다.

군의 피해는 레이지 님에게 가해지는 피해. 피해야만 한다.

그때, 군 전체가 정지했다.

전신을 파고드는 오한.

중앙에 선 것은 낮은 산 같은 그림자. 오한의 정체는 그것이다.

신체가, 정신이 오염되어 힘이 빠져나가고 긍지를 무너트리는 기적.

모든 것을 휩쓸어 산산이 부서질 것만 같은 예감.

그것은 내가 지금까지 레이지 님을 모시면서 아직 한 번도 느껴 본 적이 없는 감각이었다.

그 충격에 순간적으로 손이 멈췄다.

말도 안 돼……. 이것은──.

사고하는 찰나에 군체가 열 개 단위로 사라진다.

하지만 지금 가장 신경 써야만 하는 것은 따로 있다.

마왕의 싸움은 영역 쟁탈전이다.

지금까지 팽팽하게 대치하고 있던 영역의 성쇠가 갈렸다.

"레이지 님의 영역이 잡아 먹혔다고……?!"

"……어이어이, 어디서 나타나는 거야. 아가씨……."

갑자기 자기 앞에 출현한 나를 보고, 데지가 어이없어하며 말했다.

괜찮다. 아직 몇 킬로 떨어진 이곳까지는 먹히지 않았다.

내 분신이 모조리 사라지고 붕괴되어 흡수된다. 도망치기 위해 땅을 박찬 순간에 그 다리에 촉수가 휘감겨 공중으로 내던져진다. 검은 만두 같은 구체가 무수한 촉수를 휘두른다. 그것이 분신체가 본 마지막 광경이었다. 어찌하지도 못하고 검은 신체에 접촉한 순간에 환상이 사라진다.

터무니없는 괴력. 시야를 속일 여유조차도 없다.

장군 클래스의 힘이 전혀 통하지 않는다.

실로 악마를 초월한 악마. 원죄를 끝까지 추구한 괴물⋯⋯. 그것이 상위의 마왕.

알고 있다고 생각했지만, 너무나도⋯⋯차이가 난다. 무슨 스킬을 쓴 것인지도 알 수 없다. 아니, 알고 있어도 피할 수 없다.

기초 능력치의 차이가 너무 크다. 갈망이 너무 차이가 난다.

마력이 깃든 분신체의 주먹이 제블의 등에 꽂힌다. 그대로 손쉽게 관통했는가 싶은 순간, 분신체가 신체에 삼켜졌다. 떨어지려고 했지만, 그대로 순식간에 소화되어 의식이 사라진다.

상황을 보기 위해서라고는 해도, 분신체라고는 해도, 장군 클래스의 악마가 손쉽게 죽고 마는 마왕이라는 존재.

색욕의 환상을 전혀 개의치 않고 쓸어 버리는, 순수하기까지 한 폭력성.

신참이라고는 해도 마왕 둘을 먹어 치운 존재. 그 의미가 무겁게 짓누른다.

"데지, 안 좋아⋯⋯. 이 녀석, 강해⋯⋯."

"······이런 이런. 그딴 건 당연해. 상대는······ 대마왕의 부하 중에서도 상위의 마왕. 레이지 나리를 죽일 작정으로 가야지······."

데지가 여섯 개의 팔을 재주 좋게 움직이며 한숨을 쉬었다.

짜증 나는 남자여도, 확실히 맞는 말이다.

하지만 제블의 힘은······ 이상하다. 내가 생을 받고 수천 년, 이제까지 봐 왔던 중에서도 돌출되어 있다.

승산이 전혀 보이지 않는다. 그것이 실제로 칼을 마주했던 나의 감상이었다.

일단 물러나서 재정비해야 하나?

"일단 태세를 다시 정비하는 편이 좋겠어?"

"아니, 아니야. 이대로는 내 군은 전멸해. 싸울 수밖에 없겠어."

데지가 싱글거리며 오른손에 들린 마검을 치켜들었다.

마검 셀레스테. 전설의 염룡 '셀레스테'를 죽였다고 전해지는 불꽃의 마검.

대마왕이 마왕님께 하사한 최상의 마검 중 한 자루가, 지금 크게 휘둘러졌다.

제2화 질 수는 없다

작열하는 빛이 세상을 가득 채웠다.

마검 셀레스테.

불꽃 속성을 지닌 검이다.

무기로서의 등급은 SSS. 용만이 아니라, 상성상으로는 최악일 터인 상위의 천사를 태워 죽였다는 일화까지 지닌 보검이다.

대마왕의 창고에 오랜 세월 안치되어 있던 그 무기가 지금, 오랜만에 현세에 그 힘을 가득 채웠다.

고위의 마검에는 절대로 검으로서의 용도만이 있는 것이 아니다.

"킥킥킥, 역시나 엄청난 마력이구먼……."

데지가 날카로운 목소리로 웃으며 검의 힘을 해방했다.

원래라면 마왕이 다룰 클래스의 마검. 그 거대한 소비 마력은 장군급이라도 짐이 무거웠을 텐데, 데지는 딱히 문제없이 그 막대하다는 표현도 부족한 마력의 소용돌이를 적군에게 겨눴다.

그것만으로 그 거구가 겉모양만 번지르르하지만 않다는 것을 알 수 있다.

짜증스러운 남자다…….

마검에서 현현한 화염의 용이, 질주하는 제3군을 가볍게 추월해 몇 킬로 앞의 적군을 핥았다.

순간 폭식의 군에서 검은빛이 발생한다.

'기아의 파동'.

폭식이 폭식이라고 불리는 이유가 되는 스킬.

파동과 마검의 불꽃이 충돌한다.

모든 것을 먹어 치우는 기아의 마력과 무한하게도 느껴지는 막대한 화염이 대치한다.

마검의 힘을 빌려, 데지의 힘은 제블의 힘과 분명하게 맞상대하고 있었다.

데지가 짜증스러운 듯이 두꺼운 입술을 핥았다.

"셀레스테의 힘을 빌리고도 아직 호각인가……. 역시나 마왕님……. 그 힘, 갖고 싶네."

원죄의 근원이란 말하자면 욕구이다.

돈을 원한다, 물건을 원한다, 맛있는 것을 먹고 싶다, SEX하고 싶다, 일하고 싶지 않다, 타인을 얕잡아 보고 무릎 꿇리고 싶다.

그리고 데지의 욕구도 내 욕구도 최종적으로는 단 하나, 타인에 대한 질투에 집약하게 된다.

결국 빼앗는 것이야말로 악마의 본질. 한정된 리소스를 타인보다도 어떻게 많이 먹어 치울까.

데지가 불타는 빛을 내뿜어대는 검을 네 개의 팔로 내리누른다. 하지만 그 얼굴은 자신이 내뿜는 폭력적인 힘에 취해 장렬하게 웃음 짓고 있었다.

뜨거운 열이 팔을 새빨갛게 태우고 있지만, 쥐고 있는 팔의 힘이 빠지는 기척은 없다.

"킥킥킥, 역시 원거리 공격밖에 없구먼. 다가가면 직접 잡아먹히고 말아. 폭식이 상대라면 조금 상성이 나쁜가……."

"……하지만 질 수는 없어."

"당연하지. 장군급을 둘이나 내놓고 졌다가는…… 마왕님 이전에 하드 녀석에게 처분되고 말아."

셀레스테──. 데지가 쥔 그 마검을 건드렸다.

몸이, 영혼이 불탈 정도로 막대한 열량.

스킬에 의해 아군에게 대미지는 없는 모양이지만, 대미지가 없어도 느껴지는 그 위압에 나는 질투했다.

데지의 한쪽 팔인 리벨이라는 악마가 험상궂은 표정을 지었다.

"흠……. 폭식의 스킬, '기아의 파동'은 모든 종류의 힘을 먹어. 데지, 서둘러 결판을 내지 않으면 셀레스테의 마력을 잡아먹히고 말아."

"알고 있다고. 킥킥킥, 대치…… 대치라. 시시하구먼. 확실히 셀레스테의 마력은 어마어마해. 하지만 이 정도로 내 욕구는 충족되지 않아! 적의 마왕만 쓰러트리면 그 뒤는 이쪽의 승리야!"

소용돌이치는 불꽃에 아군의 진군이 멈춘다. 아무리 대미지를 받지 않는다고 해도, 불꽃 속에 휘말릴 담력은 없나.

아니, 이제 전황은 제블과 셀레스테의 일대일이 되었다. 한 걸음이라도 내디디면 제블에게 먹히는 것은 자명한 이치. 제블의 오라는 그 정도로 폭식에 굶주려 있었다.

그리고 그 부하도.

"킥킥킥, 하지만 앞으로 한 수가 부족하구먼. 완전히 밀어낼 수가 없어. 할 수 없지, 인형을 쓸까……."

데지가 등 뒤에 선, 은색 뼈로 만들어진 해골 인형으로 시선을 보냈다.

"……그럴 필요는 없어. 내가 하겠어."

데지가 어리둥절한 눈으로 나를 봤다. 이상한가?

색욕이 그런 소리를 하면 이상한가?

상성은 나쁘다. 그것은 인정한다. 하지만 그렇게 변명만 하고 있을 수는 없다. 사정 탓이나 하고 있을 수는 없다.

이대로는 데지에게 모든 공적을 빼앗기고 만다.

눈을 감고 전신의 힘을 뺀다. 악마의 심장인 혼핵(魂核)에서 마력을 짜낸다. 불꽃에는 불꽃. 모든 것을 전부 삼키는 지옥의 불꽃을 바란다.

모든 것을, 기아마저 불태워 이 세상에서 소실시킬 불꽃을.

그리고 나는 '검'을 현현시켰다.

"……어이어이, 무슨 농담이야……."

"……농담 같은 것이 아니다……."

오른손의 검을 위로 치켜들었다.

불꽃의 칼날을 지닌 한 자루의 아름다운 검. 내 거의 모든 마력을 자본으로 현현한 검의 불꽃은 셀레스테에게는 약간 뒤처지지만, 마왕 클래스의 무기라고 해도 과언이 아닐 것이다.

데지 혼자 힘으로 밀어낼 수 없다면 거기에 힘을 더하면 된다.

탐욕의 악마의 표정이 일그러졌다.

"그것도…… 색욕의 스킬인가!? 말도 안 돼……. 무슨 짓을 한 거지?!"

"색욕의 힘을 두 눈 크게 뜨고 봐라."

그리고 나는 검을 휘둘렀다.

힘이 거칠게 날뛰고, 세계가 붉게 물든다.

팔 전체에 막대한 열이 발생한다.

마검 등의 거대한 힘에는 대가가 있다. 셀레스테의 대가는 사용자에게 피드백되나?!

영혼마저도 불태워 버릴 지옥의 업화가 팔을 삼키고 불꽃의 용이 되어 데지의 용과 합류했다.

몸을 찢어발기는 듯한 통증과 불꽃에 머리가 휘저어진다.

하지만 동등 이상의 통증을 느끼고 있을 데지는 태연하다. 나만 약한 소리를 내뱉을 수는 없다.

나도…… 사령관이다. 레이지 님의 군을 이끄는 자다.

뜨겁게 타오르는 불빛이 팔을 타고, 부지직 소리를 내며 추악한 냄새를 풍긴다. 하얀 피부가 순식간에 물집이 잡히고, 그것도 눈 깜짝할 사이에 사라져 흉한 화상으로 변화한다.

나는 그 아픔에 전력으로 이를 악물고, 그저 시선을 앞으로 보냈다.

내 염룡이 데지의 염룡과 섞여 빛이 더욱 강하게 발광한다. 눈을 뜨고 있을 수 없을 정도로.

그 순간 불꽃은 분명하게 제블의 파동을 뛰어넘었다. 슬금슬금 불꽃의 파도가 제블의 군세를 밀어낸다.

"……뭔지 모르겠지만 꽤 하잖아. 킥킥킥, 하지만 나는——."

데지가 추악하게 웃었다. 그 여섯 개의 눈은 기분 이글이글 나쁘게 빛났다.

"——더욱더 힘을 욕심낸다고."

그렇게 단언했을 때, 불꽃의 높이가, 마력이 폭발적으로 부풀어 오른다.

이것은…… 탐욕의 스킬인가?!

불꽃이 섞인 순간에 잠시 밀린 검은 파동은, 데지의 스킬에 의해 월등히 밀도가 강고해진 불길에 단숨에 밀려났다.

붉은빛의 파도가 폭식의 군을 삼키고, 사방팔방으로 폭발적으로 확산했다.

빛의 소용돌이가 무수한 화살이 되어 몇 킬로 떨어진 이곳까지 닿았다.

효과가 있었음이 분명히 느껴진다.

"킥킥킥, 이것이 셀레스테의 힘……. 악마의 왕을 불태웠던 하늘의 빛에 대항하기 위해 만들어진 무구라는 것도 헛소리는 아니구면."

데지의 흥분한 듯한 목소리.

무시무시한 위력, 위험한 무기다. 게다가 안 그래도 마왕의 힘을 밀어내는 그 위력을 탐욕의 스킬이 더욱 이끌어 내고 있다.

레이지 님……. 이 장난감은 데지에게 내려 주기에는 너무 위험해.

빛이 마계의 황야에 뜨겁게 타오르는 바람을 만들어, 머리카락이 휘날린다.

하지만 다음 순간, 데지의 웃음이 사라졌다.

"어이어이……. 진짜냐……."

"……말도 안 돼. 설령 마왕이라고 해도, 그만큼의 불꽃을 견뎌낼 수 있을 리가──."

리벨이 경악의 시선을 아득히 먼 황야로 돌렸다.

검은 덩어리가 꿈틀거리고 있었다. 사방을 둘러싸고 있었던 군단의 모습은 이제 어디에도 없다.

저 정도의 열량이다. 제블만이라면 모를까, 휘하 군세는 견뎌낼 수 없었을 것이다.

덩어리가 크게 흔들리고 수축한다.

수백 미터 거리까지 적과 마주하고 있던 제3군의 정예가 술렁인다.

공기가 변했다.

제블의 주변만이 아니다. 몇 킬로 떨어진 지금 내가 있는 장소에 이르기까지.

맑은 검은색에서, 늪 바닥 같은 끈적한 어둠으로.

그것을 알아챈 데지가 망연하게 말을 흘렸다.

"……레이지 나리의 지배력을 뛰어넘었……다고?!"

'혼돈의 왕령'의 덧씌우기.

아군의 왕령에서 적의 왕령에 들어간 증거. 신체에서 확실하게 알 수 있을 만큼 힘이 빠지고, 가득 차올라 있던 마력이 떨어진다.

혼돈의 왕령의 스킬은 그것을 사용하는 마왕과의 거리가 가까우면 가까울수록 강력하게 작용한다.

그러니까 서열이 높은 마왕의 존을 낮은 마왕이 깨트리는 일도 없지는 않다.

하지만 그래도 레이지 님의 존은 지금까지 깨진 적이 없다. 아니, 없었다.

어떤 격렬한 전화에 휩쓸려도.

"……좀 봐달라고. 신의 불꽃에 소멸되지 않는 마왕이라고?! L급이잖아……."

"……데지, 좀 전의 스킬, 한 번 더 할 수 있어?"

"농담이지? 나리의 존 안에서도 통하지 않았는데, 적의 존에서 통할 리가 없어."

데지의 시선이 초조한 것처럼 주위를 둘러봤다.

확실히 그 말대로다. 혼돈의 왕령은 아군의 능력을 높여 준다. 무시할 수 없는 레벨로.

"존은 어디까지 먹혔지?! 리벨!"

"……상당히 빼앗긴 것 같아! 내 능력의 범위 밖이야!"

존재로 느끼는 적대의 기적.

점액 같은 기아의 오러.

남은 것은 마왕뿐인가? 그것 이외에 그림자는 없지만, 그딴 것은 아무런 위안도 되지 않는다.

모여든 검은 덩어리가 서서히 형태를 바꾼다.

슬라임 같은 부정형에서—— 인간형으로.

"제블 굴라코스……. 만족 없는 굶주림……. 모든 것을 먹어 치운 악식의 왕인가……."

나에게는 보인다.

세계를 침식하는, 균열을 만들어 분해해 먹어 치우는 암흑의 짐승이.

완성된 인간형은 예상보다도 몸집이 작았다. 나보다도 작을지도 모른다. 신장이 2미터 이상 되는 데지와 비교하면 머리 네 개 정도는 작을 것이다.

그 정도의 체적이 대체 어디로 간 것이지?

마치 구멍이 뚫린 것처럼 빛을 무한히 흡수하는 어둠의 외투가 펄럭인다.

몇 킬로의 거리가 마치 제로인 것처럼 가까이 느껴지는 압박감.

그것은 행군 중에는 전혀 느끼지 못했던 것이다. 가까이 다가갈 때까지는.

"킥킥킥, 재미있구먼……. 엄청난 기세로 나리의 존을 먹고 있어……."

아직 웃을 여유가 있는 것인가. 데지의 담력이 무시무시하다.

솟아오른 대흉근이 더욱 부풀어 오르고, 어마어마한 고함이 울려 퍼졌다.

"이놈들아! 뭘 어물쩍거리고 있냐! 상대는 마왕 단 한 명! 돌격이다!"

공기가 찌릿찌릿 떨린다.

데지의 질책을 듣고, 다리가 멈춰 있던 제3군이 맹렬한 기세로 질주했다.

마왕의 힘을 보고도 그 기세는 마치 쓰나미 같아, 존이 깨진 후에도 여전히 약해지지 않았다.

"아가씨는 말이야, 힘은 있어도 근성이 부족하구먼. 이것저것 생각하고 있는 것이겠지만, 우리 범인들은 전장에서 포기하면 끝이라고. 킥킥킥, 아가씨는 전장에서 잠들 수 있을 정도로 강하지 않잖아?"

"……그렇네."

하지만 이대로는 반드시 전멸한다.

데지의 말은 확실히 정곡을 찌르고 있지만, 동시에 부하들에게 죽으라고 말하고 있는 것이나 마찬가지다.

아무리 제3군이라고 해도 평범한 악마로는 약간의 시간조차 벌 수 없다. 눈앞에서 실제로 싸웠던 나니까 알 수 있다.

외투에서 미끄덩 튀어나온 촉수가 가차 없이 선두의 악마를 꿰뚫는다.

비명을 지를 틈도 없이, 순식간에 검게 칠해지고 삼켜진다.

하지만 마왕의 체적은 전혀 늘어나지 않았다.

이런 상대와 어떻게 싸우라는 것이지……?!

전시에서 뿜어 사출된 무수한 점액이 뚝뚝 떨어지는 촉수.

그것에 밀려 얼굴을 가리고 있던 후드가 벗겨졌다.

"저 녀석…… 여자인가……! 아가씨와 비슷한 정도의 생김새 잖아."

검은색에 가까운 녹색 머리카락에 같은 색 눈동자. 그 눈은 전혀 눈앞의 군을 보고 있지 않았다.

악마에게 생김새는 관계없다.

아니, 생김새가 얌전하면 얌전할수록 위험하다. 그것은 무기가 되기 때문이다.

제블은 폭식을 담당할 것 같지 않은 얌전한 풍모를 하고 있었다.

무엇을 생각하는 것인지, 수상쩍은 눈으로 눈앞의 악마들을 바라보고 있다.

그래도 수적 우위가 있기 때문인지, 마왕의 사각——마왕에게 사각이 있는지 어떤지는 매우 의문이지만——인 등 뒤에서 창이 날아들었다.

그것은 분명히 외투를 뚫고, 그리고 그대로 삼켜졌다. 순간적으로 손을 놓았기 때문에 공격한 악마는 삼켜지지 않을 수 있었다. 날아드는 촉수를 백스텝으로 피한다. 하지만 무구가 없어진 것에는 변함이 없다.

그 틈에 다시 다른 악마가 작열하는 화염구를 무수하게 만들어 내 마왕에게 던진다. 하지만 그것도 또한 삼켜지고 그곳에는 정적밖에 남지 않는다.

제블이 날름 혀를 핥았다.

"……저건 반칙이잖아. 폭식에 저런 스킬이 있었나?"

리벨이 창백한 표정을 지으면서도 냉정하게 답했다.

"폭식의 중급 스킬이군. 무엇이든 삼키는 무한한 위장이야.
……원래라면 저렇게 무차별적으로 타인의 공격을 삼키는 스킬

이 아닌데 말이야."

"숙련도의 차이라는 건가……. 킥킥킥, 이러니까 도달자라는 녀석은 말이야……. 설마, 셀레스테도 저걸로 삼켜 버린 것은 아니겠지?"

"아무리 그래도 그것은 삼킬 수 없겠지……. 그렇게 생각하고 싶어. 중급 스킬로 막았다고 하면, 상급 스킬을 쓰면 어떻게 될 지 알 수가 없어……."

제블이 딱히 아무런 감정도 드러내지 않고 주변을 둘러봤다.

데지가 언짢은 표정으로 입술을 일그러트리고, 귀찮다는 듯이 검을 손에 들었다.

한 자루라도 들고 있으면 상위 악마라고 인정받을 수도 있는 마검을 네 자루. 하지만 그렇게까지 무장하고도 여전히 나에게는 승산이 만에 하나도 보이지 않았다.

"이런, 지금 눈이 마주쳤어……."

"도망칠까?"

"멍청한 소리 하지 마, 상위의 마왕에게서…… 도망칠 수 있을 리가 없잖아. 킥킥킥. 각오하라고, 리벨 아이젠스. 흑과 백의 대전을 기억해 내. 그것과 비교하면── 아직 할 만하잖아? 상대는 고작 한 명이야."

각오를 다진 데지의 말에 리벨이 깊은 한숨을 쉬었다.

"……이거 참, 할 수 없군. 어차피 한 번 죽은 목숨이야……. 데지, 너의 각오에는 질투마저 떠오르지 않아."

"킥킥킥, 여전히 성실하구먼. 나는 그저 조금── 다른 사람보다 욕구가 깊을 뿐이야."

……할 수 없다. 각오를 할 수밖에 없다.

가짜라고는 해도 마검을 현현시킨 탓에 마력은 거의 남아 있지 않다. 스킬도 고작해야 초급 스킬까지밖에 쓰지 못하겠지.

육탄전은 색욕의 영역이 아니지만, 벨트에 꽂은 나이프를 뽑았다.

레이지 님에게 하사받은 이것도 일단은 마검이기는 하다. 셀레스테에 비교하면 격은 훨씬 떨어지지만, 찰나 정도의 시간 벌이는 가능할 것이다.

"아가씨, 도망쳐도 된다고. 거의 마력이 남아 있지 않잖아?"

"도망친다고? 농담이겠지?"

어째서 내가── 레이지 님께서 거두어 주신 내가 주인의 위기를 내팽개치고 도망칠 수 있을 것 같나.

그저 고용되었을 뿐인 데지마저도, 이 절체절명의 순간에 도주하려고 하지 않는데.

데지가 예상 밖의 것이라도 보는 것처럼 눈을 깜빡였다.

"흥……. 하지만 아무리 그래도 단검으로는 이길 수 없어. 검은 쓸 줄 알아?"

"……나름대로는."

"킥킥킥, 그럼 좋아. 내 검을── 한 자루 빌려주지. 대금은 그 단검이면 돼. 살아서 돌아가면 말이지."

어디까지나 탐욕스러운 그 말에 나는 저도 모르게 웃음을 터트렸다.

목숨이 걸린 이 상황에서까지 거래할 활력이 있을 줄이야…….

"쿡……. 당신, 이런 상황에서 무슨 소릴 하는 거야? 탐욕도 어지간하네."

"킥킥킥, 손에 넣을 수 있을 때 손에 넣어 둬야지……. 그도 그럴 것이 이 세계에는 내가 원하는 것이 너무 많아."

"가장 소중한 것은 목숨이잖아?"

"물론이지, 그러니까 나는 그것 또한 손에 넣을 작정이야."

데지에게 넘겨받은 검은 얼음의 기운을 두른 검이었다.

셀레스테에는 뒤처지지만, 그래도 장군급의 악마가 지니기에는 아까울 정도의 힘을 느낄 수 있다.

손에 들러붙는 듯한 그것을 가볍게 두세 번 휘둘러 상태를 확인했다. 괜찮다, 다룰 수 있다.

필사적으로 무구를 휘둘러 단련한 병사를 손쉽게 먹어 치우는 왕을 노려보고, 데지가 말했다.

"킥킥킥, 나는 죽을 생각이 없다고."

"나도 죽을 생각은 없어."

그렇다. 질 수는 없다. 아직 후회가 남아 있는걸.

제3화 이해할 수 없다

"이놈들아, 그러고도 제3군이냐! 고작 한 명에게 얼마나 시간이 걸리는 거냐!"

마치 당하는 악당 역할 같은 대사를 내뱉고, 데지가 전선에 난입했다.

천 명 정도 있던 제3군은 고작 한 명의 마왕을 상대로 이미 절반 정도까지 수가 줄어 있었다. 마왕 상대로 절반 살아남아 있다는 것이 대단한 것인지 대단하지 않은 것인지. 하지만 병법의 통례대로라면 이 전쟁은 완전한 패배라고 할 수 있을 것이다.

애초에 상대의 병사는 단 한 명밖에 남아 있지 않지만.

주로 쓰는 팔에 쥔 셀레스테가 새빨간 열을 두르고, 하늘을 가르며 날아든다.

열파가 높은 온도의 바람을 불러, 모래 먼지를 일으킨다.

데지가 입을 크게 벌리고 비웃었다.

"킥킥킥, 역시나 직접 가해지는 일격은 막는 건가."

"……군단장인가."

예상보다도 이지적인 허스키 보이스.

상아색 초승달 도가 셀레스테를 맞이하고 있었다. 그것은 마왕이 처음으로 꺼낸 직접적인 수단이다.

데지는 육체도 단련했다. 하지만 힘은 마왕의 고유 스킬에 의해 향상되어 있는 상대 쪽이 월등히 높다. 데지의 팔이 찢어질 듯이 힘을 담는다. 데지에 비해 제블의 팔은 가늘어, 두께만 보면 데지의 절반에도 미치지 못할 것이다. 하지만 강철의 육체가 열을 발할 정도로 힘을 담아도, 제블의 표정은 편안해 보였다.

데지가 남은 팔로 검을 휘두르지만, 제블의 등에서 자라난 촉수가 그것을 받아냈다.

팔이 여섯 개 있어도 데지의 몸은 어차피 하나. 가동 영역이 넓은 촉수를 무수히 가진 마왕과 비교하면 어린아이 장난이나 마찬가지다.

"좋은 실력이야."

"킥킥킥, 칭찬해 주시니 영광입니다요!!"

마검이 폭염을 두르고, 불꽃이 제블을 핥았다.

붉은 빛이 번쩍이고, 그것을 하얀 검이 쳐 냈다. 불규칙하게 번뜩이는 칼날은 불꽃을 두르고 있기도 해서 대단히 확인하기 어렵지만, 마왕은 그것을 손쉽게 받아 낸다. 마치 모든 움직임을 읽고 있는 것처럼.

하지만 막을 것은 알고 있었다. 원래부터 마왕을 상대로 일격에 결판을 낼 수 있다는 생각은 하지 않았다.

정면에서 베고 들어간 데지. 그것을 맞받아친 제블.

그 틈을 타고 나도 몸을 낮춰 제블에게 공격해 들어갔다.

촉수의 움직임은 법칙성이 없고 빠르지만 눈으로 포착하지 못할 정도는 아니다. 왼손의 단검으로 촉수를 베어 걷어 내고, 오른손에 쥔 얼음의 검으로 잘라 올렸다.

그 순간, 제블이 크게 몸을 뒤집었다.

검이 허공을 지나친다. 제블의 눈이 나를 보고 있었다.

열기가 담긴 눈동자. 그것은 정욕을 품은 색욕의 마왕이나, 마검이라는 보물을 앞에 둔 데지와 비슷했다.

그러나 그것보다 죄가 깊다. 그저 혐오가 일었다.

제블이 폭식을 담당한다면, 그 감정은 당연히——.

"둘인가……. 조금 적지만, 꽤나 맛있어 보이네."

—— '식욕' 말고는 없다.

동족에게 강한 식욕을 품는다. 공포감이 전신을 훑고, 한순간 팔이 굳는다.

폭식을 담당하는 이는 많지만, 그중에서도 '즐기며' 동족을 먹는 악마는 그리 많지 않을 것이다.

악식의 제블 굴라코스.

대지를, 악마를, 그리고 마왕마저 먹고, 마왕에 이른 폭식을 담당하는 악마.

촉수가 등 뒤에서 나와 왼쪽 가슴—— 혼핵을 꿰뚫는다. 마력이, 육체의 구성이 벗겨진다.

"흐음……. 맛이 연한데……. 환상……. 이 맛, 너는 색욕 군인가…….."

분할되어 있던 마지막 시선이 사라진다. '분장환무'가 끝난다.

제일 처음에 만들어 냈던 분신은 전부 사라지고, 이것으로 나는 단 혼자밖에 없다.

하지만 빈틈은 만들었다.

"킥킥킥, 꽤 하는구먼, 아가씨!"

순간적으로 생겨난 의식의 공백으로 미끄러져 들어가듯이, 데지가 칼날을 내려쳤다.

등을 노리고 날아드는 셀레스테── 천사마저도 멸하는 마검을 앞에 두고, 제블은 터무니없게도 고개만 돌리고 입을 크게 벌렸다.

입안으로 보이는 가지런히 늘어선 이빨, 뺨까지 찢어진 입, 목 안쪽에서 어떤 섭리인지 아무렇지 않게 목소리가 나왔다.

"마검인가……. 먹어 본 적이 없는데. 진미일지도 모르겠어."

"뭐라고?!"

분명한 빈틈을 노리고서 강대한 힘으로 휘두른 검을 입으로 받아 낸다. 붉은 칼날에 이빨을 들이댔다.

불꽃이 이빨을 유린하지만, 모든 것을 순식간에 태우는 불꽃을 맞으면서도 제블의 얼굴에서 통증은 보이지 않는다. 이빨이 으드득 검신을 파고든다.

데지가 검을 빼려고 하지만, 단단히 맞물린 이빨은 검을 놓을 기색이 없다.

하지만 검을 물고 매달렸다면, 본체는 움직일 수 없다는 이야기다.

데지가 왼쪽 위의 손으로 쥔 검을 내려친다.

그것을 제블은 검으로 받아친다. 이것으로 손도 막았다.

좋은 기회!

몸을 낮추고 질주해, 무방비한 등을 노리고 검을 휘둘렀다.

하지만 그 순간, 예상 밖의 장소에서 목소리가 들려왔다.

"네가 본체인가……. 상당히 맛있어 보이는 마력을 갖고 있어."

등이 갈라지고, 점액이 검은 외투를 적신다.

그것은 거대한 입이었다. 줄줄이 늘어선 이빨은 하나하나가 단검과 비슷한 정도의 길이였다.

황급히 검을 뺐지만, 입에서 튀어나온 긴 혀가 그것을 쫓았다.

긴 혀가 무리한 자세로 물러난 검을 손쉽게 휘감았다. 냉기가 혀를 얼렸지만, 전혀 개의치 않고 그대로 엄청난 힘으로 검을 잡아당긴다.

"후후후, 혀에 닿는 감촉은 나쁘지 않네……."

기분 좋아하는 마왕의 목소리.

검을 휘두르는 악마를 상대하고 있으면서도 이런 감정의 흔들림.

식욕 같은 안이한 말로 정리해도 괜찮을지 어떨지 알 수 없는 이해 불능의 욕망.

"큭, 괴물 놈!"

데지가 왼쪽 중앙의 팔로 휘두른 검을 제블이 빈손으로 받아 냈다.

아니, 손이 아니다. 그 손바닥에는── 입이 생겨나 있었다.

이빨이 간단히 검신을 깨물어 부쉈다. 평범한 검이 아닌 마검 한 자루가 무참한 파편이 되어 흩어졌다.

손의 입에서 뻗어 나온 혀가 그것들을 남김없이 핥고, 마지막으로 남은 검신에 휘감겼다.

지금 타이밍이라면 데지의 팔을 잡을 수도 있었는데도.

"……좋은 것을 갖고 있잖아. '맛있어'. 식감도 맛도, 나쁘지 않아."

손에서 벗어난 칼자루가 입안으로 사라진다.

손의 입이 맛을 음미하듯이 천천히 씹는다.

제블의 눈이 지극히 행복한 표정으로 풀어진다.

"이 녀석……. 내 컬렉션을……."

"후후후, 너는 탐욕 군인가. 오랜만에 배를 채울 수 있을 것 같아."

내 완력을 뛰어넘는 혀의 힘에 검을 빼앗긴다.

데지에게는 미안했지만, 백스텝으로 거리를 벌렸다.

이가 검을 박살 내어 으적으적하는 소리가 울려 퍼진다. 마치 검의 비명 같았다.

데지가 그것을 깨닫고 목소리로 나오지 않는 비명을 터트렸다.

"어, 어이. 아가씨! 먹히게 두면 안 되지! 내 검이라고!"

"어, 어쩔 수 없잖아!"

분명한 빈틈에 제블의 혀가 새로운 사냥감을 찾아 허공을 유영한다.

표적은 나보다도 낮은 위치에 있는 데지.

경고하기 직전에 그 혀를 거대한 검이 맞받아쳤다.

"……뭐야, 너는?"

"……."

거대한 해골── 레이지 님의 학살인형이 두꺼운 철기둥 같은 팔을 휘둘렀다.

제블의 신장보다도 훨씬 거대한 검이 바닥을 후빈다.

지면이 폭발했지만, 그래도 팔은 멈추지 않는다. 평범한 악마로는 절대로 해낼 수 없는 가동 영역. 검이 기묘한 선을 그리며 올려 벤다.

혀와 촉수가 그것을 휘감으려 하지만, 엄청난 힘으로 날아드는 검은 촉수들을 한꺼번에 날리고 제블의 얼굴로 육박한다.

그 해골에는 기척이 없고, 그 공격에는 생명이 느껴지지 않는다.

"잘했어!"

데지의 빈 팔이 이공간에서 새로운 검을 꺼냈다.

해골의 힘은 엄청나다. 그 강한 힘은 아마도 단련된 데지를 능가할 것이다.

제블의 표정이 곤혹스러움으로 물들며 셀레스테를 놓고 거리를 벌린다.

셀레스테는 점액투성이에 검신에는 작은 금이 나 있었다.

"……뭐야, 그건……. 악마도 아니고 기척이 없어."

"킥킥킥, 그냥 촛대라고! 살짝 나리의 스킬이 걸려 있지만 말이지!"

해골이 데지의 의지를 전달받아 지면을 박찼다.

폭발적인 힘으로 앞으로 나선 해골을 제블이 만전의 태세로 받아 냈다.

해골의 바스타드 소드와 마왕의 검이 충돌한다.

제블의 배는 되는 거대한 몸으로 휘두른 칼날은 마치 폭풍처럼 빠르고 무질서하게 주위를 휩쓴다.

하지만 제블의 칼날은 그것을 정확하게 튕겨내고, 시선은 확실하게 참격을 포착하고 있었다.

"……그다지 맛이 없어 보인단 말이지. 나는 이래 봬도 미식가야."

"…………."

악식 주제에 입술에 침도 안 바르고!

제블은 바스타드 소드를 가볍게 피하고, 상아색 검을 베어 올렸다.

참격을 맞은 왼쪽 팔뚝의 관절부가 부러져 허공을 날았다.

하지만 인형은 그것을 전혀 개의치 않고, 남은 오른팔로 검을 휘둘러 가로로 베었다.

제블이 몸을 낮춰 그 참격을 피했다.

아픔은 없겠지만 어차피 인형, 마왕을 상대로는 확연하게 역부족이다.

그래도 틈을 만들기에는 충분하다. 엄청난 완력을 지닌 손이 추가되었기에 의식해야 하는 상대가 늘어나 확실히 빈틈이 늘었다.

하지만 어차피 그 정도. 이쪽의 공격은 전혀 제블에게 통하지 않고, 이쪽의 무기는 무차별로 잡아 먹힌다.

상황은 여전히 최악이다. 살아 있는 것이 기적에 가깝다.

게다가 제블은 아직 제대로 스킬조차 쓰지 않았다.

마력도 거의 바닥을 보여 위력이 높은 스킬도 쓸 수 없다.

제블이 한숨을 쉬고 거리를 벌렸다.

"이런 이런, 짜증 나는 식재료네……. 뭐, 식사는 수고를 들이는 편이 맛있으니까 말이야."

그 몸에서 무수한 촉수가 솟아난다. 정말 이제는 그만 좀 해 주면 좋겠다.

수와 두께 모두 좀 전과는 비교할 수가 없다.

공중에 무수한 촉수를 일렁이며 마왕이 고했다.

"탐욕의 악마는…… 컬렉션을 먼저 먹으면 맛에 깊이가 생겨."

갑작스러운 말.

그 얄팍한 몸에 힘이 차오르기 시작한다. 공기 중에 산만하게 떠다니던 마나가 집중되어 간다.

"색욕의 악마는 범하면서 먹으면 대단히 달콤한 맛이 나. 후후후, 극상의 쾌락을 가르쳐 줄게. 괜찮아, 너희는 그럭저럭 좋은 식재료니까, 다른 악마처럼은 먹지 않아. 제대로 정식 절차를 따라 먹어 줄게."

전혀…… 기쁘지 않다.

범하면서 먹는다. 범해지면서 먹힌다.

상상하는 것만으로도 두려움이 솟구친다.

같은 악마가 보기에도 전혀 이해가 되지 않는다.

뭔가 위험하다. 뭐가 위험한지는 알 수 없지만, 이대로 시간을 허비하는 것은 위험하다.

하지만 다리가 움직이지 않는다. 압박감이 몸을 옥죄인다.

마왕의 스킬이다. 자신도 움직일 수 없게 되지만, 다른 이의 움직임을 속박할 수 있다. 하위 존재만 속박할 수 있지만, 스킬 기동의 '준비 시간'을 만들기에는 충분히 유용한 스킬이었다.

데지도 마찬가지인지 표정을 굳히며 입을 열었다.

"헛소리하지 마. 네 목적은 뭐지……."

"목적……? 어디 보자, 굳이 말하자면…… 배가 고파서."

너무나도 담백한 그 말에 한순간 귀를 의심했다.

하지만 그 말에는 그 이상의 의미가 전혀 포함되어 있지 않았다.

무한한 식욕……. 다행이다. 폭식을 담당하지 않아서. 아니, 이 녀석이 이상한 걸까.

"나는 남들보다 조금 더 먹어서 말이야……. 어느샌가 내가 갖고 있는 몫을 전부 먹어 치우고 말았어. 그래서 말이야, 어쩔 수가 없어. 살기 위해서는 먹어야만 하고, 백성을 먹일 의무가 있었어."

"……그 백성은?"

"이미 먹어 버리고 말았어."

대마왕님께 하사받은 신민을…… 먹었다고?

제블이 해명하듯이 말했다.

"뭐, 조악하긴 했지만 그런대로 배는 채웠어, 후후후. 그래도 내 부하는 만족했던 모양이지만, 나에게는 조금 맛이 나빠서 말이야……. 솔직히 거기 있는 탐욕 군의 검 쪽이 훨씬 맛있었어."

"……."

아무리 데지라도 그 말은 예상 밖이었는지 아무 말도 하지 못했다.

자신의 검이 맛있다는 소리를 듣고 답해 줄 말은 없을 것이다.

아니, 이 녀석이 지니고 있는 성질은—— 절대로 나로서는 이해할 수 없다. 제2군에도 폭식의 악마는 있지만, 기껏해야 조금 대식가인 정도지 이렇게까지 맛이 가지 않았다.

"뭐, 안심해 줘. 너희는 확실하게—— 내 안에서 계속 살아갈 테니까!"

무수한 촉수가 지금까지와는 비교할 수 없는 속도로 날아왔다.

뭔가가 온다.

경계만이 내 목숨을 이어 주고 있었다. 촉수가 날아오는 것과 동시에 힘이 돌아온 다리가 반사적으로 대지를 힘차게 차고 옆으로 피한다.

한 개 한 개의 촉수에 조금 전 것과는 다른 보라색 점액이 맺혀, 빛을 받아 반짝반짝 빛났다.

데지도 위험한 것을 알고 있었는지, 순간적인 판단으로 맞서지 않고 거리를 벌렸다.

인형만이 하나뿐인 손으로 가볍게 검을 휘둘러 촉수를 상대했다.

사방에서 휘감기는 촉수를 검으로 베어 걷어 낸다.

동시에 검이 '미끄러졌다'.

거대한 검신이 거창한 소리를 내며 땅에 떨어졌다.

장해물을 무너트린 보라색 촉수가 해골 인형의 몸에 감기는 것과 동시에, 레이지 님의 스킬로 강화되었을 금속 몸이 문자 그대로 산산이 해체되었다.

"무슨……."

너무나도 담백한 최후에 데지가 비명을 터트렸다.

촉수는 산산이 조각난 해골의 부품을 그대로 끌고 가, 촉수 덩어리에 파묻힌 구멍에 몰아넣었다.

"……역시 평범한 금속이야. 마도구도 뭣도 아니야……. 뭔가 스킬로 만든 건가……. 맛있지 않지만, 뭐, 먹지 못할 것은 아니야."

"빌어먹을, 그걸 만들어 달라고 하려고 내가 얼마나 고생하고, 몇 명이나 죽였는지……!"

"후후후, 그건 미안한 일을 했구나. 괜찮아, 금방 배 속에서 만날 수 있어."

피눈물을 흘리는 데지가 보라색 촉수를 셀레스테로 베어내고, 아슬아슬하게 촉수를 피했다.

등 뒤로 다가와 있던 제3군 중 한 명이 촉수에 잡혀 간단히 산산조각이 난다. 피의 샤워가 공기 중에 뿌려져서 순식간에 촉수에 흡수되었다.

먹었다……. 저 촉수── 하나하나가 입인가?!

"대장이 아니라도 상당히 맛이 있잖아. 정예 강병이구나."

"……."

날아드는 촉수의 속도는 조금 전까지의 촉수와는 비교할 수 없을 정도로 빠르고, 사방팔방으로 흩어져서 전부 포착할 수가 없다.

아슬아슬하게 외투가 뚫리고, 닿은 부분부터 슬금슬금 구멍이 넓어져 간다. 순간적으로 외투를 벗어 던지고 몸을 낮춰 촉수를 피했다.

진심이 아니다. 진심이었다면 진즉에 죽었다.

피한 촉수가 그대로 땅을 미끄러져 다른 악마를 꿰뚫고 흡수한다. 그때마다 제블은 황홀한 목소리를 터트렸다.

어째서 전력을 다하지 않는 거지?

아니, 아니야……. 이 녀석——.

완전히 피하지 못하고, 촉수가 벨트를 아슬아슬하게 스친다.

침식하는 상처를 보고, 벨트를 벗어 던졌다.

또 그렇다. 분명한 빈틈을 공격하지 않는다. 이 녀석——.

팔방으로 촉수가 뻗는다. 도저히 반격할 만한 여유가 없다.

촉수가 금속 플레이트 메일을 스친다. 이번에도다.

촉수의 점액은 금속마저도 손쉽게 녹인다. 마력이 담긴 물품이든 뭐든 상관없이.

플레이트 메일을 벗어 던지고 거리를 벌렸다.

사방에서 끊임없이 덮쳐 오는 일격필살의 촉수에 마왕의 위압. 체력이 한계였다.

촉수의 유효 범위는 넓고, 제3군을 녹일 때마다 제블의 마력이 회복되고 있다.

하지만 이 마왕은 확연하게 나만을 봐주고 있었다.

"무슨 짓이지……."

"후후후, 너는 식사를 할 때 껍질째로 음식을 먹어?"

제블의 촉수가 신속하게 뻗어, 거리를 두고서 둘러쌌던 악마들을 순식간에 쓸어 버렸다. 동작 자체는 직선적이지만, 평범한 악마의 동체 시력을 아득히 초월한 속도였다.

손쓸 수도 없이 소실되는 동포. 머리를 굴렸다.

승산은 아직 남아 있는가? 방법은?

아슬아슬하게 발끝을 지나치는 촉수. 닿은 것을 녹이는 촉수다. 내가 다소 강한 힘을 지니고 있다 해도, 정면으로 맞으면 순식간에 죽게 된다.

숨이 차올랐다. 필사적으로 생각한다. 승산. 이길 방법. 이 마왕을 쓰러트릴 방법을.

"어이, 미디아! 멍하니 있지 마!"

"어?! ——큭"

데지의 포효 같은 목소리와 동시에 크게 다리가 걸렸다.

균형이 무너지고 땅바닥에 쓰러졌다.

상황을 파악할 수 없다. 일어나려다가 다시금 바닥을 구르게 되었다. 혼란스러운 중에 간신히 발목에 감긴 보라색 촉수를 알아챘다.

"언제?!"

제블의 등에서 뻗어 나온 무수한 촉수가 일제히 이쪽으로 날아왔다.

나를 구하려고 했던 아군 악마가 아무런 저항도 못 하고 촉수에 꿰뚫려 사라진다.

피부를 기어 다니는 미끈미끈한 점액이 번들거리는 촉수의 감촉. 하지만 무엇보다도 이상한 것은——.

"말도 안 돼……. 왜, 녹지 않는데……."

어째서. 어째서 나는 아직 살아 있지?

휘감기는 촉수를 망연하게 바라봤다. 제블의 안광이 욕심스럽게 빛나고 있었다.

"후후후……. 제대로 요리하겠다고 약속했었잖아. 이래 봬도 —— 약속은 지키는 편이야."

'일부러' 녹이지 않는 것인가?!

닿기만 해도 칼날과 갑옷조차 먹어 치우는 힘을 제어해서.

그것은 나를 먹는 것 따위는 아이들 장난에 지나지 않는다고 말하고 있는 것이나 마찬가지.

머리가 확 뜨거워진다.

사지를 벌리기 위해 꿈틀거리는 촉수는 유연한 동시에 강인하다. 전력으로 떼어내려고 했지만, 촉수는 붙잡는 것조차 어렵다.

"——큭."

호흡이 한순간 멈췄다.

촉수가 로브 아래에서 활개를 친다. 전신을 핥는 듯한 오한과 등골이 찌릿찌릿하듯 기묘한 감각.

몸을 기어 다니는 감촉에서 사고를 분리해 필사적으로 머리를 회전시켰다. 무수한 촉수는 팔다리를 부드럽게 구속해, 몸의 큰 움직임을 제한했다.

촉수의 끝에는 기묘한 돌기가 무수하게 생겨나 꿈틀거리고 있었다. 무엇을 위한 기관인지는 생각하고 싶지도 않다.

"색욕……. 색욕, 이란 말이지……."

제블의 시선이 냉철하게 이쪽을 내려다봤다. 마치 도마 위의 생선을 어떻게 손질할지를 생각하고 있는 것처럼 진지한, 그리고 이쪽의 의지를 완전히 무시한 표정에 등줄기가 섬뜩하게 얼어붙었다.

거의 동시에 촉수가 크게 움직였다.

"꺄악?!"

양쪽 넓적다리에 감긴 촉수가 바이스 같은 힘으로 하반신을 억지로 벌린다. 두꺼운 촉수 한 개가 소름이 끼치도록 부드럽게, 마치 어루만지는 것처럼 하복부를 쓰다듬고 다니며 위로 천천히 뻗어온다.

머리가 타 버릴 것만 같은 수치심에 얼굴이 뜨거워진다. 배꼽 주변을 덧 그리듯이 움직이던 촉수 끝이 의상 아래를 헤치고, 가슴의 윤곽을 따라 조였다.

몸이 휘어진다. 의식이 아득해진다. 비명으로 나오지 않는 비명이 의지를 거부하고 목에서 터져 나온다.

"……흐~응, 그럭저럭이려나……."

알 수 없다.

제블의 목소리가 청각을 자극하지만 머릿속으로 들어오지 않는다. 사고까지 승화되지 않는다.

땀으로 앞머리가 달라붙는다. 몽롱한 시야 속에서 꿈틀거리는 촉수만이 보인다. 전장이라는 것마저 잊고, 그 그로테스크한 촉수의 끝에 나는 몸의 뼛속에서부터 공포에 질렸다.

──그만,

그때, 머리의 한쪽 구석, 아직 간신히 남아 있던 감각이 폭발적인 힘을 감지했다.

시야를 가득 채울 정도의 불꽃이 땅바닥을 기며 모든 보라색 촉수를 불태웠다.

"어이, 괜찮아?! 미디아?!"

"아……. 후후후, 너에 대해 잊고 있었어."

팔을 강하게 잡아끌며 나를 일으켜 세우려 한다.

다시금 가차 없이 날아드는 촉수를 금이 간 진홍의 검이 베어 날린다.

"일어설 수 있겠어?!"

"하아……. 하아……."

꺾일 것 같은 무릎에 힘을 담고 간신이 일어났다.

나를 보호하듯이 눈앞에 선 데지가 마왕에게 검을 겨눴다.

"킥킥킥, 힘만 담을 수 있으면 촉수도 태워 버릴 수 있다는 건가……."

"……후후후, 장난이 지나쳤던 모양이네."

뱀처럼 머리를 치켜들고 이쪽을 겨냥하는 촉수.

"어이, 미디아. 움직일 수 있겠어?"

"하아, 하아……. 하아……. 당연, 하지."

악마의 심장── 혼핵에 의식을 집중하고 숨을 가다듬었다.

방해꾼. 이대로는 방해꾼이다.

순간, 전장의 모든 것을 머릿속에서 밀어내고 자신에게 기합을 넣었다.

데지의 거구 너머에서 흔들거리며 움직이는 촉수. 공포감이 드는 촉수의 거동. 단지 '조리' 하기 위해서만 보내졌던 제블의 악의.

눈앞이 캄캄해질 것만 같았던 절망과 공포를 그 이상의 충동으로 덧씌우고, 데지의 옆에 서 제블을 전력으로 노려봤다.

몸이 떨린다. 무섭다. 무섭지만, 가장 무서운 건 틀림없이──.

그 공포에 사로잡혀 제대로 움직이지 못하고 유린당한다는 사실이겠지.

"좋아. 후후후, 나를 눈앞에 두고도 다시 일어나다니. 너희는 ── 어떤 맛이 나려나."

제4화 차라리 납득할 수 있어

되돌아볼 것도 없이, 악마로서 생을 받고 나서 최저 최악의 전투였다.

힘이 없어 슬럼의 구석밖에 있을 곳이 없었던 시절부터 헤아려도 이렇게까지 굴욕을 느꼈던 적은 없다.

제블과의 접촉. 전투가 시작되고 한 시간.

시산혈해. 이제 제3군은 헤아릴 정도밖에 남아 있지 않다. 괴멸이라고 할 수 있다.

마왕의 힘은 절대적이라, 정말이지 장군급이든 평범한 악마이든 별 차이 없으리라.

도망치려고 했던 병사는 거의 없었지만, 그 일부의 악마도 뒤에서 음속에 근접한 속도로 발사된 촉수에 잡아먹혀 사라졌다.

촉수에 닿을 수 있는 마검을 지닌 데지라면 모를까, 내가 살아 있는 것은 단순하게 제블에게 죽일 마음이 없기 때문이다.

나를 '먹는 방법'은 매우 수고가 들어가니까. 나 이외의 전부를 정리하고 나서 착수하기로 했을 것이다.

제블이 날름 혀를 핥았다. 인원수가 줄어서인지 촉수의 수는 줄어 있지만, 아무런 위안이 되지 않는다.

너무 빨라 피할 수 없다. 촉수가 피부를 상처 입히지 않는 정밀한 동작으로, 간신히 걸치고 있던 의상을 녹였다.

제블이 드디어 입술을 일그러트리고 소름 끼치는 웃음을 지었다. 마치 조리의 한 공정이 끝났다는 사실을 선언하는 것처럼.

"후후후, 역시나 색욕……. 깨끗한 피부잖아. 몸의 굴곡이 조금 부족하지만, 좋은 맛이 날 것 같아. 기대되네."

그 눈에 떠오른 식욕에, 머릿속이 확 새빨갛게 끓어오른다.

몸을 감쌌던 무장은 이미 전부 녹아서 배 속으로 사라졌다.

아무것도 가릴 것이 없는 모습으로, 타개할 수단도 없이 그저 황야 속을 속절없이 도망 다니는 악마가 꼴불견 이외에 무엇이라고 할 수 있을까.

전신이 납처럼 무겁고 몸은 오랜만의 격렬한 운동에 상기되어 있다.

하지만 포기할 수는 없다.

"하지만 이상하네……. 색욕의 악마치고는 색욕의 냄새가 부족해……. 너, 은근히 밝히는 쪽이야?"

장난치는 듯한 어조로 던져진 말. 무례한 여자다.

"킥킥킥, 정말이지. 이런 곳이 아니라 침대 위에서 보고 싶었다고!"

입만은 끝까지 살아 있는 데지가 몇십 번째인지 모를 공격을 시도했다.

남은 검은 셀레스테뿐. 하지만 그 검은 검으로서 분명한 힘을 남기고 있었다. 불꽃의 신성이 업화의 격류를 현현시켜 제블을 덮친다.

"이런이런, 너도 포기할 줄을 모르는구나……. 솔직히 불꽃은 맛있지만 배 속에 남지 않는 것 같아. 별로 취향은 아니네."

하지만 그것도 통하지 않는다. 제블이 몇십 번인가 반복한 동작으로 입을 벌렸다.

불꽃은 마치 빨아들이는 것처럼 그 작은 구멍으로 빨려 들어가 사라진다.

"……빌어먹을, 아무리 그래도 반칙이잖아……."

"후후후, 괜찮아. 너희는―― 내가 엊그제 먹었던 마왕보다도 훨씬 강해. 무시무시한 검이야."

"킥킥킥, 검만인 거냐!"

"후후후, 1만 년만 지나면 내 '욕구' 의 발끝 정도에는 미치지 않으려나."

"……놔줄 생각은 없겠지?"

"나는 배가 고프다고!"

다시 또 한 악마가 촉수에 휘감겨 삼켜진다.

점액이 떨어진 지면은 녹아서 무수한 구멍이 뚫려 있다.

"어이, 미디아……."

"……왜?"

"한 가지, 아직 가능성이 있는 수단이 있어."

데지가 피로가 쌓인 표정으로 말했다. 자랑하던 보검을 잡아 먹혀, 그 눈에는 눈앞의 마왕에 대한 적의가 담겨 있었다.

그리고 데지는 말했다.

"너의…… '분장환무'를 나에게 넘겨."

"……뭐? 무슨 소리를 하는 거야?"

데지가 험악한 눈으로 마왕을 노려봤다. 마왕이 공격하지 않는 건 여유를 부리는 걸까?

"그 스킬…… 실체를 지닌 환상을 만들어 내는 스킬이지?"

"……맞아. 더 자세히 말한다면, 환상을 만들어서 그 범위 안에서 자유롭게 실체로 바꿀 수 있는 스킬이지만."

죽은 뒤에 실체를 환상으로 만드는 스킬. 바로 그것이 룩스리아의 스킬 트리를 상당한 상위까지 진행하지 않으면 손에 넣을 수 없는 '분장환무'의 힘이었다. 개념계로도 분류되는 강렬한 그 스킬은, 공격을 당할 때까지 전부가 실체인지라 정신 오염으로도 간파할 수 없다.

"같은 소리야. 아가씨, 잘 들어. 지금 우리에게는 제블을 쓰러트릴 수단이 없어. 만약 그럴 가능성이 아주 조금 있다고 한다면, 그건 바로 이 검이야."

검신에 금이 생긴 마검을 들어 보였다.

확실히 제블도 셀레스테의 불꽃에 의한 공격만은 막고 있다. 아니, 먹고 있지만, 모종의 액션을 취하고 있는 것만은 틀림없다. 매번 액션을 취하는 것을 보면, 그렇지 않으면 대미지를 받고 말 것이다.

일격으로 토멸할 수 있다고는 생각되지 않지만.

"'분장환무'를 내 '찬탈'로 빼앗고, 그걸 사용해 전방위에서 셀레스테의 힘으로 저 녀석을 불태우자."

그 말은 믿을 수 없는 것이었다.

저도 모르게 떨어질 뻔한 손으로 황급히 가슴을 가렸다. 데지의 눈은 진심이었다.

"말도 안 돼······. '분장환무'는 SS급 스킬인데? 그것을 사용한 데다가 셀레스테의 힘을 쓰다니······ 무리야."

"킥킥킥, 그 말은······ 마력만 문제라는 거구먼······. 어느 쪽이든 지금 하지 않으면 잡아먹힐 뿐이라고. 묘한 요리를 당해서 말이야."

확실히······ 그 말대로다.

이대로 시간을 쓸모없이 소비해도 패배는 필연. 그렇다면 걸어 보는 것도 나쁘지 않다.

살짝 고개를 끄덕였다.

"후후후, 상담은 끝났어? 슬슬 내 공복도 한계인데."

"그래······. 킥킥킥, 통구이로 만들어 주겠어."

데지가 내민 팔을 잡았다.

그것에 닿은 순간, 탐욕의 스킬 트리 중 하나인 '찬탈'의 스킬이 발동했다.

'찬탈'이란 그 이름대로 타인의 스킬을 빼앗는 탐욕의 스킬 중에서 가장 유명한 스킬이다.

몇 가지의 복잡한 조건을 채워야만 하기 때문에 전투 중에 조건을 채워 상대의 스킬을 빼앗거나 할 수는 없지만, 그래도 빼앗은 스킬을 자유자재로 다뤄 성장시키는 것도 가능한 강력한 스킬이다.

특히 악마의 클래스 스킬은 원래 원죄를 충족시키지 않으면 얻을 수 없다.

전제를 무시하고 그 스킬을 얻는 것은 터무니없는 메리트다. 조건이 있는 만큼 악마의 클래스 스킬은 강력하니까.

몸속을 탐색하는 듯한 위화감. 기분 나쁜 그 감각을 이를 어찌어찌 악물고 참았다.

하지만 데지는 금방 표정을 크게 일그러트리고 망연하게 중얼거렸다.

"말도 안 돼……. '분장환무' 스킬이…… 없어……. 어떻게 된 일이지?!"

"뭐?!"

데지가 더욱 힘을 담아, 부러질 정도의 힘으로 손을 잡았다.

존재를 종횡무진 탐색한다.

"없어……. 말도 안 돼……. 그럴 리가……. 조건은 충족되었을 텐데!! 아무리 SS급 스킬이라고는 해도, 발견되지 않다니…… 있을 수 없어!!"

"……스킬의 숙련도가 부족한 것이 아니야?"

순간 멈칫했다가 간신히 꺼낸 내 말을 데지가 부정했다.

마치 괴물이라도 보는 듯한 눈으로 나를 내려다보며.

"아니, 아니, 아니, 아니야……. 찬탈의 스킬은…… 그런 스킬이 아니야. ……아가씨, 너, 정말로 스킬을 쓸 수 있는 거야?"

"……좀 전에 쓰는 걸 보여 줬잖아."

"……하지만── 빌어먹을, 시간이 없어. 어쩔 수 없지, 셀레스테를 빌려줄게. 아가씨가 죽여!"

무리다. 그딴 것은 절대로 무리다.

검사로서 나와 데지의 실력은 명백한 차이가 있다. 그건 단순한 실력만이 아니라 근육이 붙은 정도, 몸의 이동법, 약간의 버릇에 이르기까지…… 이제까지 살아 왔던 경험으로 체득해 온, 의식 영역 밖의 미세한 움직임에 의한 것이다.

애초에 지금의 나로는 셀레스테를 다룰 수 없다. 검사로서의 실력도 그렇지만, 마검은커녕 '분장환무'를 쓸 만큼의 마력도 나에게는 남아 있지 않았다.

"안 돼……. 셀레스테는커녕, '분장환무' 스킬을 쓸 정도의 마력도 없어."

"큭. 이거 이렇게 된 이상…… 기적을 노릴 수밖에 없나?"

날카로운 눈이 표표한 마왕을 노려봤다.

기적?

그 말에 내 뇌리에 빛이 지나쳤다.

……아니, 그런 의미로는 한 가지…… 딱 한 가지, 아직 방법이 있다.

승산이라고 부를 정도로 가능성이 높은 것이 아니지만, 나에게는 딱 한 가지 마력을 회복할 방법이 있었다.

하지만 만약 그것을 쓰면 내 본성이 들킬 것이다. 아니, 이미 한 번 쓰고 말았다.

들키는 것도 시간문제인가…….

그다지 좋아하지 않던 데지의 얼굴을 올려다봤다.

나보다도 공훈을 세우는 이 남자를.

하지만 지금은 좋고 싫고로 판단할 단계가 아니다.

결심을 하고 입을 열었다.

"데지……. 저기, 내가——."

"……뭐? 말도 안 돼……. 무슨 기적이야, 이건."

하지만 돌아온 것은 정신이 나간 표정이었다. 셀레스테의 불꽃으로 황야를 불태워 버리고도 살아남았던 제블을 봤을 때와 같은 표정.

상식의 범위 밖의 일이 발생했을 때 나타나는 표정.

데지가 꿈이라도 꾸고 있는 듯한 눈으로 나를 내려다봤다.

"아가씨, 못 느끼겠어?"

"어…… 아! ……어어?!"

몇 초 뒤에 나도 알아챘다.

그 말의 의미를.

바람이 불고 있었다. 모든 것을 밀어내는, 막힘 없는 검은 바람이.

자신의 손바닥을 어리둥절하게 바라봤다. 완전히 지쳤을 터인 몸에 약간의 힘이 돌아오고, 바닥을 보였던 마력이 약간 돌아왔다.

끈적이며 들러붙는 듯한 감각이 밀려난다.

"레이지 님의 '혼돈의 왕령'이…… 부활했어?!"

"……말도 안 돼……. 왜 이제 와서 나리의 왕령이……."

그래, 이제 와서다.

'혼돈의 왕령'은 강약을 자유롭게 조절할 수 있는 스킬이 아니었을 것이다. 그야 마왕의 힘이 증대하면 범위도 위력도 올라가겠지만, 그것은 마왕의 기초 능력이 증감해서이지 의지에 의한 것은 절대로 아니다.

제블도 그것을 깨달았는지, 곤혹스러운 표정이 되었다.

마왕 본인에게 효과는 없겠지만, 지금까지 문제없이 구축했던 영역이 갑자기 깨지게 되면 이상하게 여겨질 것이다.

"……어이어이, 뭘 한 거야? 이것이 너희의 비책?"

그럴 리가 없다.

'혼돈의 왕령'은 어디까지나 마왕의 클래스 스킬이다. 아직 거기에 도달하지 못한 나나 데지로서는 엄두도 낼 수 없다.

그야말로 기적이 일어나지 않는 한은.

하지만 진짜 기적은 이제부터였던 모양이다.

데지가 갑자기 눈을 번쩍 떴다.

입술이 부들부들 떨리고, 힘이 빠진 손에서 셀레스테가 떨어졌다.

확연한 빈틈. 지금 공격받으면 그야말로 순식간에 잡아먹히고 말 것이다.

"말도 안 돼……. 어째서, 이제 와서……. 아니, 애초에── 어째서, 있을 수 없어."

하지만 나도 그쪽을 신경 쓰고 있을 여유는 없었다.

데지의 시선 끝에 있는 것을 알아챘으니까.

메이드들의 손에 들린, 윤기 나는 흑발에 건강하지 못해 보이는 창백한 피부.

날붙이는 물론 지팡이 하나 들지 않고, 관(冠)은 물론 장식품 하나도 안 달고 있다.

고급스러운 천으로 만든 검은 옷은 안쪽에서 볼품없이 셔츠가 삐져나와 있다. 벨트도 차지 않아서, 움직임이 큰 것도 아닌데 당장에라도 바지가 벗겨질 것만 같다.

그 모습은 모든 의미로 이 전장에 나타나도 될 모습이 아니다. 아니, 나타날 리가 없다.

갑자기 창이 하늘에서 쏟아져 마왕이 죽었다는 헛소리 쪽이 차라리 신빙성이 있다.

"미디아……. 이건 네 환술인가?"

"……그럴 리가 없어."

그런 여유도 없고, 의미도 없다.

자기 주인의 모습을 환상으로 보이다니, 나는 송구해서 그럴 수 없다.

"……그렇군, 그렇다면 제블의 환술인가……. 아~, 깜짝 놀랐다고. 나리가 이런 곳에 있을 리가 없는데 말이지."

"……그렇군……. 그거라면 차라리 납득할 수 있어."

굳어 있던 사고가, 데지의 차라리 있을 법한 이야기에 해동되었다.

그렇군……. 얼마나 악취미인 마왕인가. 아무리 우리가 죽기 직전이라고 해도, 올 리가 없는 레이지 님을 보여 주다니…… 이것도 요리의 일환인가?

들었다 났다 하면 맛이 좋아진다든지?

어찌 되었든 깜짝 놀라게 하지 않았으면 한다. 죽기 전에 심장이 멈추는 줄 알았다.

너무나 큰 충격에 다시 심장이 경종을 울리는 것처럼 뛰고 있다.

하지만 그렇다 치더라도 잘 만들어져 있다.

레이지 님의 모습을 뵙는 것도 대단히 오랜만이다. 특히 밖에 나와 있는 모습을 보는 것은 몇 년 만인지도 모르겠다. 지금까지 기억을 돌아봐도 제일 처음에 만났던 그때가 처음이자 마지막이었고, 앞으로도 있을 수 없을 것이다.

머리카락이 덥수룩해도 윤기가 나는 건 메이드가 인형이라도 돌보는 것처럼 온갖 고생을 하며 정리하기 때문이고, 창백한 피부는 365일 바깥으로 나오지 않는 그 성질을 완전히 재현하고 있다.

침실에 있을 때와 완전히 똑같이 졸린 듯한 표정으로 휘청거리는 모습은 지금 당장 가까이 다가가 부축해 주고 싶을 정도로 위태로워 보인다.

"끝내주는데, 저거……. 진짜로 똑같아. 나리가 만약에 일어선다고 하면 저런 느낌이겠지."

"……동의해. ……아!!"

그때, 중요한 것을 깨달았다.

나, 지금…… 아무것도 입지 않았어!

황급히 주저앉아 전신을 가렸다. 환상이라고는 해도, 주인인 레이지 님에게 알몸을 보인다는 것은 있을 수 없는 일이다. 설령 레이지 님이 새끼손가락 끄트머리만큼도 나를 의식하지 않는다 하더라도.

머릿속이 수치로 덧칠될 정도로 새빨갛게 타오르고, 주저앉아 몸을 감싸 봐도 보인다는 사실을 깨닫고는 데지를 올려다봤다.

"데지…… 망토."

"……알았어."

던져 준 너덜너덜해진 망토를 받아서 어찌어찌 몸을 감쌌다. 이런 모습으로는 제대로 움직일 수 없지만, 그런 것을 신경 쓰고 있을 때가 아니다.

데지는 눈을 돌려 환상의 거동을 계속해서 관찰했다.

"……어이어이. 나리 녀석, 제블의 바로 앞에서 잠자기 시작했어."

"……정말로 진짜랑 똑같네."

제블이 곤혹스러운 표정을 짓고, 갑자기 눈앞에서 드러누운 레이지 님과 똑 닮은 환상에게 말을 걸었다.

"……넌 누구야."

〈분노의 화염〉
레이지 플레임
자신의 분노를 불꽃으로 변환해, 불기둥으로 변한다.

Chapter 4

분
Ira

노

제1화 떠올리기만 해도 화가 나

일설로는 무능하고 부지런한 것만큼 골치 아픈 사람은 없다는 이야기가 있지만, 내 개인적인 의견을 말하자면 이 세상에서 유능한 게으름뱅이만큼 화가 나는 존재는 없다고 생각한다.

그리고 정말이지 내가 감시관으로 파견된 곳의 마왕—— 나태의 왕, 레이지 슬로터돌즈만큼 그 말을 체현하고 있는 존재도 또 없을 것이다. 이런 녀석은 한 명으로 충분하다.

대마왕 '카논 이라로드' 휘하 중 마왕 클래스에 이른 악마는 전부 열아홉이지만, 나태의 원죄를 선택한 마왕은 그중에서도 단 한 명밖에 없다.

악마의 스킬도 그렇지만, 마왕의 클래스 스킬은 모두 대단히 강력하고 스킬 트리에 따라 타입은 달라도 모두 유용하다. 따라서 나태의 클래스 스킬을 파고드는 그 마왕은 짜증스럽게도 희소가치가 있고, 그것이 점점 더 그 본인을 누구도 참견할 수 없는 일종의 불간섭지대 같은 취급을 받게 하고 있었다.

명령에는 쉽사리 따르지 않아도 성과를 보이고, 스스로 반란을 일으키는 것도 아니고 그저 그곳에 있기만 할 뿐이라 질이 나쁘다.

이번 대의 대마왕, 카논 님은 분노를 내포하는 마왕이다. 분노의 속성은 공격력에 특화되어 있고, 그 일점 돌파력은 마찬가지로 높은 공격력을 자랑하는 폭식을 월등히 뛰어넘는다. 하지만 나태는 짜증스럽게도 악마의 스킬 계통수 중에서 유일하게 순수한 내구력이 뛰어난 계통이라고 이야기되고 있다. 악마라면 모든 트리에 방어 스킬이 존재하지만, 나태의 그것은 상식을 아득히 초월해 있다.

무엇을 위해 있는지 이해가 되지 않는 무의미한 완강성 덕분에 막대하다는 표현도 우스울 지경으로 의미불명인 생명력을 지니고 있다. 게다가 각종 속성 공격과 상태 이상 내성을 지니고 있고, 그 높은 VIT 때문에 그들에게는 거의 통각이 없다.

반면에 민첩성과 공격력이 부족한 모양이지만, 그딴 것은 필요 없을 것이다.

그들은 의미도 없이 돌처럼, 조개처럼 그저 거기에 있을 뿐이니까.

그런 일종의 무기물 같은 존재를, 대체 왜 자신의 힘을 크게 소모해 가며 토멸해야 하는가. 아마 역대 대마왕도 그리 생각했을 것이다.

내 의견을 말하자면, 나태의 마왕을 부하로 받아들인 것은 최초의 대마왕이 저지른 최대의 실수였다.

녀석은 틀림없이 해악이다. 그렇기에 내 스트레스는 파괴할 수 없는 그 게으름뱅이 때문에 계속 쌓이고 있다. 뭐라 말할 수 없는 분노가 이미 쌓이고 쌓여, 태어나고 천 년 가까이 지났지만 이렇게까지 무언가에 노여움을 느낀 일은 분명 이제까지 없었다.

혼이 날 것을 각오하고 사정을 정리해서 카논 님께 정기 보고서로 제출했더니 폭소를 터트렸다. 분노를 품은 대마왕님이 그렇게까지 웃는 것은 처음이었다.

전혀 생각지 못한 의외성에 완전히 내 분노가 사라져 버릴 정도로.

대마왕님의 눈, 귀의 역할을 가진 정예 부대 '검은 사도'.

다양한 요소를 기준으로 선발된 악마가 소속된 엘리트 부대이자, 다음 대 대마왕군을 이끌어 간다고 해도 과언이 아닌 대마왕님 직속의 친위대다.

실제로 현재 카논 님 휘하 마왕 중 약 5분의 1은 이 부대에 소속된 경험이 있다. 이번 대의 대마왕인 카논 님도 이 부대 출신이라는 것을 생각하면, 이 부대가 얼마나 세련된 역사가 있는지 잘 알 수 있을 것이다.

소속된 멤버는 여럿이 한 팀으로 대마왕의 휘하 마왕에게 파견된다. 마왕의 행동——그 품고 있는 욕구 때문에 타인을 얌전하게 따르는 것을 용납하지 않는——을 빠짐없이 관찰하고, 때로는 대마왕님의 명령을 전하고, 때로는 충고하고, 때로는 함께 싸우고, 때로는 그 반란을 사전에 감지하는 것을 목적으로 한다.

파견되는 형태라고 해도 다른 마왕을 모셔야만 한다는 매우 위험한 임무라, 그 성질상 절대로 방심할 수 없는 중요한 임무이기도 했다.

그렇기에 아무리 부대 안에서는 톱클래스의 성적이었던 나……

리제 블러드크로스가 담당한다고는 해도, 최소한 3인 1조로 파견되어야 할 임무에 혼자 파견되는 건 전혀 이해할 수 없는 일이었다. 카논 님과 같은 분노를 품고 있는 내가, 대극의 성질을 지닌 나태의 마왕에게 파견된다는 것은 더욱 이해하기 어려워 참을 수 없는 일이었다.

감시관에는 동종의 성질을 지닌 악마가 붙는 것이 보통이고, 그렇지 않더라도 가까운 성질을 지닌 악마가 담당해야 했다. 아무리 위대한 대마왕님의 결정이라고는 해도, 나로서는 그 어심(御心)을 전혀 이해할 수가 없다. 참을 수도 없다. 그런 탓에 항의하지 않을 수가 없다. 설령 그 결과 죽게 된다 하더라도 말이다.

거대한 흑요석 옥좌에 몸을 파묻은 대마왕, 카논 이라로드 님은 너무 웃어 눈물이 맺힌 눈으로 거대한 지팡이를 짚었다.

카논 님은 여자 악마다. 남자 악마에 가까운 장신에, 그 분노를 체현한 지옥의 업화 같은 진홍색 머리카락은 마치 용암처럼 끓어오르며 긴 머리끝을 옥좌의 손잡이에 늘어트리고 있었다.

몇 미터 거리가 떨어져 있음에도 느껴지는 고양감은 대마왕님이 보유한 힘의 끝없는 깊이를 나타내고 있었다.

하지만 그런 위광도 지금은 여러모로 엉망이었다. 그리고 덤으로 오늘의 대마왕님은 드물게도 매우 기분이 좋아 보였다.

헛기침을 하고, 이쪽을 그 뜨겁게 불타는 눈동자로 응시했다.

"그래서 리제 블러드크로스. 그렇다면 너는 무엇을 바라느냐?"

"옙, 레이지 님은 서둘러 살처분하고, 군단과 영토는 다른 충실한 마왕에게 나눠주어야 합니다."

생각해 온 내용을 그대로 직접 대마왕님께 진언했다.

대마왕님은 내 의견을 예견하고 있었는지 재빨리 질문을 던져 왔다.

내 의견은 대마왕님의 의지에 반하는 것이라 한순간에 목이 날아가도 이상하지 않을 텐데, 그 눈에는 조금도 분노의 기색이 보이지 않는다.

"그렇구나······. 그렇다면 누가 죽이겠느냐? 나태를 담당하는 유일한 마왕이자, 유구한 시간을 그저 하는 일 없이 지낸 그 마왕을 어떠한 방법으로 죽일 테냐?"

"그것은······."

그것이야말로 내가 지금까지 몇 개월 동안 참아 왔던 이유였다.

장군급의 힘을 지니고, 공격에 가장 적합한 분노를 지닌 내 공격을 받고도 그 마왕은 감히── 잠들기 시작했던 것이다.

마치 내 분노가 신경 쓸 필요도 없는 레벨이라고 말하는 것처럼.

떠올리기만 해도 화가 난다.

뜨거운 피보라가 혼핵을 중심으로 전신을 돌았다. 힘겹게 심호흡해서 새빨갛게 물드는 시야를 진정시키려 해 보지만, 전혀 효과가 없다.

"큭큭큭, 그 모습을 보니 이미 시도해 본 모양이로구나······."

"······예, 월권 행위라는 것은 알고 있었습니다만, 도저히 제 분노를 억누르지 못하고······."

카논 님이 그 말을 유쾌함이 담긴 눈으로 들었다.

"용서한다. 큭큭큭, 리제……. 너라는 자는 옛날의…… 나를 닮았구나."

"헉?! 옙……! 영광입니다."

대체 무슨 의미지?

카논 님의 생각을 알 수 없다. 이해가 가질 않는다. 화를 내고 있는 것도 아니다. 잠시 사고가 멎고, 금방 무릎을 꿇었다.

파멸의 카논이란 이명에 어울리지 않는 온화한 표정으로 카논 님이 중얼거렸다.

"아무튼 리제. 녀석은 죽이지 않는다……. 물론 죽일 수 있다면 자유롭게 죽여도 상관없다만——. 리제, 나는 네게 기대하고 있다."

"……옙. 반드시 마왕님의 기대에 부응하도록 온 힘을 다하겠습니다."

갑작스러운 그 말에 황급히 자세를 바르게 하고, 그 기대 이상의 기대에 머리를 숙였다.

나는 과연 그 기대에 부응할 수가 있을까?

나태의 마왕은 그 태도에 어울리지 않게 강력하기 그지없는 힘을 지니고 있으면서, 그 언동에는 대마왕님에 대한 충성도, 그 대마왕님이 파견한 나에 대한 두려움도…… 아니, 두려움은커녕 흥미조차 단 한 조각도 품고 있지 않았다.

폐쇄된 세계에 사는 악마를 상대로 나는 무엇을 할 수 있을까?

조금이라도 할 수 있는 일이 있을까? 언제나 자신의 의지대로 개척해 왔지만, 이번 시련은 전혀 자신이 없다.

상성이── 너무 나쁘다.

"좋다……. 네가 무슨 생각을 하는지는 잘 알았다. 하지만 너를 레이지의 감시관으로 임명한 것에도 이유가 있다. 그 뜻은 스스로 생각해라."

그 말은 대마왕님의 입으로 말할 마음이 없다는 의미였다. 뒷머리에 느껴지는 무거움. 보이지 않는 압박감이 마치 내 머리를 짓누르는 것처럼, 고개를 드는 것이 용납되지 않는다.

당연한 일이지만, 그것에 대해 질문으로 답하는 어리석은 짓은 저지르지 않는다.

"옙. 실례했습니다. 이 리제 블러드크로스. 전부 카논 님의 어심에 따르도록 하겠습니다."

"좋다. 그럼 가도록 해라. 네게는 패왕의 소질이 있다. 그리고 배우고, 알아라. 악마의 의미를."

"옙……. 반드시 그리하겠습니다."

대마왕님의 말에 장난은 없다.

그 직접적인 말이 내 혼핵에 한마디도 빠짐없이 새겨진다.

아직도 나로서는 단 하나도 이해할 수 없는 그 말이.

나태의 마왕에게 배우라고……?

그 마왕에게── 전임자인 나태의 악마가 포기할 정도의 죄를 품은 마왕에게, 정반대의 성질을 지닌 내가 무엇을 배우면 된다는 것인가?

아마도 그것을 알게 된다면, 바로 그것이 대마왕님의 기대에 대한 응답이리라.

깊숙이 머리를 숙인 뒤 문으로 나가기 직전에 카논 님이 마지막으로 말했다.

파멸이라는 이름이 붙어 있는 마왕에게 어울리지 않는, 지친 듯한 목소리로.

"리제. 영침전으로 돌아가면, 덤으로 레이지 오라버님께 전해 주어라——. 얼굴 정도는 가끔 보이라고."

"……예?! 오라버님?!"

그것은 완전히 의도하지 않고 나온 말이었다.

당황해서 돌아보는 나에게 카논 님은 자신이 무슨 말을 한 것인지 깨달았는지, 크게 혀를 차고 험한 표정으로 지팡이를 겨눴다.

모든 것을 잿더미로 되돌리는 분노의 죄.

그 눈이, 활활 타오르는 불꽃 같은 안광이, 내 반론을 용납하지 않는다.

그 압박감에 마음이 꺾이기 전에 간신히 한마디를 꺼냈다.

"카논 님, 지금 것은——."

"가라, 리제 블러드크로스! 나를—— 번거롭게 하지 마라!"

"예, 예이!"

마치 내쫓기듯이 문이 닫힌다.

분노를 담당하는 대마왕님의 노성은 결코 드문 것이 아니다. 대마왕의 방을 지키는 두 명의 근위병이 험한, 하지만 동정이 담긴 시선을 보냈다. 인사를 하고 걸어 나갔다.

그런가. 이것이 분노를 담당하는 카논 님이, 희소한 나태의 왕이라고는 해도 일개 마왕에 대해 강하게 나서지 못하는 이유…….

분노는 직접적인 공격에 대해서는 타의 추종을 불허하지만, 반면에 계략에는 약하다.

나는 대마왕군의 생각지 못한 어둠을 본 느낌이 들어, 약간 우울한 기분이 되었다.

제2화 죽어라!

내가 감시하는 마왕님은 오늘도 변함없이 평화로웠다.

진즉에 아침 해가 떠올랐는데, 침대는 '레이지' 모양으로 불룩하게 솟아오른 채로 움직임 하나 없다. 솔직히 살아 있는지 아닌지도 미심쩍다.

대마왕님께 격려의 말을 듣고 나서 주의해서 보고 있지만, 아무리 그래도 이 마왕은 지나치게 '나태' 하다.

분노를 담당하는 나도 분노하지 않을 때가 있지만, 레이지 님은 게으름을 피우지 않을 때가 없다.

그런 점이 마왕과 그냥 악마의 차이일까? 아니, 아닐 것이다. 다른 마왕을 감시하는 검은 사도들이 말하기를, 마왕은 단지 악마의 연장선 위에 있을 뿐이라 레이지 님만큼 자신의 속성을 금욕적으로 추구하는 이와 마주친 사람은 없다는 모양이었다. 죽으면 좋을 텐데.

짜증을 내며 자작 마왕 관찰 일기를 써 내려간다.

저도 모르게 눈을 크게 떴다. 놀라운 일이다. 중대한 사태다.

보고해야 할 일이—— 아무것도 없다.

스킬의 훈련도 하지 않고, 공부를 하는 것도 아닌 데다, 전투도

하지 않는다. 신하와의 커뮤니케이션도 취하지 않고, 군사 회의에도 출석하지 않는다. 모든 것은 마왕님이 모르는 곳에서 그의 신하에 의해 돌아가고 있다. 어떤 의미로 군주제의 완성형을 보고 있었다. 하지만 절대로 '군림하지만 통치하지 않는다'는 말의 의미를 착각하고 있다.

아니, 아무것도 생각하지 않을 뿐인가.

당신의 역할이 무엇인지 자각하고 있습니까, 마~왕~님~.

이 군은 어떻게 운영되고 있는 거지? 아니, 정말로.

너무나도 한심해서 내 스트레스가 위태롭다. 그리고 그것이 분노로 변화하고, 결과적으로 어디에도 터트릴 수 없는 노여움을 항상 품게 되고 만다. 내 분노의 스킬 계통수가 급격하게 성장하고 있다. 전혀 기쁘지 않다.

가져온 의자에 앉아 짜증을 내며 침대를 부모의 원수처럼 계속 노려본다.

이렇게 내가 살기를 내뿜고 있는데 단 한 번도 깨어나지 않는다니 대체 어떻게 된 일인지……!

그리고 이래저래 하는 사이에 기둥 시계가 시간을 알리고, 모든 악의 근원이 카트를 밀며 찾아왔다.

소리 하나 내지 않고 문을 열고, 정숙하고 기품 있는 동작으로 들어와서는 조용한 목소리로 그때를 알렸다.

그것은 아마도 레이지 군에서 가장 마왕에게 가까운 자. 즉,

"……레이지 님, 식사 시간이에요……."

메이드다.

오래된 급사복을 입은 청초계 미소녀 악마다. 무엇을 담당하는지는 모르지만, 전투를 할 것처럼은 보이지 않으니 어쩌면 아무것도 담당하지 않는 악마일지도 모른다.

악마에게는 천성적으로 타고난 타인에게 해를 입히는 본능이라는 것이 있지만, 드물게 그런 성질을 지니지 않는 자—— 갈망을 지니지 않은 자가 있다.

그 경우, 원죄를 담당하지 않는 악마라는 본말전도인 존재가만들어지게 된다. 아직 갈망을 품을 정도로 정신이 성숙되지 않은 어린 악마 사이에 많지만, 그대로 성장하는 일도 드물게나마있다고 한다.

만약 그녀가 모종의 갈망을 품고 있다고 한다면, 레이지 님에게 이렇게까지 헌신적일 수 있을 리가 없다. 이 마왕님은 쓰레기이니까.

이름은 로나라고 한다. 성은 없다고 한다. 내가 레이지 님에게파견된 뒤로 가장 자주 마주치는 소녀였다.

크고 동그란 아름다운 푸른 눈과 어깨에서 가지런히 정리한 금발이 특징인, 보기에는 나와 같거나 조금 아래 정도 연령의 여자아이다.

동시에 원흉이기도 하다. 이 소녀가 모든 의미로 마왕님의 응석을 받아주고 있어, 레이지 님은 아무리 시간이 지나도 일하지않는 것이었다.

몇 번이고 항의하고 있지만, 이것이 일이라며 그만둘 기색이없다. 이런 아이가 무의미하게 삶을 낭비하는 악마를 모시다니 세상 말세였다. 결국 그녀가 모든 흑막이었다고 해도 나는 아마 놀라지 않을 것이다.

죽으면 좋을 텐데 하고 생각한다. 하지만 죽지 않는다. 전사할 걱정도 없다. 그녀는 전장에 나서지를 않으니까.

로나의 속삭이는 듯한 식사 신호에 마왕님의 머리가 이불에서 쑥 튀어나왔다. 눈이 반쯤 감겨 있는 상태로 엎드려 있다. 유일하게 매일 정기적으로 마왕님의 한심스러운 얼굴이 보이는 순간이었다. 무방비하지만 여기서 공격을 시도해도 레이지 님에게는 아무런 대미지가 없다. 이미 시도해 본 적이 있어서 알고 있다.

나태의 스킬이란 무엇인가?

틀림없이 악마 클래스가 지닌 스킬 트리 중에서 가장 그 실제가 알려지지 않은 게 나태의 스킬 트리겠지.

나태의 악마는 스킬을 즐겨 쓰지 않는다. 어째서냐면 그들이 담당하는 것이 나태이기 때문이다. 그리고 그들 중에는 자신의 스킬을 기록할 만한 근면한 성질을 지닌 자도 존재하지 않는다. 알려지지 않는 것도 당연하다. 웃~기~지~ 말~라~고!

대체 그들은 무엇을 생각하고 나태의 스킬 트리를 밟으려고 생각했을까?

사용하지 않는 스킬 트리를 개척해서 무엇을 하려는 걸까?

나는 그것을 생각할 때마다 진기한 동물을 관찰하고 있는 듯한 기분이 들었다. 그리고 정신이 쇠약해 가는 기분을 맛보는 것이었다. 죽으면 좋을 텐데.

간신히 알려진 정보는, 나태의 스킬은 내구에 뛰어난 스킬 트리라는 것과 타인의 움직임을 늦추는 스킬이 있다는 점. 그리고 레이지 님이 슬로터돌즈라고 불리는 근거이기도 한, 인형 생성 스킬이 있다는 점 정도였다.

단지 그것만이지만, 어떤 의미로는 그것만으로 충분하다고는 생각된다. 어차피 이 녀석들은 스킬을 거의 사용하지 않으니.

레이지 님이 눈을 감은 채로 입을 열었다.

로나는 그 모습을 넋이 나갈 듯한 웃음으로 받아주고는, 수저로 식사를 떠 레이지의 입안으로 넣어 주었다. 마치 어미 새가 새끼에게 밥을 먹이는 것처럼.

놀랍게도 이 마왕은 자신의 손으로 식사조차 하지 않는 것이다!

적당히 해라! 이딴 마왕이 존재해서는 안 돼! 훨씬 근면한 다른 악마에게 사과해!

아무리 갈망을 이루어도 마왕이 되지 못하는 악마에게 사과해 애애애애애애!

이를 악물고 마음속에서 절규했다. 내 정신은 이미 여러 가지 의미로 위험했다.

그리고 로나도 적당히 해라!

이제는 그거다. 이 타락 정도를 알면 알수록, 다른 악마들에 대한 평가가 낮아진다. 이런 녀석이라도 마왕이 될 수 있는데 아직 마왕에 이르지 못한 사실이 한심하고, 화가 나서 견딜 수가 없다. 그리고 그중에는 당연히 나 자신도 포함되어 있다. 정말 부탁이니까 조금은 마왕답게 해 줘라.

반사적으로 일어나는 나에게, 로나가 시선을 보냈다.

한숨을 쉰 뒤, 수저를 공손하게 접시에 내려놓고 어이없다는 듯이 허리에 손을 올렸다.

"매일 매일 매일, 대체 뭐가 불만인가요?"

레이지가 하품을 했다.

그 모습에 마침내 머리의 어딘가에서 무언가가 끊어지는 소리가 들렸다.

"뭐라고? 뭐가 불만이냐고? 나를 무시하는 것도 적당히 해라!!"

주종이 모두 나를 무시하다니…….

로나도 그 주인도, 마치 내가 이상하다는 듯이 태연하게 이쪽을 보고 있다.

이성이 폭발하고, 분노가 불꽃이 되어, 피로 변해 전신을 타고 흐른다.

내가 얼마나 매일 참고 있는지——. 카논 님이 처분을 내려 주지 않는다면, 내가 대신 결판을 내 주겠다…….

게다가 지독하게도 이 단계에 이르러서까지…… 나를 안 보고 있다.

눈을 감은 채로 머리를 흔들흔들 흔들고 있다. 그것을 축구공처럼 걷어차 주고 싶은 충동에 사로잡힌다.

안 된다……. 그건 이미 진즉에 해 봤다. 상처 하나 입지 않았다.

이 녀석에게 상처 입히고자 생각한다면, '분노'의 스킬을 사용할 수밖에 없다.

심호흡을 하고, 머릿속을 돌아다니는 격렬하게 요동치는 감정을 하나로 묶었다.

빈틈이 너무 커 전장에서는 쓸 수 없지만, 천천히 시간을 들여 힘을 모았다.

분노를 양식으로 적을 토멸한다. 그것이야말로 '분노'의 스킬의 기본.

"얕잡아 보다니……. 카논 님을 대신해서—— 처죽여 주겠어요……."

'분노'의 스킬 중에서도 가장 위력이 높은 불꽃 스킬.

악마의 심장인 혼핵에서 쥐어 짜낸 불꽃이 발밑에서 기둥이 되어 하늘 높이 치솟았다.

'분노'의 스킬 트리에서 S급으로 분류되는 상위 공격 스킬.

내가 쓸 수 있는 가장 강력한 스킬.

'분노의 화염'.
<small>레이지 플레임</small>

부차적으로 발생한 열풍에 로나가 주춤했다.

폭풍으로 식기가 날아가, 벽에 격돌해 산산이 깨졌다.

여파만이라고는 해도 보통 악마가 견딜 수 있는 열량이 아니다. 로나의 팔이, 피부가 순식간에 열에 타고 살이 타는 기분 나쁜 냄새가 자욱이 꼈다. 로나가 표정을 찌푸리고 반사적으로 뒤로 물러나 피부를 보호하지만, 그 정도로 막아 낼 수 있는 열량이 아니다.

레이지의 앞을 가로막는 로나에게 경고했다.

"……로나, 거기서 비켜. 휘말려도 난 몰라."

"……안 돼요. 그 정도의 '분노'로는…… 레이지 님의 '나태'는 깰 수 없어요."

……얕잡아 보다니.

끓어오르는 감정에 밀려 전에 없을 정도로 불꽃의 온도가 올라간다. 천장을 보호하고 있던 결계가 열에 깨지고 구성하고 있던 바위가 녹아 액체가 되어 바닥을 태웠다.

로나의 말이 연료가 되어 머릿속이 더욱 붉게 물들고, 팔에 두른 불꽃이 검은색이 섞인 붉은색으로 변화한다.

에이프런 자락에 불이 붙어 점점 번진다.

로나는 그것을 끄려고도 하지 않고, 아직 눈을 감은 레이지의 머리를 쓰다듬고 귓가로 입을 가져갔다.

그리고 믿을 수 없는 말을 입에 담았다.

"레이지 님…… 저에게는 여동생이 있어요. 제가 사라지면 그 아이가 대신해서 레이지 님을 돌봐 주도록 준비되어 있어요."

"그러냐."

자신의 목숨을 전혀 개의치 않는 로나.

그리고 그 사실에 아무런 흥미를 갖지 않는 나태의 왕. 나는 물론이고—— 로나의 얼굴도 보지 않고 있다.

"……죽을 작정이냐?!"

"후……. 저에게는 리제의 공격을 막을 힘이 없어요. 결과적으로 죽는다, 그저 그것뿐인 일이에요."

아픔을 견디면서도 태연한 어조로 늘어놓은 그 말이, 분노의 불꽃에 더욱 기름을 부었다.

화염이 천으로 옮겨붙고, 킹사이즈 침대가 불꽃에 뒤덮인다. 자신의 몸이 불에 타 불덩어리가 되어가는데도 로나는 전혀 미동하지 않고, 눈을 감고 있는 레이지를 보고 있다.

불꽃은 내 분노 그 자체였다. 그 수준은 단지 물리적인 불꽃이 아니다. 지옥의 불꽃이라는 이름에 어울리게 만물을 잿더미로 되돌리는, 이 어마어마하게 넓은 마계에서 가장 높은 파괴를 불러오는 종언의 불꽃이다. 정령종이 다루는 마법의 불꽃조차 능가한다.

태우고 있는 대상의 정보가 머릿속으로 들어온다.

로나의 영혼으로 구성된 육체가, 악마의 기초 스킬 트리인 미약한 내화 능력밖에 지니지 않았을 몸이 간단히 불꽃으로 뒤덮여 더욱 큰 화염의 양식이 된다.

아직 로나가 살아 있는 것은, 이것이 스킬의 파편에도 이르지 않은 여파에 지나지 않기 때문이다.

내 스킬이 발동하면 노리지 않더라도 간단히—— 그야말로 종잇조각보다도 손쉽게 그 영혼을 재로 바꿀 것이다.

"레이지에게 도움을 요청해라."

"착각을…… 하고 있네요. 리제 블러드크로스."

전신이 차근차근 불타서 재로 뒤덮인 로나의 머리가, 이제는 살아 있는 것이 신기할 정도로 불꽃에 삼켜진 로나의 숯덩이가 된 안와가 나를 봤다.

그곳에 있던 것은 허무. 전신이 불타는 고통에 비명 하나 지르지 않고, 그저 찾아올 죽음을 묵묵히 기다리는 모습은 내가 이제까지 봤던 그 무엇보다도 소름 끼쳤다.

그런 로나가 분명하게 한순간 웃었다.

"……나태란…… 아무것도 생각하지 않고…… 아무것도 하지 않고…… 감정을 움직이지 않고…… 그저 원하는 대로 그곳에 있는 것을 가리키는 것이에요."

"큭?!"

서 있지 못하게 된 것인지, 이제는 누구인지 판별할 수 없게 된 인간 형태가 썩은 나무처럼 무너졌다.

정작 레이지는 모든 것을 불태워 버리는 불꽃에 뒤덮이고서도 전혀 움직임이 없다.

머리카락 하나 상하지 않고, 화상 하나도 입지 않았다. 무엇 하나 스킬을 쓰고 있는 기색이 없는데도!

눈앞에서── 지금까지 자신을 돌봐 주었던 충실한 악마가 모조리 불타고 있는데도!

자기 세계의 모든 것이 모조리 불타고 있는데도!

그 사실에 뇌가 임계점에 도달했다.

머리가 깨지는 듯한, 이 세상의 모든 것을 불태우고도 부족한 분노가 뇌를 뚫는다. 불꽃의 온도가 더욱 크게 올라갔다.

그때, 레이지가 처음 눈을 뜨고 중얼거렸다.

시선이 처음으로 내 쪽으로 향한다. 민폐라는 듯한 표정으로.

"……더워."

무슨 소리를 하는 거지…… 이 녀석…….

얼굴이 경직되는 것이 느껴진다. 이해할 수 없는 말. 이해할 수 없는 자세.

나는 조금의 주저도 없이 스킬을 발동시켰다.

"……큭, 죽어라! 레이지!"

"……그러냐."

레이지가 불쾌하다는 듯한 표정으로 한숨을 쉬었다.

그리고 내가 겨눈 손바닥—— 검은 화염을 보고 한마디만을 말했다.

"짐은."

찰나, 처음으로 마왕이 스킬을 발동시켰다는 것을 이해했다. 스킬명조차 말하지 않고.

덮치기 직전이었던 내 스킬보다도 빠른 속도로.

영혼을 보호하는 정신 오염 내성 스킬이 약간의 저항도 용납하지 않고 순식간에 돌파된 것을 본능으로 알았다.

그것은 혼핵을 뒤흔드는 충격이었다. 시야가 흐트러지고 사고가 반전한다.

머릿속의 열이 모조리 뽑힌다.

마치 그 감정이 거짓이었던 것처럼. 마음에 뚫린 구멍은 단숨에 정신 세계에 나락을 일깨우고, 원동력인 노여움을 잃은 스킬이 발동 직전에 튕겨 사라진다. 주위를 불태우고 있던 불꽃도, 로나를 모조리 불태웠던 불꽃도, 모든 것이 마치 꿈이었던 것처럼.

"무엇…… 을……."

검은 불꽃이 완전히 사라진 손바닥을 봤다.

나는…… 화를 내고 있었을 터였다. 분명히 모든 것을 불태워 세계를 잿더미로 되돌릴 정도의 분노와 증오를 품고 있었을 터였다.

기억은 남아 있다. 바로 몇 초 전까지, 분명하게 격노하고 있었을 터였는데——이미, 그딴 것은 아무래도 좋다.

기억과 감정의 어긋남이 소름 끼칠 정도로 차가운 바람이 되어 무언가가 있었을 터인 정신의 빈틈을 지나간다.

무릎에서 힘이 빠져서, 열을 잃어 급속하게 응고된 바닥에 무릎을 꿇었다.

알 수 없다. 모든 것을 알 수 없다. 노여움이라는 감정을 알 수 없다. 나는 어째서, 왜 화를 내고 있었던 것인지가. 어떻게 화를 내고 있었는지. 기억이 그것에 응답해 주질 않는다.

레이지 님은 혼란스러워하는 나를 개의치 않았다. 거의 재가 된 침구 위에서 귀찮다는 듯이 몸을 돌려 누웠다.

이 이상한 사태를 설명할 수 있을 만한 이론은 단 한 가지밖에 떠오르지 않는다.

——이것이…… 나태의 스킬인 것이다.

바로 누운 레이지 님의 시선이 이쪽을 봤다.

"…………."

하지만, 그러나, 레이지 님은 아무 말도 하지 않고 눈을 감았다.

그 도를 넘어선 뻔뻔한 태도에, 내 안에서 새로운 불씨가 생겨났다.

뭔가 말 좀 해…….

제3화 뭐 이런 놈이 다 있어

"반항한 나를 죽이지 않는 겁니까?"

"……죽고 싶다면 멋대로 죽도록 해라. 다음에 보낼 녀석은 나태인 녀석으로 하라고 전해라."

후우.

레이지 님이 귀찮다는 듯이 한숨을 내쉬었다.

그 말에 나는 자신의 행위가 이 마왕님에게 아무런 영향을 주지 못했다는 사실을 확신했다.

정말이지 손쓸 도리가 없는 마왕이었다. 카논 님이 지친 듯이 내뱉은 말이 떠올랐다.

갈망을 나태로 덧씌우는 스킬.

나는 마왕님이 단 한 번 쓴 이름도 모르는 힘의 효과를 그렇게 추측했다.

그 순간, 확실히 내 마음에 뚫린 나락은 그때까지 내 갈망이 채워져 있던 부분이었다.

그리고 그것이 진짜라면 그것은── 악마에 대해 최강의 스킬이다. 왜냐면 악마의 전투 능력은 그 갈망에 비례해서 상승하니까. 내 '분노의 불꽃' 이 내 노여움에 비례해 비약적으로 위력이 높아졌던 것처럼.

그것은 분노가 아닌 다른 형태라도 마찬가지다. 물욕을 잃으면 탐욕의 스킬은 쓸 수 없고, 식욕을 잃으면 폭식의 스킬은 제대로 된 위력을 보일 수 없다.

황당한 스킬이다. 통상이라면 이런 종류의 스킬은 악마의 기초 트리인 정신 오염 내성 스킬에 막히지만, 터무니없게도 이 마왕님은 그것을 순식간에 돌파해 스킬을 걸었다. 그건 즉, 그 스킬이 평범한 정신 오염 내성으로는 견딜 수 없는 상급 이상의 스킬이라는 것을 나타내고 있다.

마왕에게 통할지 어떨지는 미묘하지만, 만약 통한다고 한다면 마왕마저도 나태의 왕 앞에서는 갓난아이나 마찬가지다. 그리고 생각하고 싶지 않은 이야기지만, 그것은 아마도 대마왕의 지위에 있는 카논 님이라도 마찬가지.

아니, 그뿐만이 아니다. 분노의 스킬은 그 대부분이 노여움에 비례해 위력이 올라가는 스킬이라, 저 스킬은 다른 마왕보다도 높은 효과를 발휘할 것이다.

지금 내 안에 응어리져 있는 분노를 생각하면 영속적으로 유지되지는 않겠지만, 전투 중에 한순간이라도 욕망이 지워지고 만다고 생각하면 공포를 느끼지 않을 수가 없다.

효과는? 사정거리는? 범위는? 조건은?

무엇하나 알 수 없는 상황에서 이 마왕에게 도전하는 것은——너무 위험하다. 게다가 보인 것은 고작 하나의 힘뿐이다. 내가 쓸 수 있는 분노의 스킬만 해도 열 개 이상이라는 걸 생각하면,

계통수의 차이는 있다 하더라도 이 마왕이 쓸 수 있는 스킬이 그 이하일 리는 없다.

레이지 님은…… 위험하다. 나를 짜증 나게 해서 정신을 쇠약하게 한다든지 그런 의미가 아니라, 그 힘이 위험하다.

아마 카논 님도 그것은 잘 알고 있겠지. 그러니까 나를 파견한 것이다. 이 마왕이 반란 같은 귀찮은 짓을 벌인다고는 생각하지 않지만, 만일을 생각해서.

분노의 스킬로 토멸할 수 없다면—— 순수한 공격력에서 뒤처지는 다른 계통의 스킬로도 이 내구력은 깨트릴 수 없으니까.

이 마왕은 덥다고 말했다. 다시 말해, 그 순간 나의 칼날은 이 마왕님에게 분명히 영향을 주고 있었다. 지금의 나로서는 도저히 무리라도, 언젠가 성장한 나라면 이 마왕에게 대미지를 줄 힘을 얻을 수 있을 것이다.

칼날을 갈고 닦을 것.

강대한 힘을 지닌 이 남자를 보고, 자신의 칼날을 갈고닦을 것. 그것이 아마도 카논 님의—— 의지.

그리고 동시에 이 남자의 리소스를 재주껏 조작해, 대마왕군의 도움이 되게 할 것. 적으로 돌아서면 무섭지만, 이 나태의 스킬은 아군으로 삼으면 든든하다.

두 개의 난제를 동시에 해결하는 일은 임무이기도 하고, 동시에 나에 대한 시련이기도 하다.

이것을 뛰어넘었을 때, 나는 틀림없이 지금까지와는 비교할 수 없을 정도의 힘을 지니고 있을 것이다.

새로운 침실로 옮긴, 비슷해 보이는 침대 위에서 레이지 님이 몸을 돌렸다.

그 모습을 보는 나의 눈에는 더 이상 경시하는 마음이 존재하지 않았다.

내 힘의 여파로 모조리 타 버린 침실은 지금 재건 중인 것 같다. 레이지 군의 악마는 누구도 아무 말도 하지 않았다. 뭐라고 말 좀 해.

그때, 문이 소리를 내며 열리고, 한 명의 악마가 들어왔다.

메이드복을 입은 소녀다. 로나의 분위기와 조금 비슷했지만, 로나보다도 약간 젊은 악마였다.

이불에서 머리를 내놓지 않은 레이지 님에게 한순간 시선을 보내고, 내 쪽을 슬쩍 보고 나서 바로 레이지 님에게 다가가 로나를 똑 닮은 얼굴로 미소 지었다.

"레이지 님! 일~어~나~ 주~세~요~!"

그리고 놀랍게도 마왕님이 뒤집어쓴 이불을 엄청나게 흔들기 시작했다.

로나가 말했던 여동생은 웃는 얼굴도 분위기도 닮았다. 하지만 닮은 건 분위기뿐이지 행동은 전혀 닮지 않았다. 사기다.

그건 절대로 군주에게 할 만한 행동이 아니다.

그 너무나도 난폭한 행동에 저도 모르게, 오히려 기피하는 입장이었던 내가 제지하고 말았다.

뭐야, 이거.

"잠깐……! 좀 더 조용히 해라!"

"음……? 아! 당신이 언니가 말했던 리제 씨네요! 저, 히이로라고 해요! 이전에 레이지 님의 시중을 들었던 로나의 동생이에요!"

"어, 아, 응."

히이로라고 이름을 밝힌 소녀는 팔을 전혀 멈추지 않고 고개만 내 쪽으로 돌렸다.

그래도 언니를 태워 죽인 상대인데, 그런 부정적인 감정이 전혀 느껴지지 않는다. 그뿐만이 아니라 꽃처럼 만개한 미소를 짓고 있었다.

아무리 악마라고 해도, 보통이라면 가족에 대한 친애의 정 정도는 있는 법이다. 내가 대마왕님에 대해 충성을 맹세한 것처럼.

그리고 놀랍게도 천진난만한 목소리로 말했다.

"감사드려요! 언니를 죽여 주셔서! 덕분에 겨우 제 순서가 돌아왔어요! 언니는, 언제까지고 역할을 바꿔 주지 않아서, 계속 답답하던 참이었어요!"

그 감정은 너무나도 일그러져 있었다. 악의가 보이지 않는 것이 더욱 질이 안 좋다.

대마왕님의 바로 밑에서 일하고 있었을 때도, 이 군에 배속된 뒤에도, 이런 감정은 본 적이 없다.

"다, 당신……. 그래도 언니를 죽인 상대에게, 뭔가 할 말이 없어?!"

"예? 음……."

그 말에 히이로는 손을 멈춘 뒤 턱에 검지를 붙이고는 생각했다.

그리고 곧 대답을 내놓았다. 전혀 예상하지 못했던 대답을.

"리제 씨, 마무리가 너무 어설퍼요. 죽이려면 제대로 죽여 주셔야죠……."

"뭐……?"

히이로가 스커트를 펄럭이며 침대 가장자리에 앉았다. 로나보다도 상당히 짧은 옷자락에서 건강하게 탄 피부가 보였다.

그리고 간질이듯이, 생김새와 어울리는 목소리로 웃었다.

어째서 그 정숙한 언니에게서 이런 여동생이 나온 거지?

"쿡쿡쿡, 아직, 살아 있어요……. 정말, 언니도 참 끈질기단 말이야…… 운이 좋았어요. 직격이 아니라도, 그래도 장군급 악마의 '분노'의 힘을 맞고 즉사하지 않았다니. 기껏 내 순서가 온 줄 알았더니, 또 참아야 할 뻔했어요!"

충격적인 내용. 새카맣게 탔었는데 살아 있었나?!

아니, 그것이 아니다. 그쪽이 아니야. 이 악마는…… 지금 뭐라고 했지?

"……참아야 할 뻔…… 했다고? 당신, 설마 로나를──."

"아니, 아니, 아니에요. 오해하지 마세요! 언니는 살아 있어요. 새카맣게 탔지만요. 그렇다고 친언니를 죽이다니…… 그런 짓을 했다가는 쿡쿡쿡, '질투' 쪽으로 기울어지고 말잖아요. 아무리 그래도 갈망을 두 개나 품는 건 귀찮아요."

소름 끼치는 쾌활한 목소리.

이 녀석은…… 다르다. 로나 같은 자애심이 없다. 설령 얼굴이 닮았어도, 형태가 닮았어도, 아직 어려도, 이 아이는 틀림없이 정통파인, 살아 있기만 해도 악의를 뿌려대는 악마다. 가장 갈망을 추구하기 쉬운 성질. '순수한 악마^{퓨어 데몬}' 다.

내 표정을 보고 있는 것인지 아닌지, 히이로는 감히 주군인 레이지 님의 '위' 에 바로 드러누워 캐노피를 올려다보며 말을 이어 갔다.

"언니, 미인이었죠. 저와 같은 성질의 '혼핵' 을 지니고 있을 텐데, 키가 훤칠하고 눈도 크고 또렷하지, 피부도 하얗고 집안일을 하고 있는데도 상처 하나 없죠. 머리카락도 자르르 윤기가 나고 전혀 상처가 없고, 너무 높지도 낮지도 않은 목소리는 촉촉하고 마음 편하게 귀에 들어오고요. 가슴도 저보다 훨씬 커서…… 남자 악마라면 누구나가 내버려 두지 못하는 미인이고 음란하면서, 그 누구도 손가락 하나 몸을 건드리게 두지 않고 계속 레이지 님을 정숙하게 모시지……. 뚝심도 강해서, '분노' 상대로 한 발도 물러나지 않고……. 쿡쿡쿡, 실로 이상적인 여성이었어요."

"음……란?"

"어라아? 몰랐나요? 언니, 그래 봬도 '색욕' 을 담당하는 악마였어요. 게다가 A급 수준의 스킬을 쓸 수 있을 정도로 갈망을 추구했던, 상당히 강력한 악마. 격을 따지면, 분명 장군의 한 발 직전…… 기사급^{나이트} 정도는 되지 않았으려나."

그것은 믿을 수 없는 말이었다.

'색욕'.

악마가 지닌 일곱 개의 형태 중에서, 직접 전투에 적합하지 않은 스킬을 지닌 형태라고 알려져 있다.

그리고 아마 모든 갈망 중에서 가장 약한, 공격에 대한 내성을 지니지 못한 클래스이기도 하다.

그들은 약하다. 그저 무르고 약하다. 특히 정신 오염 내성을 지닌 악마 상대로는 그 힘 대부분이 통하지 않는다.

하지만 그렇다면 어째서——.

"어째서……."

"언니가 가르쳐 주었는지 어땠는지 모르지만, 저희 집안은…… 계속 나태의 왕, 레이지 슬로터돌즈 님을 모시는 가문이에요. 아마 10대 이상 이전부터. 일족 중에서 가장 강한 악마가 모신다는 규칙이었어요. 그리고 이번 대는 그것이…… 로나 언니였어요. '어제'까지는."

어제, 나는 로나를 분노의 불꽃으로 모조리 태웠다. 히이로의 말이 맞다면, 살아는 있더라도 그 힘을 잃을 정도로.

그래서 순서가 바뀐 것이다. 아마도 이 오만불손한 여동생으로.

"저, 계속 언니에게 콤플렉스가 있었어요. 특히 그 생김새에. 언니는 제 이상으로 그리는 모습을 갖고 있었으니까…… 그 탓에 계속 저는 언니보다도 약했어요."

"어? 생김……새?"

"아무리 악마의 격이 높아져서 A급 스킬을 쓸 수 있는 정도라고 해도, '색욕'의 힘은 전혀…… 강하지 않아요. 제 쪽이 훨씬 강해요. 하지만 그래도 저는 이길 수 없었어요. 저는 리제 씨에게 감사하고 있어요. 언니의 미모를 화풀이로 불태워 주어서 고맙다고 생각하고 있어요."

히이로의 목소리 톤이 한순간 낮아졌다.

그리고 악마는 말했다.

"덕분에 저는 언니보다…… '우월' 할 수 있게 되었어요……."

모든 퍼즐의 조각이 맞추어졌다.

히이로가 이불을 강제적으로 벗겨내고, 도롱이벌레처럼 몸을 둥글게 말고 무기질적인 눈동자로 바라보는 레이지 님의 팔을 주저 없이 껴안았다.

"레이지 님, 처음 뵙겠어요. 들으셨겠지만, 오늘부터 언니를 대신해 레이지 님의 시중을 들게 된 히이로라고 해요! 성심성의를 다할 테니까, 잘 부탁드리겠어요!"

"……그러냐."

"품고 있는 원죄는…… '오만'. '오만' 의 히이로예요! 기억해 주세요!"

역시…… 오만의 악마인가!

'오만'.

우월감과 교만을 담당하는 악마다.

이 군에서 말하자면 총사령관인 하드 로더가 담당하는 원죄이기도 하다.

이 형태는…… 대단히 골치 아픈 스킬 계통수를 지니고 있다. 특히 직접적인 대미지를 주는 분노나 폭식과의 상성이 나쁘다.

히이로가 첫 대화에 반짝반짝 빛나는 눈으로 마왕님에게 말을 걸었다.

하지만 나는 그 순간 직감했다. 이 소녀로는 도저히 레이지 님을 상대할 수 없다고.

마왕님은 딱히 아무것도 생각하지 않고, 아무런 감정도 없는 눈으로 한마디만을 답했다.

"……그래. 짐은."

"……음? '짐은'이라는 것이 뭔가요?"

그 말에 레이지 님이 엄청나게 언짢은 표정을 지었다.

표정이 말하고 있다. 가르치는 것이 귀찮다고. 내 쪽으로 시선을 보내지만, 나는 무시하기로 했다.

나도 처음에는 뭔가 싶었다. 뭡니까, 라고 물었다. 하지만 레이지 님은 가르쳐 주지 않았다. 결국 나중에 스스로 다른 악마에게 물어서 알게 되었다. 대단히 하찮은 이야기였다.

레이지 님이 크게 한숨을 쉬었다. 마치 이쪽이 나쁘다고 말하는 듯이.

그리고 그 한숨에 히이로의 표정이 흐려졌다.

무거운 목소리로 레이지 님이 말한다. 내가 듣기에는 평소처럼 들리지만, 처음 레이지 님과 대화하는 히이로에게는 다를 것이다. 마왕의 목소리는 항상 실망하고 있는 것처럼 들리기 때문이다.

"……이전 것은 어디 갔지?"

"……예? 어, 언니 말인가요?"

"……그래."

분명 절대로 이해하지 못하겠지.

레이지 님은 메이드의 이름이나 출신 따위에 흥미가 없다. 틀림없이 귀찮으니까 적당히 대답하고 있을 뿐이다.

히이로가 자존심을 자극받아, 떨리는 목소리로 답했다.

"언니는…… 저쪽 리제 씨에게 불태워져서 숯덩이가 되었어요. 그러니까 제가——."

너도 그 자리에 있었잖아! 아니, 그보다 네 탓이었잖아!

완벽하게 무시하고 있었던 주제에!

고작 어제의 일을 전혀 기억하지 못하는 기억력. 뇌가 비어 있는 것 아닐까.

"그러냐……. 데리고 와라."

"……예? 레이지 님, 지, 지금, 뭐라고……."

레이지 님이 눈썹을 찌푸렸다.

귀찮다는 생각을 하고 있겠지만, 모르는 사람이 보면 언짢은 듯이 보일 것이다.

참고로 카논 님이 그런 표정을 지으면 주위 일대가 숲으로 바뀔 전조이다. 반드시 도망쳐야만 한다.

이 마왕님은 게으름뱅이라서 그런 일은 절대로 하지 않는다. 내 목숨을 걸어도 좋다.

아~. 정말이지 화가 난다.

레이지 님이 다시 한번 말했다.

"……데리고 와라."

"헉……. 아, 예……. 아하하, 그래도, 어차피, 숯덩이가 됐는데요? ……아, 예, 알겠어요. 언니를, '들고' 올게요."

히이로는 한순간 울 것만 같은 표정이 되었지만, 금방 날카로운 발소리를 내고 방을 나섰다.

마치 저 기분 나빠요! 라고 말하는 것처럼.

하지만 레이지 님은 틀림없이 그것을 알아채지 못했다.

전혀 꼼짝도 하지 않고 이불 안을 굴러다니는 마왕님에게, 드물게 많은 액션을 취하고 있는 마왕님에게 물어봤다.

"어쩔 작정입니까?"

"……저 녀석은, 안 돼."

"……히이로가요?"

"그래……."

구체적인 이유도 말하지 않고 그저 귀찮다는 듯이 한마디만 했다.

……아무래도 로나가 지금껏 있는 대로 응석을 받아준 행위가 조금은 효과가 있었던 모양이다. 역시나 사람을 홀리는 일에서만큼은 천하일품인 색욕.

떠올릴 수 있는 모든 봉사를 해 왔으니까 말이지……. 내가 폭발한 것도 그것 때문이지만.

거창한 발소리를 내며 돌아온 히이로가 큰 소리를 내며 문을 열어젖혔다.

그리고 레이지 님의 침대에 난폭하게 그것을 집어던졌다.

"……언니예요."

히이로가 들고 온 것은 손바닥에 올릴 수 있는 사방 몇 센티 크기의 '혼핵'이었다.

그 핵도 절반 정도 불에 타 반파되어 있다. 나라면 이걸 보고 살아 있다고는 말하지 않는다. 판별할 수 있는 재료가 없으니까.

악마는 혼핵만 무사하다면 오랜 세월을 걸쳐 자기 재생이 가능하다. 하지만 이렇게까지 대미지를 입어 버리면 재생하기 전에 먼저 부서질 것이다.

오히려 히이로가 용케 그 잿더미 속에서 이것을 발견했다 싶다. 역시나 자매로서 느껴지는 부분이 있었을까?

그 대단한 레이지 님도 원형조차 남지 않은 혼핵에는 눈썹을 찌푸리며 그걸 들어 올렸다.

포기한 것처럼 한숨을 쉬고, 히이로 쪽을 보고 한마디…… 다시 한번, 한마디만을 말했다.

"……짐은."

"……예? 그, 그게…… 죄송해요. 저는…… 아, 아직 미숙하지만 열심히 하겠어요. ……저기, '짐은' 이 무슨 의미인지, 가르쳐 주실 수 있나요?"

말도 안 되는 지시에 조금 전까지의 웃는 얼굴은 거짓말처럼 사라지고 히이로는 눈물을 뚝뚝 흘렸다.

'오만' 에게 자신을 미숙하다고 말하게 하다니, 무서운 남자다. 분명 아무것도 생각하지 않겠지만. 그것은 오만을 담당하는 이에게는 분을 못 이기고 죽을 정도로 치욕이었다.

그들은 자존심 덩어리인 탓에, 자신을 세상의 중심에 두는 탓에, 자존심을 상처 입힐 만한 타인과 비교되는 행위에 엄청나게 약했다.

"……후우…….."

"헉?! 마, 마왕님……."

뭐 이런 놈이 다 있어.

한숨을 쉬고, 레이지 님이 눈을 감았다.

애초에 '짐은 개의치 말고 뜻대로 하여라'도, '짐은 만족한다'도 딱히 구체적인 지시를 내리는 게 아니잖나.

지금 딱히 아무것도 바라고 있지 않다. 그렇게 가르쳐 주면 좋을 텐데.

히이로가 허둥거리며 주위를 둘러봤다. 나와 눈이 마주쳤지만, 오만의 악마는 싫어했기 때문에 무시했다.

어떻게든 평가를 되돌리려고 허세를 부리며 말을 걸고 있다. 틀림없이 평가는 올라가지도 내려가지도 않았다. 애초에 레이지 님에게 평가를 받아 봤자 아무런 의미도 없다.

내 생각이지만 오만과 나태는 상성이 최악 아닐까.

타인에 대한 우월을 신조로 삼는 오만과, 모든 것이 아무래도 좋을 나태. 나태의 왕 상대로 오만의 우월감은 충족할 수 없다.

로나 역시 아무리 규칙이 있다고는 해도 후임으로 임명할 상대를 완전히 잘못 택했다고 생각한다. 괴롭히는 건가.

"저, 저기……. 저, 가사는 정말 잘해요! 요리도, 빨래도, 청소도…… 자신이 있어요. 원하신다면…… 서, 성적인 봉사도……."

"그러냐."

얼굴을 새빨갛게 붉히고 확연하게 무리하고 있는 히이로에게 평소대로의 대답을 보내는 레이지 님.

딱히 쌀쌀맞은 것이 아니다. 평소대로인 것이다!

하지만 히이로는 그것을 모른다. 마왕님과 커뮤니케이션을 취하려고 하면 안 된다.

조개나 뭐 그런 걸로 생각해야 한다……. 그래서 나도 곤란해하고 있는 것이니까.

그리고 구석에 몰린 히이로가 필사적인 목소리로 그 '말'을 했다.

"저기…… 뭐든지 시켜 주세요."

그것을 들은 레이지가 처음으로 자신의 의지를 가지고 의미 있는 말을 했다.

"………………………………쳇, 귀찮군."

"……예?!"

뭐 하는 놈이야, 이놈.

레이지 님이 지금까지 중에서 가장 깊은 한숨을 내쉬었다.

히이로가 망연한 표정으로 마왕님을 봤다. 그녀는 아무것도 잘못된 말을 하지 않았다. 폭언을 내뱉은 것도 아니고, 고집을 피우는 말을 한 것도 아니다.

이 광경을 봤다면 백이면 백, 모두 히이로의 편을 들어줄 것이다. 나라도 편을 든다.

오늘 처음 들어온 메이드 상대로 모든 것을 알아채 주기를 바라지 말라고.

그리고 마왕님은, 무심한 동작으로 부서지기 직전의 혼핵을 빛에 비췄다.

무엇을 생각하고 있는 것일까.

그리고 그 순간이 왔다.

갑자기 발생한 기척에 한순간 숨이 막혔다.

갑자기 히이로가 단정한 얼굴을 공포로 일그러트리고, 크게 몸을 떤 뒤에 한 걸음 물러났다.

오만이 오만을 잊고, 분노가 분노를 잊는다. 그것은 내가 행사한 '분노의 화염'이 어린아이 장난으로 보일 정도의, 세계를 덧칠할 정도의 마력.

그것은 틀림없이 내가 지금껏 본 것 중 가장 짙은 힘의 파동이었다.

모든 것이 아무래도 좋게 되고, 전신에서 힘이 빠져나갈 듯한 나태의 힘.

마왕님이 죽을 것 같은 얼굴로 읊었다. 그것은 확실한 영창(스펠)이었다.

"'이 이루 아케르디아. 모조리, 열화하고, 타락하라. 하아……. 금(金)의 섭리, 만물을 자아내는 검은 초석이여, 내 이름 아래 오직 박리(剝離)를 이루어라. 「붕괴하는 정밀한 금월(金月)(슬로스 마이너스 그로스)」'. 아, 영창 틀렸다……."

"잠깐……."

충만한 마력이 마왕의 영창에 따라 현상을 일으킨다.

기본적으로 스킬의 발동은 영창, 스킬명만, 무영창의 순서로 난이도가 올라가고, 위력이 낮아진다.

지금까지 단 한 번도 영창은커녕 스킬명조차 말하지 않았던 마왕이 영창을 해야만 했던 스킬, 장대한 영창은 틀림없이 내가 배

속되고 나서 봤던 스킬 중에서는…… 가장 위계가 높은 스킬일 것이다.

무슨 일이 벌어질지 전혀 이해가 되지 않지만, 전신이 위화감을 알려 온다. 경종을 울린다.

원래 거의 느껴지지 않는, 스킬이 발동하는 기척이 확실하게 느껴진다.

세상의 섭리가 비틀리는 기척에 히이로가 비명을 질렀다.

게다가 틀렸다니…… 틀림없이 사이에 들어간 한숨 때문이지?!

스킬의 영창조차 만족스럽게 할 수 없는 거냐! 이 마왕은!

뇌리를 맴도는 사고는 그저 현실 도피다.

영창이 실패해도 스킬은 확실하게 발동하고 있다.

후드득후드득. 아무것도 변하지 않았을 텐데, 뭔가가 부서져 가는 감각.

마왕님이 들어 올린 혼핵이, 절반이 불에 타 있던 결정의 색과 형태가 변한다.

결정을 중심으로 어디선지 모르게 발생한 검은 안개 같은 것이 모여들어 형태를 만든다. 그 색이 변한다.

히이로가 아연하게 중얼거렸다.

"어, 언……니?"

"……하아."

힘들다는 듯이 토해진 한숨과 함께, 마치 영상을 되돌리는 것처럼 숯이 색을 되찾고 완전히 탄화되었던 얼굴이 하얗게 물들며 혈색을 되찾는다. 퀭하니 뚫려 있던 눈구멍에 커다란 눈동자가 생성된다.

고작 몇 초 만에 그곳에는 완전하게 상처 하나 없는 '로나'가 생성되어 있었다. 몸은 물론, 몸에 걸치고 있던 의복에 이르기까지 상처 하나 없이.

예상을 아득히 초월한 사태에 히이로가 눈을 동그랗게 뜨고 비명을 질렀다. 뒷걸음질해 테이블에 등을 부딪치고 다리에 힘이 풀렸지만, 멈추지 않고 더욱 뒤로 물러났다.

그리고 로나가 천천히 눈을 떴다.

……살아 있다.

말도 안 돼……. 뭐지 이 스킬은.

재생? 말도 안 돼. 재생으로 옷까지 되돌아올 리가. 애초에 로나는 완전히 소멸했었다. 반파된 혼핵을 재생시켰다고 해서 이렇게까지 완벽하게 원래대로 돌아올 리가 없어!

"언……니?"

"히이……로?"

히이로는 비틀비틀 로나의 쪽으로 다가왔다. 마치 유령이라도 보는 것처럼.

그런 여동생을 로나가 눈을 깜빡거리며 봤다. 무슨 일이 벌어지고 있는지 이해하지 못하는 모양이다.

그야 그렇다. 처음부터 끝까지 보고 있던 나마저도 무슨 일이 벌어졌는지 전혀 이해가 되지 않는다.

그때, 창백하던 히이로의 안색이 변했다. 곤혹스러움으로.

그리고 고개를 갸우뚱하며 로나의 전신을 응시했다.

나도 깨달았다. 몸의 재생이…… 끝나지 않았다. 아니, 상처는 이미 완벽하게 치료되어 있지만, 아직 '되돌아간다'.

아직 스킬이 끝나지 않았다.

무언가가 망가져 가는 감각은 로나의 모습이 원래대로 돌아오고 나서도 멈출 기색이 없다.

로나의 신장이 약간이지만 확실하게 줄어들었다. 가슴이 마찬가지로 약간 오므라들고, 얼굴 생김도 약간 어려진다.

입고 있는 복장이 순백의 메이드복에서, 조금 작고 검은색을 기조로 한 메이드복으로 변한다. 롱스커트가 히이로보다는 길지만 이전보다는 짧은 기장으로 변한다.

틀렸다는 건 설마…….

조마조마하는 심정으로 보고 있는 사이에 신장이 점점 줄어들어 15센티 정도였던 히이로와의 신장 차이가 10센티가 되고, 5센티가 된다. 그에 비해 가슴팍의 볼륨은 거의 변하지 않았지만, 얼굴은 어른스러웠던 미모에서 앳된 것으로 여실하게 변화되어 갔다.

히이로가 다른 의미로 눈을 깜빡이며 레이지 님 쪽을 봤다.

"……레이지 님, 이건……."

"……너무 되돌렸다."

레이지 님이 전혀 반성이 담겨 있지 않은 표정으로 베개에 얼굴을 파묻고 비볐다. 자신이 실패한 주제에 이럴 때까지 의욕이 없었다.

너무…… 되돌렸다고?

로나의 변화가 멈춘다.

그때에는 이미 히이로와의 차이는 거의 없어졌다. 성격의 차이인지 얼굴 생김새는 살짝 로나 쪽이 어른스러워 보이지만, 분명하게 있었던 성장의 차이가 사라져 있었다. 키는 아직 로나 쪽이 살짝 크고, 가슴이 상당히 큰 것을 제외하면 마치 쌍둥이처럼 똑 닮았다. 유일한 차이는 색욕과 오만의—— 담당하는 것의 차이인가.

로나가 당혹스러운 눈으로 짧아진 자신의 팔다리를 확인했다.

히이로는 어떻게 반응하면 좋을지 알 수 없었는지, 불안한 기색으로 주위를 둘러보고 있었다. 내가 누군가에게 도움을 요청하고 싶다.

레이지 님만이 당황하는 일 없이, 미안한 기색도 없이, 상당히 컴팩트하게 재생된 로나에게 시선을 보냈다.

"기억은…… 있나? 오늘의 날짜는?"

레이지 님의 질문에 로나는 당혹스러움을 버리고 자세를 바로 했다. 길이가 짧아진 스커트가 신경 쓰였는지 꼼지락거리면서도 똑바로 답했다.

"어? 아…… 예. 오늘은 신력(神曆) 271C8A년, 카논력(曆) 310년 11월 11일이에요, 레이지 님."

만면의 웃음으로 전해 온 그 대답을 듣고, 레이지 님이 이쪽을 봤다.

설마 물어봐 놓고 오늘의 올바른 날짜를 기억하지 못했나?

정신을 차린 히이로가 대신에 대답했다.

"언니, 오늘은 11월 12일이야."

"어? 아니, 오늘은 11일이라…… 어라? 히이로, 키, 커졌어?"

네가 줄어든 거야!

고개를 갸우뚱하며 아직 상황을 파악하지 못하는 로나에게, 레이지 님은 실로 아무래도 좋다는 듯이 말했다.

"그러냐. 알았다. 짐은."

"넷??? 아, 예! 분부에 따르겠어요……."

고개를 갸우뚱하면서도 대답한 로나는 버릇처럼 손목시계를 봤다. 이어서 벽에 걸려 있는 시계를 확인하고는 황급히 레이지 님에게 머리를 깊숙이 숙였다.

"레이지 님, 죄송해요. 조금…… 한 시간 정도, 식사 시간이 늦어질 것 같아요."

"짐은."

"고맙습니다. 온정에 감사드립니다."

순식간에 일상의 사이클로 돌아온 로나가 타박타박 조용한 소리를 내며 방에서 나갔다. 아직 상황을 파악하지 못하고 있는 여동생의 손을 잡아끌고.

나는 그 모습을 보며 어안이 벙벙해서 아무 말도 할 수 없었다.

뭐야, 저 쓸데없는 충성심. 자신의 몸이 줄어든 것보다도, 몇 년을 먹지도 마시지도 않아도 생존할 수 있는 마왕님의 식사 시간이 걱정이라고?

레이지 님 쪽을 봤지만, 일을 저지른 장본인은 전혀 어떤 만족감도 달성감도 죄악감도 느끼는 기색이 없이 그대로 눈을 감고 있었다. 고작 몇 초 만에 잠이 든 모양이다.

이 마왕님, 정말로 흔들림이 없구나…….

너무나도 시원시원해서 나는 자신이 담당하는 '분노'에 자신이 없어졌다.

제4화 헛~소~리~ 하~지~ 마~!

진짜로 좀 봐주길 바란다.

나태의 스킬을 선보일 때마다 정말 내 스트레스가 위험하다.

알게 된 것은, 이 마왕이 제3위에 어울리는 영역까지 클래스를 진행했다는 것 정도다.

그리고 원래라면 내가 기뻐해야 할 그 사실은, 알게 될 때마다 악마로서 자신감을 잃게 된다.

나로서는 얼마나 욕구를 충족시키면 '시간을 되돌리는' 터무니없는 스킬을 얻을 수 있는지 전혀 알 수가 없다. 정확히 말하자면 축적된 경험이 괴리되어 사라지는 스킬이라고 하지만, 그런 것은 아무래도 좋았다.

직접 공격 스킬이 많은 분노와 비교해 나태의 스킬은 매우 자유롭고 효과도 의미불명이라, 정말 뭐라고 할까…… 무진장 기분 나쁘다.

거의 쓰지 않으니까 사용했을 때의 대미지가 위태롭다. 레이지 님은 틀림없이 나를 분사(憤死)시키려 하고 있다. 주위와 공모해서.

이 직장은 위험해. ……이젠 위가 아파.

어째서 전임자였던, 나태를 담당하는 악마가 포기했는지 지금이라면 무진장 이해가 된다. 같은 나태의 악마가 포기했는데 분노인 내가 견딜 수 있을 리가 없다.

아무리 화를 퍼부어도 태연하니까 내 스트레스는 전혀 해소되지 않았다.

나는 카논 님의 기대와 현장의 환경 사이에 끼어서 옴짝달싹할 수가 없게 되었다.

하지만 만약 내버려 둬도 된다면 여기처럼 편한 파견지는 없을 것이다.

그도 그럴 것이 감시하지 않아도 결국 이 녀석들은 절대로 반란 따위 일으키지 않고, 딱히 힘을 빌려주지 않아도 최종적으로는 어떻게든 된다.

그렇게 생각했더니 이 모양이야!

찌릿찌릿 아픈 위를 부여잡으며, 의자 위에 깊숙이 걸터앉은 레이지 님에게 되물었다.

"예에에? 지금, 뭐라고 했습니까?"

"……아무것도 아니야."

레이지 님은 확연하게 말하는 것이 귀찮다는 듯한 표정을 짓고 고개를 돌렸다. 거의 무표정인 마왕님의 표정을 알 수 있게 되고 만 것도 일종의 성장이겠지. 이딴 성장 필요 없지만…….

안 되겠다, 이 자식……. 어떻게도 할 수 없어.

크게 심호흡을 하고 화를 억눌렀다. 내 아량은 이곳에 오기 전과 비교하면 틀림없이 상당히 넓어졌다.

노여움을 제어하는 거다…… 이제는 윽박지르는 행위조차도 아깝다.

"……칙명의 내용을 기억하고 있습니까?"

"……."

눈…… 눈을, 감지 마. 부탁이니까, 들어줘…….

괜찮아, 괜찮아……. 진정해……. 화를 내면 패배야…….

심호흡을 하고, 레이지 님이 듣기 좋도록 목소리를 낮춰서 천천히 물었다.

"말씀드렸죠? 이번 지령은…… 마왕이 상대라고."

"……아니?"

큭……. 이 자식…….

손바닥을 꾹 쥐었다. 너무 강하게 쥐느라 손톱이 피부를 뚫어 손바닥에 뜨거운 통증이 발생한다.

바보 취급하는 건가? 아니, 시치미 떼는 게 아니라 진짜 전혀 기억하지 못하는 것이다.

나는…… 말했어! 절대로, 말했어! 카논 님께 명령을 받아온 것은 나고, 고생해서 레이지 님에게 그것을 전달한 것도 나고, 이번에는 상대가 강력한 마왕이니까 직접 출격하지 않으면 장군급 악마가 무의미한 죽음을 맞이하게 된다고 일부러 충고한 것도 나다!

충고하지 않으면 절대로 스스로 나서지 않으리라 생각했기 때문이다!

몇 번이고 복식 호흡을 반복해서, 뇌를 뚫고 그 주변을 유린할 것만 같은 분노를 가라앉힌다.

"있잖아, 언니. 리제 씨, 얌전해졌지, 최근에."

"됐으니까, 제대로 끝을 잡아!"

아아아아아아아아아아아아아아!

레이지 님 다음으로 나를 짜증 나게 하는 자매가 남 일처럼 말했다.

히이로의 주군에 대한 꼴사나운 행동을 나중에 들었는지, 최근에는 메이드 수행이라는 명목으로 둘이서 오게 되었다.

이쪽에 들리도록 일부러 대화를 나누는 성격 나쁜 오만한 여동생에, 한 번은 일방적으로 살해당했음에도 불구하고 전혀 이쪽에 흥미가 없는 약간 어벙한 언니 콤비에 의해, 내 스트레스는 배이상까지 부풀어 올랐다. 정말로 최악이다.

오만의 계통수의 본질은 '우월'한 상대에 대한 절대적인 보정에 있다.

간단히 말하자면 그들은 자신보다 약하다고 생각한 자에 대해서는 절대적으로 강하고, 자신보다 조금이라도 우수하다고 생각한 상대에 대해서는 절대적으로 약해진다는 특성······ 스킬이 있었다.

따라서 언니인 로나가 부활한 이상, 히이로는 다시 두 번째 지위에 만족해야만 하게 된 모양이었다. 원래 오만의 특성상, 한번 '우월'하면 그리 간단히 그것은 뒤집히지 않을 텐데, 같은 나이 정도까지 되돌아가고 나서도 확실하게 알 수 있는 용모의 차이(주로 가슴)가 히이로를 다시금 박살 냈을까. 현재는 약간 레이지 님을 두려워하고 있는 기색이 있지만, 얌전히 언니의 말을 따르고 있었다.

뭐, 그런 것은 일단 지금은 아무래도 좋다.

문제는 장난이라도 준비하는 것처럼 침대 정리를 하며 이쪽을 슬쩍슬쩍 보는 히이로에게 있었다.

이쪽을 보고 음흉하게 싱글싱글 웃으며 말했다.

"리제 씨, 전혀 화를 내지 않게 되었네……. 이젠 레이지 님의 힘을 보고 포기했으려나?"

"당연한 일이야. 마왕님에게 손을 댔던 지금까지가 이상했던 거니까!"

아아아아아아아아아아!

뇌 속에서 당장에라도 폭발할 정도로 부풀어 올랐던 분노에 새로운 연료가 투하된다.

손바닥에서 피가 뿜어나와 바닥을 뚝뚝 적셨다.

저도 모르게 힘을 지나치게 넣어, 바닥에까지 금이 갔다.

모든 정신력을 사용해 자신의 감정과 싸웠다.

냉정하게…… 냉정해지는 것이다. 리제 블러드크로스.

이딴 것은 어차피 어린아이의 헛소리…….

왕인데도 무엇 하나 스스로 행동하지 않는 이 남자에 비교하면 ——.

웃는 얼굴이다. 웃는 얼굴을 만드는 것이다.

"마, 마왕, 님? 마, 말했었죠? 상대는 그…… 악식의 마왕이라고."

"……그게 누구야?"

아아아아아아아아아아아아아아아아아아아아아아아아!

누가 이 남자를 어떻게 해 줘어어어어어어어어어어어어어어어!

악식의 제블 굴라코스의 이름을 모르는 악마가 카논 님의 휘하에 있을 리가 없다.

하지만 분명 이 마왕님은 진짜로 모른다. 이얏호오오오오오오오오.

그러니까, 나는, 설명했다. 모를 거라 생각했으니까 설명했다! 틀림없이 설명했다!

아아아아아아아, 도와주십시오, 카논 니이이이이이이이임!

퍽퍽 머리를 침대 기둥에 부딪히며 노여움을 잊으려고 시도하는 기특한 나를, 로나가 기분 나쁜 것을 보는 듯한 눈으로 보고 있었다.

네 주군 탓이야아아아아아아아아아!

"……5…… 5위의, 폭식을 담당하는, 마왕이에요. 15위와, 16위의 마왕을, 고작 3일 만에 먹어 치운. 흉악한…… 마왕, 입니다."

"……그건, 대단한 건가?"

"큭……. 괴, 굉장하죠! 알겠습니까! 5위라는 건, 카논 님의 부하 마왕 중에서, 다섯 번째로 강하다는 뜻이에요!"

"……너보다 강한가?"

싫어어어어어어어어어어어어어어어!

장군급이랑…… 마왕급을 비교하지 마아아아아아아!

　피눈물을 흘리는 마음으로 대답했다. 빌어먹을, 어째서 내가 이런 기분을 맛봐야만 하는 것인가.

　"뭐, 그게…… 그렇죠……."

　"……그러냐."

　흥미 없다는 듯한 말에 마침내 나는 폭발했다.

　딱히 의미가 없다면 물어보지 마아아아아아아!

　아아아아아아아아아아아아아아아아아!

　"이야~, 대단하네…… 리제 씨. 저 정도까지 말을 듣고, 아직 입을 다물고 있다니……."

　"당연하지. 애초에 지금까지 리제 님의 마왕님에 대한 말투 쪽이 이상했던 거니까."

　머릿속에서는 이미 몇천 몇만 번이나 죽이고 있지만 말이야!

　아아아아아아아아아아아아아아. 더는 위험하다……. 죽는다.

　분노가 지나쳐 눈물이 나왔다. 어째서 내가…….

　"으윽…… 그, 러, 니, 까, 마왕님이, 가지 않으면, 위험, 합니다! 최악의, 경우, 전멸합, 니다!"

　애초에 마왕과 싸우려면 마왕이 나서는 게 악마들 간의 싸움에서는 상식이다.

　하물며 이번에 상대 군단은 제블 본인이 이끌고 있다는 사실을 사전에 알고 있었다.

　이런 일, 보통 마왕이라면 말하지 않아도 알고 있을 것이다. 하지만 틀림없이 레이지 님은 모를 거라고 생각했으니까 말했단 말이다!

내 노력을 돌려줘!

오랫동안 이야기를 듣던 레이지 님은 하품을 하고 졸린 눈으로 말했다.

"……짐은."

"대마왕님께 하사받은 군을 전멸시킨다면, 틀림없이 처분받게 되는데요?! 알고 있는 겁니까?!"

카논 님의 모습을 보면, 다른 마왕이라면 몰라도 레이지 님이 상대라면 용서해 줄지도 모른다.

하지만 물론 그런 말은 하지 않는다. 말하면 틀림없이 밖에 나가 주지 않기 때문이다.

어째서 본인이 아무것도 생각하지 않는데, 그저 감시를 위해 파견되어 온 내가 이렇게까지 생각해야만 하는 것이냐!!

"……."

어~린~애~냐~!!

말없이 눈을 감는 레이지 님의 팔을 잡아당겼다.

로나에게서 데지와 미디아가 출격했다는 말을 들은 것이 몇 시간 전의 이야기다.

서두르지 않으면 전멸한다. 아니, 이미 전멸했어도 이상하지 않다.

아니, 그보다, 출격하는 쪽도 원래라면 한마디 정도는 해야 했다! 함께 출격해 주길 바란다고!

전혀 움직일 기색이 없는 레이지 님을 보고 내 안에서 포기가 스친 그때, 예상치 못한 곳에서 구세주가 왔다.

히이로가 흥미진진한 눈으로 레이지 님을 잡아끌었다.

"레이지 님, 저도 보고 싶어요! 싸우시는 모습!"

아니, 아니, 그런 취지가 아닌데 말이야?

히이로는 나 이상으로 마왕님에 대해 거리낌이 없다. 놀랍게도 무릎 위로 기어올라 레이지 님의 어깨를 거침없이 흔들었다.

여동생의 갑작스러운 폭거에 언니 쪽은 황급히 히이로를 붙잡았다. 하지만 아쉽게도 걸어온 세월이 사라져, 체력도 능력도 떨어져 있는 로나로서는 히이로를 완전히 떼어낼 수가 없다.

"떽, 그만둬! 레이지 님에게 무슨 무례를――."

"어? 그렇지만 언니도 가끔은 마왕님이 싸우는 모습을 보고 싶잖아?"

"아, 그건――."

여동생의 솔직한 질문에 로나가 잠시 망설였다.

이러니저러니 해도, 아무것도 하지 않는 마왕을 모시고 있는 로나에게도 그런 감정은 있는 모양이다. 살짝 안심이다.

시간까지 되돌려 부활시킨 충실한 메이드의 기색이 바뀌었다는 것을 깨달았는지, 레이지 님이 눈을 뜨고 한마디했다.

정말로 한마디만. 최근 겨우 기억한 모양인 이름을.

"로나."

"히이로, 떨어져요! 레이지 님은 피곤하세요. 번거롭게 해드리지 말고 서둘러 우리가 할 일을 해야지요!"

순식간에 로나가 망설임 없이 의견을 뒤집었다. 두 팔로 단단히 히이로의 몸을 잡고, 그대로 레이지 님에게서 떼어냈다.

날뛰는 히이로를 떼어내면서도 황홀한 웃음을 레이지 님에게 보내고, 머리를 깊숙이 숙였다.

그 웃는 얼굴에 흥미를 품는 일도 없이, 다시금 눈을 감은 레이지 님.

로나의 팔 안에서 히이로가 저항하고, 소리쳤다.

"그, 그치만 언니! 매일 밤, 레이지 님으로 자위——!"

······뭐?

그것을 들은 순간, 로나가 색욕에 어울리지 않는, 절대로 무언가의 스킬로 보정이 걸렸을 것 같은 재빠른 동작으로 히이로의 얼굴에 아이언 클로를 걸었다.

무표정으로 히이로를 내려다본다. 눈이 웃고 있지 않다. 저것은, 도마 위의 물고기를 어떻게 요리할지 생각하고 있을 때의 표정이었다.

평소 온화한 기질의 사람을 화나게 하면 어떻게 되는가. 지금 이곳에서 잠든 사자가 눈을 뜨고 있었다.

"히이로······. 그 이상 말했다가는, 후후······. 나, 분노를 습득해 버릴지도 몰라······."

"히익?! 아······ 알았어요!"

진심으로 여동생에게 살의를 보내는 언니가 그곳에 있었다.

사자의 꼬리를 밟았다는 사실을 깨달은 히이로가 창백한 얼굴로 고개를 끄덕끄덕 움직였다.

로나가 얼굴을 새빨갛게 붉히고 주군 쪽을 슬쩍슬쩍 보지만,

이미 완전히 잠잘 태세였던 레이지 님이 듣고 있을 리가 없다. 애초에 듣고 있었다고 해도 아마 신경도 쓰지 않았을 것이다.

하지만……. 그렇군, 과연…… 색욕인가. 음란한 언니…….

히이로가 그런 소리를 할 법도 하다.

레이지 님의 상태를 본 로나가 안심하고 가슴을 쓸어내렸다.

나는 오랜만에 진심으로 웃었다.

……하지만 이곳에 있는 것은, 레이지 님만이 아니란 말이지. 이게.

툭툭 로나의 어깨를 두드렸다.

로나는 몸을 돌려 내가 미소 짓는 것을 보고 깨달았는지, 얼굴이 새파래졌다.

로나의 손안에서 히이로는 거품을 물고 기절하고 있다.

"리……리제?"

나는 도움을 청하고 있는 로나의 시선을 완전히 무시하고, 무심한 어조로 잡담하는 것처럼 말했다.

"그렇구나……. 설마 성실해 보이는 얼굴을 한 당신이 그런 짓을……. 역시나 색욕이라고 해야 하나?"

"잠깐……?!"

"색욕을 담당하고 있다는 말을 듣고 의외라고 생각했지만, 설마 하필이면 모시는 주군을 써서 매일 밤 자위를——."

"잠깐, 잠깐, 잠깐, 잠깐!"

로나가 지금까지 본 적이 없는 표정으로 내 옷깃을 붙잡고 잡아당겼다.

약간 어리게 되고 말았다고는 해도 충분히 성장한 미모를 지근 거리에서 보고, 동성임에도 불구하고 살짝 두근두근한다.

크크크, 색욕…… 색욕……이라.

눈물이 맺힌 로나에게서 시선을 돌렸다.

어떡하지, 무진장 즐겁다.

"아무리 색욕의 악마라고는 해도, 업이 너무 깊지 않나? 금욕적인 것처럼 보이면서, 내심 그런 방향으로 룩스리아의 클래스를 진행하다니…… 과연 여동생이 음란하다고 부를 만하네. 그것도 매일이라니……. 당신, 슬슬 색욕의 마왕이 될 수 있는 것 아니야?"

"잠깐, 아니야! 리제! 그런 것이 아니야! 그래, 이건 히이로가 착각――."

로나가 내 어깨를 붙잡고 덜컥덜컥 흔들었다.

그렇게 눈물이 맺혀 새빨갛게 달아오른 얼굴로 하는 말에 무슨 설득력이 있을까.

그것이 진실이든 허구든, 애초에 나에게는 아무래도 좋다.

"애초에 그런 귀찮은 짓을 하지 말고 히이로처럼 레이지 님에게 말하면 될 텐데. '성적인 봉사든 뭐든 시켜만 주세요. 기쁘게 받아들이겠습니다.' 라고. 크크크, 아무리 레이지 님이라도 놀라겠지. 항상 식사나 청소를 준비해 주었던 로나가 설마 내심 그런 생각을 하고 있다는 것을 안다면."

"…………헉!!"

소리로 나오지 않는 비명을 터트린 로나에게 결정타를 날렸다.

봐줄 필요는 없다. 로나의 사과처럼 새빨간 뺨에 손바닥을 댔다.

"아, 말하기 힘들다면 내 쪽에서 전해주도록 할까? 요전에 죽이고 말았던 사죄로. 후후, 레이지 님은 행복한 마왕이야. 색욕의 악마가 그렇게까지 마음을 주고 있는 데다가 '처음'을 바치겠다고 하니."

"힉……. 윽……. 아니, 그런 것이—— 나는……."

횡설수설하며 주저앉고 마는 로나.

참고로 레이지 님은 상당히 소란스러운 와중에도 움직임 하나 없다.

세상의 끝이라도 맞이한 듯한 표정인 로나의 어깨를 두드렸다. 이대로는 정말로 분노에 눈을 뜨지도 모른다.

"저기, 로나. 나랑 거래할래?"

"거……래……?"

버림받은 강아지 같은 눈으로 이쪽을 올려다보는 로나에게 말해 주었다.

나에게는 내가 해야 할 일이 있고, 로나에게는 로나가 해야 할 일이 있다. 그것을 이루기 위해 서로가 도움을 줄 수가 있다. 크크크, 이것이야말로 상호 부조라는 것이 아닐까?

"그래…… 로나. 나는…… 레이지 님이 '싸우는 모습'을 보고 싶어. 만약 레이지 님이 제블을 토멸하는 순간 같은 것을 보게 된다면, 이곳에서 들었던 이야기 따위는 완전히 잊게 되고 말 거야."

"으……극……. 이 악마……."

뭘 새삼스럽게.

마지막 순간에 희망을 주었는데도 여전히 망설이는 로나의 모습. 모범적인 충신이라고 할 수 있으리라. 매일 밤 자신의 주군으로 자위하는 음란한 소녀지만 말이야.

"아, 혹시 좀 그렇다면, 싸우는 모습을 영사결정(映寫結晶)으로 촬영해 와도 괜찮아. 크크크, 좋은 반찬이 되지 않겠어?"

"아, 알았어! 알았으니까! 이, 이제 그만해!"

로나가 백기를 들었다.

역시 승리한다는 건 좋네. 분노를 쓴 것은 아니지만, 오랜만에 상쾌한 기분이었다.

남은 문제는 로나가 레이지 님을 설득할 수 있느냐 아니냐인데…….

어쩌면 그게 가장 문제려나?

로나가 평온하게 잠든 레이지 님의 옷자락을 조심스럽게 잡아당겼다.

"레이지 님……."

"…………."

항상 식사 때를 알려 주고 있으니까 반사적으로 깨어나게 된 것인지, 레이지 님은 놀랍게도 단 한 번 말을 걸었는데 눈을 떴다.

로나가 아직 새빨갛게 물들어 있는 얼굴로 교섭을 시작했다.

"외람되지만 한 가지 부탁이 있는데요……."

"싫어."

……아무리 그래도 메이드 상대인데 가차가 없네.

그야 그런가. 레이지 님은 부활시키는 스킬을 지니고 있음에
도, 히이로를 대하기 귀찮아질 때까지 그것을 쓰지 않았던 남자
다. 로나 정도로 뭔가 대응이 바뀔 리가 없다.

하지만 로나는 나 이상으로 레이지 님의 대응에 익숙한 것인
지, 전혀 그 말을 신경 쓰는 기색이 없다.

"리제와 함께…… 적대하는 마왕 제블을 토멸해 주시지 않으
시겠어요?"

"……어째서?"

어째서?

어째서라고? 그것이 대마왕님께 받은 명령이니까!

다가가려고 했던 나를 로나가 말렸다.

그대로 상냥한 눈빛으로 물었다.

"레이지 님, 오늘 저녁에 드시고 싶은 것이 있을까요?"

"……카레라이스."

"그럼 오늘 저녁은 카레라이스로 하도록 해요. 레이지 님, 실
력을 다해서 만들게요. 그러니까 그 전에 조금 운동을 하시는 것
도 좋지 않을까 싶은데요."

"……필요 없어."

"레이지 님, 디저트는 어떻게 할까요?"

"……애플파이."

어린아이냐.

"그럼 애플파이도 굽도록 해요. 레이지 님, 조금 시간이 걸려
요. 운동 같은 것은 어떠신가요?"

"싫어해."

"싸움은요?"

"평화주의자야."

그러니까 평화주의자 마왕이라는 게 대체 뭐야.

"그건 훌륭한 일이에요, 레이지 님."

"특히 상대가 강하면 더욱 싫어. 귀찮아."

"……마왕님과 비교하면 미미한 힘이에요."

아니, 아니지, 그럴 리가 없다고.

상대는 제5위란 말이야. 거기에 비교해 레이지 님은 바로 얼마 전에 3위가 되었다.

틀림없이 레이지 님의 격이 높겠지만, 그리 간단히 이길 수 있느냐고 하면 어렵다고 해야 할 것이다. 상성도 있을지도 모르고, 애초에 폭식의 스킬은 위력이 흉악한 것으로 유명하다.

레이지 님이 귀찮다는 듯이 로나의 눈을 봤다.

"……그러냐. 로나……. 그렇게까지 해서 나에게, 싸워 주길 바라는 건가?"

"……예."

"그것은 누구를 위해서지?"

"……저를 위해서예요. 나중에…… 그것을 제가 보도록 할 거예요. 리제에게…… 찍어 달라고 할 테니까요."

"풉……!"

저도 모르게 뿜고 말았다.

로나가 삶은 문어처럼 얼굴을 새빨갛게 물들이고 이쪽을 노려

보고 있다. 시선으로는 그런 의미가 아니라고 말하고 있지만, 내가 보기에는 그런 의미로밖에 보이지 않았다.

알았어, 알았어. 찍어 줄 테니까! 원하는 만큼 반찬으로 삼도록 해.

"⋯⋯그러냐⋯⋯."

"⋯⋯죄송해요."

"⋯⋯하아⋯⋯."

"⋯⋯죄송해요."

"⋯⋯왠지 배가 아픈걸⋯⋯."

전혀 괴롭지 않은 표정으로 마왕님이 지껄였다.

그 정도냐! 그렇게까지 싸우고 싶지 않은 거냐! 레이지 슬로터 돌즈!

꾀병을 부릴 거라면 하다못해 아픈 표정 정도는 지으라고!

"⋯⋯정말로 죄송해요. 레이지 님."

그것에 대해 로나는 정말로 죄송스러운 표정으로 깊숙이 머리를 숙였다.

레이지 님은 그것을 보고도 아무런 생각이 들지 않았는지, 그대로 고개를 돌리고 몸을 말았다.

이래서는 절대로 무리잖아⋯⋯.

"⋯⋯자, 리제. 레이지 님도 승낙해 주셨어요."

"⋯⋯어?! 정말로?!"

이걸로? 이걸로 된 거야?

정말로 된 거야? 어디를 어떻게 봐도 거부하고 있는 것으로밖에는 안 보이는데?

마왕님은 의자 위에서 몸을 웅크리고 있다. 침대를 정돈하는 시간에 오길 잘했다. 만약 침대에 있는 시간이었다면 틀림없이 이불 속에 틀어박혔다.

로나가 더욱 믿을 수 없는 말을 했다.

"……리제, 레이지 님을 모시고 가세요. 아무것도 할 줄 아는 것이 없어도 그 정도라면 할 수 있겠죠?"

……아무것도 할 줄 아는 게 없다니, 대단히 실례다. 내가 얼마나 고생을 하고 있는데…….

하지만 아직 괜찮다. 그것은 아직 괜찮다. 문제는…… 데리고 가라고?

"……어? 업고 가라고?"

"……마왕님께서 움직여 주시는 거예요. 그 정도는 당연하죠."

뭐가 당연해……. 직접 움직여!

애초에 영침전은 레이지 님에게 주어진 광대한 땅의 중심에 있다. 어디서 적과 접촉하게 될지는 대체로 알고 있지만, 거기까지 업고 가라고……?

생각하고 싶지 않다. 그럴 힘이야 있지만, 애초에 자기보다 키 작은 여자에게 업혀 가도 마왕님의 자존심은 괜찮은가?

……괜찮겠지.

처량함에 치밀어 올랐던 분노가 잠식된다. 어째서 내가 그렇게까지 해야만 하는지 이해가 안 되지만, 이제는 됐다. 이렇게 된 이상 상관없다.

그래, 넓은 마음을 갖자──. 애초에 걸어서 갈만한 거리가 아니다. 아니, 못 갈 것도 없지만 시간이 걸리니까, 마계에서는 이동할 때 대부분 비룡을 이용한다.

그러니까 어차피 업고 간다고 해도 비룡 승차장까지 가는 동안만이다.

"……알겠어……. 업고 갈 테니까……."

"그러면 되는 거예요. 자, 레이지 님……. 죄송하지만──."

"……실은 나, 침대에서 한 시간 이상 나가면 죽고 말아."

여기까지 와서도 체념하지 못하고 이상한 소리를 하는 마왕님에게 더 이상 위엄 따위는 없다.

아니, 그보다 태연하게 거짓말을 하지 마! 그런 마왕이 있을 리가 없잖아.

애초에 비룡을 이용해도 편도에만 한 시간은 걸린다.

"……비룡을 써도 편도로 한 시간 이상 걸립니다만……."

"뭐? 한 시간 이상……이라고? 너, 나를 죽일 셈이냐!!"

이곳에 와서 들은 것 중에 가장 패기로 가득 찬 목소리였다.

그렇게나 싫은가……. 이 남자.

위가 찌릿찌릿 아프다.

"웃기지 마! 만 보 양보해서 싸우는 것은…… 차라리 괜찮아. 적당히 스킬을 쓰기만 하면 그만이니까. 하지만 싸워 주길 바란다면, 무슨 마왕인가 하는 적을 이 방까지 데리고 와!"

"그, 그런 일이 가능할 리 없잖습니까! 자, 출발하죠!"

억지를 부리는 마왕님의 팔을 있는 힘껏 당겼다.

"……싫~어~! 나는 절대로 움직이지 않겠어!"

"자, 고집을 피우지 마세요! 대마왕님의 명령이니까!"

"빌어먹을, 어째서 내가 이런 꼴을…… 이제, 마왕, 그만두겠어!"

이 자식…… 진심이다. 그렇게 움직이고 싶지 않은가.

애초에 그렇게 말할 만큼 움직이지 않잖아, 너!

그리고 이 판국에까지, 이 마왕님은 상대에게 전혀 흥미가 없다.

"……자, 이상한 소리 하지 말고! 갈 때까지는 자도 되니까요!"

분노인 나에게 이렇게까지 양보를 끌어낸 남자는 지금까지 이 자식뿐이다.

"……전투 중에도 자도 돼?"

뇌가 녹은 거 아냐, 이 마왕.

아니 그보다, 죽어! 아무리 그래도 죽어! 상대는 장군급이 아닌, 같은 마왕이라고!

알고 있는 건가, 이 자식!

"……더는 안 돼, 카논에게 전해 둬. 네가 싸우라고."

쓸데없이 자신감으로 가득 찬 눈으로 단언했다. 이 자식, 아무리 그래도 대마왕 상대로 무서운 줄을 몰라.

만약 누군가 대마왕님의 수족이 봤다면 불경죄로 단죄받아도 이상하지 않다.

"그런 소리를 하고 있을 때가 아니잖아요! 애초에 딱히 비룡이 아니라도 상관없는데요? 그게 가장 빠른 수단이지만요. 워프든 순간 이동이든 뭐든지 마음대로 하세요! 절대로 싸우게 할 테니까! 그것이 당신의 책무니까요!"

"……하아……."

레이지 님이 한숨을 쉬었다.

쓸모가 없네, 이 녀석.

아니 그보다, 이 대화를 나누는 것이 귀찮아.

눈이 그렇게 말하고 있다.

거기에 대해 다시 반박하려고 한 순간, 몸이 허공에 내던져지는 듯한 부유감이 전신을 덮쳤다.

시야가 순식간에 바뀐다.

"어……?"

허공에 내던져진 레이지 님이 낙법도 취하지 않고 소리도 내지 않은 채로 바닥을 굴렀다.

갑자기 뜬 몸을 황급히 중심을 잡아 착지했다.

아무런 차폐물이 없는 암흑의 황야가 지평선 끝까지 펼쳐져 있다. 새파란 달이 나무 하나 자라지 않는 황량한 대지에 빛을 뿌리고 있다.

"어? 잠깐……. 뭐……어?"

환상이라도 보고 있는 건가?

바로 직전까지 성안에 있었을 텐데, 어째서 이런 곳에…….

혼란이 극에 달해 있는 나에 비해, 갑자기 바닥에 던져졌던 마왕님은 전혀 당황한 기색이 없다.

어둠 그 자체를 형태로 만든 것 같은 칠흑의 흙은 암옥의 땅 특유의 흙으로, 정체된 마나로 가득 차 있는 증거다.

"……존…… 좀 더, 저쪽……."

"뭐? 잠깐……."

불길한 목소리가 들렸다.

다시금 시야가 바뀐다.

아무것도 없는 평야에서, 피와 살과 불꽃의 냄새가 소용돌이치는 평야로.

레이지 님이 볼품없이 굴렀다.

본능이 순간적으로 지각했다.

레이지 님의 존재와는 다른── 하지만 비슷할 정도로 거대한 존재의 기척을. 아니, 그 대상은 눈앞에 있었다.

공간에 뚫린 구멍 같은, 새카만 빛조차 놓치지 않는 외투를 걸친 작은 그림자였다.

녹색 머리카락을 가진 작은 얼굴이 곤혹스러운 표정으로 이쪽을 보고 있다. 하지만 굳이 비교하자면 내 쪽의 곤혹스러움이 더 강했다.

제블 굴라코스.

악식의 왕. 그 용모는 마왕님에게 들었던 모습과 일치하고 있었다.

말도 안 돼……. 꿈이라도 꾸고 있는 건가?!

혼란의 극에 달해 있는 나를 무시하고, 레이지 님이 비틀거리며 일어났다.

이제 막 태어난 새끼 사슴처럼 불안정한 발놀림으로 제블의 눈앞까지 걸어가, 그 자리에서 쓰러지듯이 바로 드러누워 한숨을 쉬었다.

목소리를 내지 않고 입의 움직임만으로 투정을 부렸다.

"……잠깐……. 무리……. 안 돼, 이 녀석, 강해……. 싫어……. 그런 말 못 들었어."

머릿속이 곧바로 딴죽으로 가득 찼다.

잠깐, 이거 네가 한 거냐!

확실히 순간 이동이든 뭐든 하라고 한 건 나지만 말이야!

이것도 나태의 스킬인가? 아니, 나태에 딱 맞는 스킬이잖아, 어이!

게다가 포기가 빨라!

레이지 님은 슬쩍 제블을 보고 고개를 천천히 가로저었다.

위에서 지끈, 기분 나쁜 통증이 느껴졌다. 구멍이 뚫렸을지도 모른다.

어찌 되었든, 헛~소~리~ 하~지~ 마~!

〈기아의 유혹〉

주위 일대에 굶주림의 감정을 심는다. 정신 오염 내성으로 저항 가능.

〈허망한 우야(寓夜)〉

일루미네이트 레퀴엠

어둠의 옷을 두른다.

〈공식(空蝕)의 어둠〉

굶주림의 감정에 지향성을 부여해 특정 방향으로 방출한다.

〈끝없는 식탁〉

오버 테이블

접촉한 자를 포식하는 팔. 무수하게 뻗을 수가 있고, 왕에 따라서 형태가 다르다.

〈원초의 이빨〉

환상병장계(幻想兵裝系) 스킬. 모든 방어를 무시하고 적을 먹어 치우는 거대한 칼을 구현화한다.

〈굶주린 왕의 만찬〉

이터즈 플레이트

대군(對軍) 스킬. 마신의 구강을 구현해 적을 먹어 치운다. 먹어 치운 힘은 사용자에게 환원된다.

Chapter. 5

폭
식

Gula

제1화 이 세계는—— 지옥이다

　이 삼천 세계에 있어 가장 형편없고 최악인 견디기 어려운 감정은 '굶주림' 이라고 생각한다.

　마계는 터무니없이 넓지만, 나로서는 도저히 이 갈망을 뛰어넘는 '욕구' 가 있다고 생각할 수 없다.

　그런 탓에 내가 악마로서 생명을 얻고, 깨닫고 보니 '폭식' 을 얻었던 것은 지극히 자연스러운 흐름이라고 할 수 있다.

　순조롭게 세월이 지나고, 오로지 굶주림을 채우는 일만을 생각했더니 어느샌가 품고 있던 클래스가 '마왕' 이 되어 있었다.

　마왕이 되고 무언가 하는 일이 바뀌었는가 하면, 아무것도 바뀌지 않았다. 내가 할 수 있는 것은 그저 먹는 일뿐이었고, 그것만으로 충분했다.

　변화한 것은 강자가 된 덕에 '먹을 수 있는 범위가 넓어졌다' 는 정도뿐이었다.

　진정한 의미로의 약육강식. 우리는 그저 강자이기 때문에 먹고, 그 결과 클래스의 위계가 변한다.

　그 대상이 일반적인…… 폭식 외의 욕구를 품는 악마가 표현하는 '먹을 것' 에서 무기물, 동족에 이르기까지 넓어지는 데는 긴 시간이 걸리지 않았다.

동족이 맛있다는 건 폭식을 품은 자라면 다 알고 있다. 먹는 데에 지나치게 수고가 들어 그다지 먹는 자가 없을 뿐이지, 마왕에까지 이르면 그 수고도 대단한 것이 아니다. 나머지는 자신의 갈망이 이끄는 대로 그 맛있는 먹을 것을 먹어 치울 뿐이다.

오랜 세월 살아왔다.

악마로서 태어나, 마왕이 되고, 대마왕의 부하가 되어, 적대하는 마왕을 먹었다.

대상이 강하면 강할수록 내 혀에는 맛있게 느껴졌다.

악마의 위계로 말하는 다섯 가지 계급.

즉, 딱히 부르는 이름이 없는 '무계급'부터 시작해…….

'병사'

'기사'

'장군'

'마왕'

총 다섯 계급.

무계급이 가장 맛이 약하고, 마왕은 각별한 맛이 있다.

그것에 더해, 품고 있는 갈망에 따라서도 맛이 다르다. 지고의 먹을 것이 무엇이냐고 묻는다면 나는 틀림없이 '마왕'을 꼽을 것이다.

무한한 굶주림을 지닌 폭식에게 먹을 것은 아무리 많이 있어도 만족스럽지 못하다.

타고난 포식자인 폭식은 동족들도 그리 좋아하지 않는다. 어설프게 공격력이 뛰어나기 때문에, 너무 무차별로 포식하면 두려워한 주위에 의해 처분될 가능성이 있었다.

그렇기에 질서가 필요하고 갈망을 채우기 위해서는 더욱 높은 상위종의 비호를 받는 것이 가장 손쉬웠다.

그것이 대마왕님이었을 뿐이다.

딱히 복잡한 이유가 있었던 것도 아니고, 사정이 있었던 것도 아니다. 나는 지극히 심플한 이유로 대마왕님 휘하의 악마가 되어, 신하와 영지를 받고── 적대하는 악마를 먹어 치울 권리를 손에 넣었다.

다시 긴 세월이 지났다.

악마로서의 힘은 계속 올라가고, 굶주림도 계속 성장했다.

내 혀는 사치스러워져 그냥 먹을 것만으로는 조금도 굶주림을 채울 수가 없어졌다.

대마왕님은 3대가 바뀌고, 내가 태어났을 때에는 아직 존재조차 하지 않았던 파멸의 카논이 옥좌에 올랐다.

연옥의 불꽃을 형태로 만든 것처럼 아름다운 진홍의 악마였다.

취임했을 때 접견했던 일은 아직 기억하고 있다.

그 몸에 느껴지는 마력은 분노에 걸맞게 타오르고 있었다. 주위의 공기를 전부 태워 버릴 정도로 뜨겁고 강대해서, 그 자리에 엎드려야 한다는 충동이 느껴질 만큼 죄로 충만해 있었다.

이 얼마나 강하고 아름다운 악마인가 생각했다.

거기에는 카리스마가 있었다.

이 대마왕님의 곁에서라면 전에 없을 정도로 자신의 굶주림을 채울 수 있을 것이라고.

아직 본 적이 없는 맛을 알게 될 수가 있을 것이라고.

그리고 동시에 생각했다.

만약 그녀를 먹을 수가 있다면—— 하늘로 승천할 것 같은 기분이 느껴질 것이라고.

부모도 절친도 신하도 같은 폭식마저도 먹어 치웠다.

나태도 탐욕도 색욕도 분노도 폭식도 오만도 질투도 먹어 치웠다.

울면서, 화내면서, 웃으면서, 감사하면서 먹어 치웠다.

먹을 것에 귀천은 없기에 이 세상 만물의 가치에 우열은 없다.

맛이 있든 없든, 설령 그런 것으로는 굶주림을 채울 수 없다는 것을 알고 있어도 먹어 치웠다.

이 세계는—— 지옥이다.

줄었다 늘어나고, 변하고, 전쟁이 시작되었다 끝나고, 멸망했다 부활하고, 만물유전 성자필쇠, 그 안에서 굶주림만이 무엇 하나 변하지 않는다.

굶주림만이 변하지 않는다.

그것을 충족시켰을 때의 터무니없는 다행감(多幸感) 역시.

그러니까 내가 대마왕 카논 이라로드 님에게 반기를 든 것은, 딱히 식량이 어떻다든지 하는 것이 아니다. 그저 시간의 문제였던 것이다.

어찌 되었든 나는 폭식의 악마니까.

제2화 그 맛을 봐 주겠어요

씹는다. 입안에 펼쳐지는 뭐라 말할 수 없는 향기와 힘을 머금은 악마의 맛. 환원된 힘이 몸에 넘쳐 흐른다. 하지만 갈망을 만족시키기에는 전혀 부족했다.

옛날에는 좋았다. 긴 세월에 걸쳐 갈망을 충족해 온 강력한 악마가 마계 전토에 흘러 넘쳤다.

나는 지나치게 오래 살았던 것일지도 모른다. 맛있는 것을 너무 먹었다. 한정된 리소스 속에서 사치스러워진 혀를 만족시키기 위해 계속 발버둥 치는 우리는, 지옥의 아귀 같은 것이다.

후후후, 옛날에는 좋았다……인가. 늙은이 같은 소리를 한 것이려나.

강력한 악마는 1만 년 이상 이전—— 천계에서 온 습격자인 천병과의 대규모 전쟁에서 다수가 토멸되고 말았다.

지금 현재까지 생존해 있는 대다수의 악마와 마왕은, 1만 년 정도도 살지 못한 젊은이에 지나지 않는다.

"제블 님, 배고파."

늑대 머리를 한 악마가 말했다.

장군급이자, 폭식을 담당하는 자이기도 하다. 마왕에는 이르지 못했지만, 나는 그 기아를 강하게 통감할 수 있었다.

"후후후후후, 그런 건── 나도 마찬가지야. 참는 거야. 극한의 기아를 참은 뒤에 먹는 식사야말로 지복. 공복은 궁극의 조미료라고 말하잖아?"

"먹을 것……. 먹을 것을…… 원해."

피와 살과 영혼의 향긋한 냄새가 콧구멍을 간지럽힌다.

악식(惡食)이라고 불리고 있지만, 나는 맛있는 자를 계속 찾아다니는 탐구자다. 결단코 악식이라고 불릴 이유가 없다.

순백의 대리석 옥좌 위에서 다리를 바꿔 꼬았다. 억눌린 비명이 옥좌를 지탱하는 먹을 것의 입에서 울려 퍼졌다.

오만의 악마는…… 그 자존심을 꺾어 주고 먹는 것이 가장 맛있게 먹는 방법이다.

하지만 어차피 이 악마에게서는 그다지 강대한 힘이 느껴지지 않는다. 맛도 그냥저냥일 것이다.

물론 내 위장은 무한하니까 남기거나 하는 아까운 짓은 하지 않는다. '잘 먹겠습니다'와 '잘 먹었습니다' 하는 인사는 빼먹지 않는다.

혈액이 샤워처럼 뿌려져 뺨을 적신다. 동시에 옥좌가 덜컥 크게 흔들렸다.

"이, 이놈! 멋대로 먹으면 안 되잖아."

"웅?"

황급히 아래를 들여다보니, 마침 거대한 턱으로 목을 깨물어부순 부하 악마의 모습이 보였다.

아아아아아, 기껏 조리 중이었는데…….

아무리 소재가 나쁘다고 해도, 되도록 맛있게 먹고 싶다는 내 마음을 이해하지 못하는 것이려나.

하지만 까드득까드득 뼈를 부수는 소리를 내며, 늑대 머리로 입이 찢어질 것처럼 웃음을 짓는 부하의 모습을 보고 있으니 아무래도 좋다. 그 마음은 나도 이해가 되니까.

정말이지 어쩔 수 없는 아이들이다.

나도 옥좌에서 뛰어내려, 신선도를 잃어가고 있는 시체의 오른팔을 뜯어 입에 넣었다.

숙성된 영혼의 달콤한 맛이 난 것은 한순간뿐. 몇 번 씹는 사이에 순식간에 사라진다.

이거 참, 간에 기별도 가지 않는구만.

이어서 왼팔을 뜯었을 때 늑대 머리가 말했다.

"으……. 제블 님……. 빨라…….”

"흥, 나는…… 남들보다 좀 더 먹는 편이야."

"아까, 마왕 막 먹었어…….”

"그래, 맛있었지.”

역시 마왕은 다르다. 맛의 깊이가 다르다. 식감이 다르다. 몸이 기뻐하는 것을 확실하게 느낄 수 있다.

신참이라고 해도 마왕급이 보유한 마력은, 한 계급 아래 클래스인 장군급과 비교해도 말 그대로 격이 다르다.

늑대 머리가 머리를 다 먹고, 이어서 사냥감을 깨물려고 했을 때에는 이미 사지가 사라진 뒤였다.

나에게 비난하는 듯한 눈길을 보내온다.

"치사해……."

이거 참.

무슨 소리를 하는 거냐, 이 남자는.

그 먹는 것에 대한 질리지 않는 갈망에 나는 감탄을 담아 말했다.

"치사하지 않아, 치사하지 않단다. 자기 사냥감은…… 스스로 잡아야지. 클라드 아스탈과 싸운 것은 나야. 내가 먹는 게 당연하지 않으냐. 네가 뭔가를 했느냐?"

"지금 악마는…… 내가 주거써……."

"……어라? 그랬던가? 후후후, 뭐, 신하가 쓰러트린 것은 주인의 것이잖아? 싫다면…… 높아져야지."

그렇게 되면 너도 마왕의 맛을 알 수가 있게 되겠지. 뭐, 어쩌면 모르는 편이 행복할지도 모르겠지만 말이야.

폭식의 스킬을 발동했다.

마력을 사용해서, 굶주림이 더욱 깊숙이 배를 흔들었다.

'무형의 식수(食手)'.

등에서 생겨난 무수한 촉수가, 머리와 사지를 뽑혀 오뚝이 형태가 되어 있는 오만의 악마에게 꽂혔다.

늑대 머리가 비명을 터트렸다.

"잠깐……!"

"후후후. 뭐, 조금은 남겨 주마."

폭식의 스킬은 식사를 하기 위해서만 존재한다.

꽂힌 촉수가 독자적으로 움직여, 사지와 머리를 뽑힌 오만의 몸을 고작 1초도 걸리지 않고 먹어 치웠다.

황급히 물어뜯기 위해 달려든 늑대 머리의 이빨이 허공을 가르는 소리가 허무하게 울려 퍼졌다.

후후후……. 남의 식사를 방해하려 하다니, 게걸스러운 나쁜 아이다.

"아아아아아아, 조금 남겨 준다고, 해쓰면서……."

"후후후……. 잘 먹었다……. 그럭저럭 괜찮은 맛이었어."

하지만 장군급치고는 애매했으려나. 역시 옛날과는 다른가.

아니, 기껏해야 15위의 마왕, 모여드는 악마도 그 정도의 질이라는 것인가…….

"……제블 님……."

"후후. 자, 봐라. 남지 않았느냐?"

눈물이 맺힌 늑대 머리…… 내 군에 소속된 장군급 악마, 갈 룩 세드에게 순백의 옥좌를 가리켜 보였다.

"……옥좌."

"접시…… 필요 없어."

진짜, 장군급인데도 품위가 없다니까……. 상급 악마씩이나 되면 좀 더 우아함이 필요하단다.

아하하 뭐, 늑대는 육식이었던가? 그렇다면── 미안한 짓을 해 버렸구나.

하지만 편식은 안 좋지.

"그렇군……. 후후, 그렇게 말한다면 내가 먹도록 할까나."

"……먹는 걸, 너무 안 가려."

"여차하면 땅이든 바위든 먹어야만 해."

아득아득, 옥좌에 닿은 손에 생겨난 입── 이빨이 대리석을 갉아냈다.

괜찮은 맛이다. 하지만 고급 소재로 만들어졌다고는 해도, 어차피 접시구나. 굶주림을 얼버무리기에는 좋지만, 역시 접시에 올라간 내용물은 이길 수 없다.

전선은 진즉에 결판이 나 있었다. 지금은 승리의 연회다.

오만의 군은 진즉에 와해하고, 적병은 전부 식량이 되었다.

전혀 상대가 안 됐다. 상대에는 마왕까지 붙어 있었음에도 고작 2시간 만에 승패가 결정 났다.

우리 군에는 폭식의 악마밖에 존재하지 않는다. 하지만 폭식은 공격력이 뛰어나고, 가장 기본적인 스킬인 '기아의 파동'이 광범위 스킬이기도 하다.

내가 있는 이상, 일정 수준 이하의 능력을 가진 적 악마는 스킬에 휘말려 그냥 먹이로 전락한다.

물론 적당히 사정을 봐주기는 했지만, 그렇다고 해도 이들은 처음부터 소극적이었다.

후후후, 소극적인 오만의 악마라니 웃기지도 않는다. 어차피 카논 이라로드에 굴복한 패배자다.

오만은…… 불손하면 불손할수록 강한 것이다. 그리고 그것은 동시에 맛있다는 의미이기도 하다.

주어진 지위가 너무 차이가 났다는 것도 있겠지만, 마왕이 사용한 '우월'도 대단치 않았다.

절망과 비명은 조미료로서는 나쁘지 않았지만 말이야.

옥좌를 전부 먹고, 나는 배를 한 번 쓰다듬었다.

나는 마른 몸이다. 영양은 전부 폭식의 스킬이 먹고 있다.

"제블 님…… 배고파."

"응? 이거 참, 벌써냐……. 확실히 양뿐이었으니 말이지……."

이 정도로는 사용한 스킬에 비해 전혀 수지가 맞질 않는다.

주위를 둘러보니 이미 제각각 물어뜯고 있던 식량은 진작 배 속으로 사라졌는지, 기아로 가득 차 번득거리는 눈동자만이 그곳에 있었다.

이거 참, 정식 조리법을 따르면 조금은 배가 든든해졌을 터인데……. 뭐, 참을 수가 없었다면 어쩔 수 없다.

마왕을 먹어 치운 나는 아직 참을 수 있지만, 신하의 기대에 부응하는 것도 왕의 역할이겠지.

나는 짐승의 욕구로 타오르는 부하들에게 한 번 손뼉을 치고 말했다.

"자, 그러면 다음 먹을 것을 찾으러 가 볼까……."

"오오오오오오오오오오오오오오오오오오오!!"

부하들이 외쳤다. 땅이 기아의 파동, 짐승의 포효에 흔들린다.

의욕은 충분하다. 내 신하인 폭식 대부분은 짐승의 몸을 지니고 있다. 그것은 무엇이든 깨물어 부술 힘을 갖지 못한 그들이 하다못해 단단한 것을 먹을 수 있도록 자신의 몸을 변화시켰기 때문이다.

그러니까 내 군의 멤버는…… 그다지 머리를 쓰는 것이 뛰어나지 못하다. 뭐, 그저 먹는 것에 머리를 쓸 필요가 없으니 말이지.

그중에서 이런 꼴이라도 군 안에서는 그럭저럭 지장으로 알려진 갈이 턱에서 침을 흘리며 지도를 펼쳤다.

대마왕님의 거성인 파염전은 소속된 마왕의 영지로 둘러싸여 손쉽게 도달하지 못하게 되어 있다.

그러니까 카논 님을 먹기 전에 다른 마왕을 애피타이저로 먹고 파염전을 목표로 삼는 건 상당히 이치에 맞고 멋들어진 계획인 듯하다.

후후후, 아무리 나라도…… 한 번에 여러 마왕을 상대하는 것은 힘드니 말이지. 이대로 순서대로 먹어 치우도록 하자.

대마왕님만 먹어 치우면 내 능력은 더욱 올라간다. 여차하면 대신 대마왕을 해 줄 수도 있다.

마왕은 모두 야망이 넘치니 말이지. 약해서 잡아먹힌 대마왕 님에 대해서는 누구도 신경 쓰지 않을 테지.

갈의 가리킨 진행로 앞, 선으로 구분된 영지를 봤다.

파염전으로 가는 최단거리에 가로막은 광대한 땅. 넓이는 어제와 오늘 먹어 치운 마왕의 영지를 더해도 전혀 따라잡지 못할 정도로 넓다. 비룡을 이용해도 하루로는 답파할 수 없을 거다. 이 통괄지를 피해 가기 위해서는 상당히 멀리 돌아가야만 하겠지.

그곳에 있던 이름을 본 나는 결국 표정을 찌푸리고 말았다.

"아뿔싸……. 어째서 스무 명 가까이나 마왕이 있는데, 이 마왕이 있는 땅을 골랐으려나."

"응? 뭔가 문제가 있나?"

"문제가 넘치지. 문~제~가~ 넘~쳐~. 정말, 미즈나 녀석들은 무슨 생각으로 이 루트를 생각했는지……."

"제블 님……. 미즈나는 이제 없어. 세타도 글라드도."

"아니, 알고 있어. 맛있었으니까."

알고 있지만 말이야, 그래도 불평 한마디는 하고 싶어진다.

카논 님이 감시관으로 파견했던 세 명을 떠올렸다.

내 부하는 계획의 입안에는 도움이 되지 않아, 침공 계획은 그들 셋을 잘 구슬려 세우게 한 것이다. 그렇다고 해도 멍청하게 카논 님을 잡아먹기 위해서라는 소리는 하지 않았지만.

생각하게 한 것은 루트뿐이다. 당연히 카논 님 직속인 그들 세 사람은 방해밖에 되지 않았기 때문에, 입안이 끝난 뒤에는 잽싸게 만찬의 애피타이저로 삼아 주었다.

어차피 장군급이고, 덤으로 기습했으니 내 상대는 되지 않았다.

뭐, 맛있게 먹어 주었다. 오만군의 장군급보다도 훨씬 맛있었던 것은 질이 달랐다고 해야 할까.

하지만 하필이면 이거란 말이지……. 먹어 치우기 전에 상세한 루트를 확인해 두지 않았던 내 실수다.

나는 오랜만에 굶주림 이외의 감정을 품으며, 지도에 기재되어 있는 이름을 문질렀다.

솔직히…… 무진장 기분이 내키지 않는다.

"뭐가 문제지?"

"……너, 설마 나태의 마왕, 레이지 슬로터돌즈를 몰라?"

이전 제4위, 바로 요전에 공적을 세워 현재는 제3위에 올라갈 나태의 마왕이다.

마왕의 강함은 절대로 순위대로인 건 아니니까, 강하다는 이유 때문에 그렇게 무서운 것은 아니다. 딱히 그가 신참이 아니라 나와 마찬가지로 1만 년 전에 발생한 천계와의 대전을 살아남은 옛 악마라서 두려워하는 것도 아니다.

물론 싸웠던 적은 없지만, 그렇게 오래 살아남아 있다는 것은 동시에 그만큼의 힘을 비축하고 있다는 것이기도 하다. 그러니까 15위나 16위를 상대하는 것처럼 대응할 수 없는 것도 맞지만, 문제의 본질은 그게 아니다.

나는 깊은 한숨을 쉬었다.

그리고 전혀 이해하지 못하고 있는 귀여운 신하들에게, 그 충격적인 사실을 알려 주었다.

"나태의 악마는…… 무진장 쓰단 말이지."

"쓰다고……?"

"그래. 나는 쓰러트린 것은 뭐든지 먹는 것을 신조로 삼고 있지만…… 그런 나라도 나태의 악마만은 먹고 싶지 않아."

"뭐어어어어어어어?"

갈이 번쩍 뛰어올라 놀란 모습을 취했다.

뭐 이리 호들갑을……이라고 생각하며 주위를 관찰한다. 평소에는 먹는 것밖에 생각하지 않는, 지성이라고는 눈곱만큼도 보이지 않는 내 부하들이 모두가 똑같이 믿을 수 없는 것이라도 보는 것처럼 보고 있었다.

아니야, 아니야, 아니야.

나는 변명하듯이 설명했다. 이거, 폭식의 지혜야.

"아니, 그게 말이지…… 하위의 악마라면 괜찮지만 말이야. 나태를 담당하는 악마는 가면 갈수록, 나태하게 지내는 술법이 늘어나는데…… 그중에는 잡아먹히지 않게 하도록 자신의 육체와 영혼의 맛을 떨어트리는 스킬이 있어서……."

그것이 위험하다.

전용 스킬이고 덤으로 상당히 상위 스킬인 만큼, 어마어마한 맛을 체현하는 것이다.

그 맛이 어떤 맛이냐 하면, 한 입 먹은 것만으로 트라우마가 될 레벨로 쓰다. 쓴 것이 좋다든지 싫다든지 하는 그런 레벨이 아니라 그저 쓰고 맛없다.

악식이라고 불리는 나라고 해도, 먹는 것에 관해서는 천하일품을 자칭하고 독을 포함해 모든 종류의 것을 먹을 수 있는 무한의 위장을 지닌 나라고 해도…… 위험하다. 죽을 만큼 맛없다. 나는 그것으로 처음 복통이라는 것을 맛봤었다.

그렇다면 통째로 삼키면 되지 않겠느냐고 생각하겠지만, 그것도 아니다. 녀석들의 맛은 영혼을 울린다. 설령 씹지 않고 위로 직접 넘겨 보내도 틀림없이 맛없다.

먹을 수 없도록 맛을 바꾸다니, 마치 식물 같은 속성인 것이다.

"하위의 나태라면…… 상성도 좋고 그다지 움직이지 않으니까 사냥하기 쉽고, 맛도 독특해서 나쁘지 않지만…… 하필이면 마왕이니까 말이야."

"그렇다는 건?"

나는 한 박자, 힘을 모으고 선언했다.

"이 세상에서 가장 맛없어. 틀림없이 말이야."

"오오오오오오."

무슨 착각을 하는 것인지, 박수가 울려 퍼졌다.

······너희들, 이해 못 했지. 그야 그렇겠지. 맛에 대한 폭식의 평가는 상당히 관대하니까······ 맛이 나지 않는다면 모를까, '맛없다'라는 감각은 맛본 적이 없을 것이다.

그 행운을 축하하지 않을 수가 없다. 수만 년에 달하는 내 삶 중에서도 틀림없이 세 손가락 안에 꼽힐 트라우마다.

뭐, 나태의 악마를 먹을 기회는 그리 많지 않고, 덤으로 그 녀석이 장군 이상의 상위가 되면 일단 전선에 나서지를 않으니까 앞으로도 없겠지만.

······응?

"······그렇군······ 나오지 않는다고 본 건가. 미즈나 녀석들은······."

"응?"

그런 거였어. 그렇다면 납득할 수 있다.

확실히 나태의 마왕이 스스로 전선에 참가하는 일은 있을 수 없다.

왜냐면 그들의 갈망은 폭식과 달리 타인을 해할 필요가 없고, 나태의 왕은 이 마계에서도 가장 나태한 존재니까.

전쟁 같은 귀찮은 일에 참가할 리가 없다. 설령 대마왕님이 명령을 내린다고 해도 있을 수 없을 것이다.

나는 레이지의 얼굴을 기억해 내기 위해 머릿속을 뒤졌지만, 기억이 나지 않았다.

3대 전 대마왕의 시대부터 대마왕군에 소속된 나는 이 군 안에서도 고참일 터이지만, 그 기억을 아무리 거슬러 올라가도 학살 인형 레이지 슬로터돌즈의 모습은 떠올릴 수 없었다.

나는 눈썹을 찌푸리고 사고에 영양분을 나눠주었다. 그리고 마침내 그것처럼 보이는 기억을 찾아냈다.

확실히 어렴풋이 기억하고 있다.

카논 님이 대마왕이 되었을 때의 제전에는 참석했을 터다. 당시의 감찰관에게 이끌려서.

검은 머리카락에 믿음직스럽지 못한 마른 몸의 남자였을 것이다. 당시의 마왕들이 '어째서 저런 놈이······.' 라고 이야기하던 것이 기억의 파편에 걸려 있었다.

"왜 그래? 제블 님······."

"······잠깐 기다려. 어라? 그 전대인 페루스 크라운 님 때도 참석했었지······."

더욱 기억을 거슬러 올라갔다.

전 대마왕님이 그 지위에 올랐을 때의 제전이다.

이미 기억이 모호해서 당시의 광경은 전부 안개로 뒤덮여 있지만, 분명히 있었다.

검은 머리카락에 칠칠치 못한 풍체의 남자로, 부하에게 업혀 참가했었다. '어째서 이런 놈이······.' 라고 당시의 마왕들이 이야기했던 것을 정말로 아슬아슬하게 기억하고 있다.

나는 고개를 갸우뚱거렸다.

"……어라? 몇 년 전부터 있는 거야……. 상당히 고참이잖아, 페루스 크라운 님의 시대라니……."

페루스 크라운 님이 대마왕에 취임했던 것은 이미 25,000년도 전이다.

그 이전 대의 대마왕님에 대한 것은 아무리 그래도 기억이 나지 않았지만, 내가 마왕이 되었을 때에도 이미 있었나? 없었나?

악마의 수명은 대단히 길지만, 아무리 그래도 그렇게까지 오랫동안 살려면 상당한 힘이 필요하다.

아무리 그래도 없었으리라고 생각되지만, 살짝 자신이 없다.

있든 없든 어느 쪽이든 딱히 차이는 없다고 생각했으니까 말이지…….

"제블 님 어떡해?"

"음…… 어떡하느냐고 물어도 말이지. 여기까지 왔으니까 갈 수밖에 없잖아."

우리는 이미 배수의 진을 쳤다. 얼마나 빨리 카논 님을 쓰러트릴 수 있을지 없을지에 승부가 걸려 있다.

멀리 돌아가는 수단은…… 없다. 후퇴는 없다는 각오로 갈 수밖에 없다.

다행스럽게도 나태는 탁월한 내구성을 주는 스킬을 지니고 있다고 한다. 폭식의 스킬과는 대단히 상성이 좋겠지. 맛만 참는다면.

아니, 맛에 대해서도……. 아무리 그래도 나도 지난번 나태의 악마를 먹고 나서 긴 시간이 지났다. 기억도 모호하고, 어쩌면 옛날에 있었던 일이니까 인상에 남아 있을 뿐이지, 지금 먹어 보면 기억보다 맛있을지도 모른다.

응. 그렇다. 옛날이라면 모를까, 지금의 내가 먹을 것을 먹고 맛없다고 느낄 리가 없다.

게다가 나태가 나타날 리가 없다. 나타난다고 해도 기껏해야 나태의 군단 정도겠지. 확실히 레이지의 군은 정강하다고 명성이 높지만, 어차피 장군급의 악마가 마왕인 나에게 대적할 수 있을 리가 없다.

반대로 맛이 기대될 정도다.

"좋아, 그러면 파염전을 향해서 직진하자!"

"오오오오오오오오오오오오오오오오오오오!"

카논 님……. 기다려 주세요.

제가, 모든 폭식의 악마를 대표해서 그 맛을 봐드리겠어요.

제3화 잘 먹겠습니다

벌써 후회가 되기 시작했다.

특히 마왕을 먹을 수 없을지도 모른다는 사실이 나와 군단의 의욕을 깎아내리고 있다.

결코 방심하고 있지는 않았다. 하지만 역시나 고참 악마라고 해야 할까.

악마란 기본적으로 오래 살아 있으면 있을수록 강하다. 클래스를 진행할 수 있는 시간이 길기 때문이다. 물론 아무것도 하지 않고 오래 사는 것만으로 힘이 성장하지는 않지만, 동시에 마계는 아무것도 하지 않고 살 수 있을 정도로 어설픈 환경이 아니다.

폭식 정도는 아니어도, 마계의 섭리는 약육강식이 근본이다. 그 세계에서 장구한 생을 기록한 악마를 상대로 지나치게 방심했나.

내 군은 최단거리를 달려, 진즉에 나태의 왕의 지배 영역에 들어가 있었다.

그리고 깨달은 것이 있다.

같이 드물게 당혹스러운 듯이 이쪽으로 시선을 돌렸다.

"……제블 님……. 존이……."

"그래, 알고 있어……. 빌어먹을, 전혀 깨지질 않아. 뭐야 이건……."

무시무시하게 강고하고, 조용한 공기였다.

그것은 마왕에게 소속된 악마라면 누구나가 아는 힘이다.

'혼돈의 왕령'.

마왕끼리의 영역 싸움.

아군이었을 때는 이쪽 편이었던 레이지의 '혼돈의 왕령'이 적이 된 내 군에 이빨을 들이대고 있다. 마왕은 자신을 중심으로 '혼돈의 왕령'을 내보내고 있어서 나만은 영향을 받지 않지만, 그렇다고 해도 옆을 나란히 달리는 갈에게까지 내 존이 닿지 않는 건 이상하다.

터무니없을 정도로 긴 시간을 먹어 치워 왔지만, 이런 것은 전혀 기억에 없다.

감각적으로는 얼마 안 남았는데 말이지……. 경합하는 레이지의 존은 확실히 전혀 기억에 없을 정도로 강력하지만, 존은 가까우면 가까울수록 강력하게 작용한다. 옆에 있는 갈 등에게 효과를 발휘할 거라면 아직 내 쪽이 유리할 것이다.

하지만 아주 살짝 힘이 부족하다. 마왕을 먹고 나서 이틀 간의 강행군으로 공복인 것도 문제 중 하나다.

이 상태로는 폭식의 힘을 완전하게 쓸 수 없다.

"앞으로 조금인데 말이야……. 빌어먹을, 시간을 들여서라도 다른 곳에 들러 마왕을 먹고 왔어야 했어……."

역시나 제3위. 이거 참, 정말 난처해. 시종일관 존을 박살 냈던 앞 전의 둘과는 큰 차이다.

마왕끼리의 싸움에서는 관계없다고는 해도, 군을 사용할 경우에 '혼돈의 왕령'이 있고 없고는 큰 차이가 있다. 오히려 아군의 '혼돈의 왕령'이 깨졌다면 도망치는 편이 좋다.

뭐, 깨졌을 때는 대체로 지기 직전이니까 무리겠지만.

한동안 달리다 보니 어디선지 모르게 흥분과 전의의 냄새가 풍겨왔다.

폭식의 악마가 아니다. 좀 더 향긋한, 식욕을 자극하는 냄새였다.

싸움이 가깝다. 마왕이 있는지는 모르지만, 아무래도 그냥 통과시켜 주지는 않을 모양이다.

그야 당연하다. 마왕을 둘이나 먹어 치운 마왕을 그냥 지나치게 해 주면, 그것만으로도 영지를 다스리는 마왕이 카논 님에게 주살당하고 말 것이다. 이전의 둘도 그래서 겁내면서도 출격했던 것이니까.

그냥 이 녀석들을 먹을까?

아군을 곁눈질로 봤다.

아니, 안 된다. 이 녀석들을 먹어도 얻을 수 있는 힘은 미미하다. 장군급이라면 모를까 그 이하의 악마를 먹어도 그저 굶주림을 아주 약간 채워 주는 것밖에 의미가 없다.

애초에 아군과 함께 '혼돈의 왕령'을 지나기 위해서 아군을 먹어 치워서는 의미가 없단 말이지.

마왕은 나타나려나?

문제는 거기에 걸려 있다.

마왕이 나타나지 않는다면, 최악의 경우 군사 전부를 내 스킬로 먹어 치우는 것도—— 폭식의 스킬이라면 가능하다.

상대도 마왕이 직접 출격해 온다면 나는 그쪽에 집중해야만 하기에, 레이지의 군대는 아군에게 맡기게 될 것이다. 존의 보정 없이 레이지의 군대를 상대하는 것은, 아무리 공격력이 높은 폭식의 악마로 구성되어 있는 내 군대라도 짐이 무겁다.

병법의 상식대로라면 상대는 마왕을 내보내겠지. 어지간히 군이 강하지 않은 한, 마왕을 상대하기 위해서는 마왕을 내보내지 않으면 승산이 없기 때문이다.

하지만 상대는 나태다. 그것을 생각하면 나타날 리가 없다고도 생각된다. 특히 나와 같은 격의 악마다. 그 한계까지 추구한 갈망은 이제는 존재 그 자체가 되어 있을 것이다.

그리고 그것을 뒷받침하듯, 레이지는 지금까지 전장에 나타난 적이 없었을 것이다. 적어도 내 기억 속에서 레이지가 싸웠던 것은 단 한 번도 없다.

나는 자신의 송곳니를 혀로 핥고, 스킬을 기동시켰다.

약간만 내 식욕을 레이지에게 피로해 줄까.

보조용 스킬인 '허망한 우야(寓夜)'. 일루미네이트 레퀴엠

나를 중심으로 한 몇 미터 공간에 '밤'이 찾아온다.

거기에 접촉한 것의 마력을 먹어 치우는 폭식의 스킬 '기아의 파동'의 강화 스킬이자, 아득히 옛날에 마왕에 이르렀을 때 얻은 스킬이다.

접촉한 것의 대미지와 마술이나 스킬로 발동하고 있는 효과까지도 분해해 자신의 마력으로 환원하는 그 스킬은, 실로 나의 끊임없는 식욕을 명백하게 보여 주는 스킬이라고 말할 수 있었다.

레이지의 '혼돈의 왕령'조차 먹어 치우고, 내 주위에만 '혼돈의 왕령'을 전개시킨다.

코를 찌르는 듯한 강렬한 쓴맛이 느껴졌다. 예상 밖의 맛에 저도 모르게 표정을 찌푸렸다.

존을 먹었을 뿐인데도 이런 맛인가……. 이러니까 나태라는 것들은…….

"제블 님, 뭔가가 옵니다."

그 순간, 부하가 보고했다.

동시에 황야를 단 혼자서 달려오는 것이 오감에 들어왔다.

아니, 혼자라는 말은 적절하지 못하다. 한 명이지만, 그것은 동시에 무수하기도 했다.

같은 인영이, 나와 비슷한 정도의 모습을 한 여자 악마가 무수하게 분신해 상당한 속도로 달려온다.

"……맞서 싸워라!"

군 전체가 내 지시로 걸음을 늦춘다.

선발대——. 게다가 단 한 명인가.

그것보다 몇백 미터 뒤로 이쪽의 몇 배 이상의 대군이 와 있다…….

마왕이 이끄는 군세 상대로 참으로 얕잡아 보고 있다. 내 눈을 속이는 스킬이라니 대단하기는 하지만, 그렇다고 해도 그 소녀의 모습에서는 대단한 힘을 느낄 수 없다.

희미하게 느껴지는 냄새에도 잡냄새가 섞여 있다. 순수하게 하나의 갈망을 추구한 악마가 아니다.

날카로워 베일 것만 같은 살의가 무수한 분신체에서 일제히 발생했다.

짐작이 가는 스킬을 머릿속에서 탐색했다. 이제까지 먹어 치웠던 막대한 악마와 전투 경험이 그 스킬의 정체를 간파하게 했다.

아마도 색욕의 상위 스킬이겠네. 분명히 색욕의 마왕 클래스의 스킬에 실체를 지닌 환영을 여럿 만들어 내는 스킬이 있었을 것이다.

뭐, 자신의 스킬이 아닌 모양이지만.

후후……. 너는 나의 서열을, 이름을 모르는 거냐?

'기사' 든 '장군' 이든—— 그것만으로 마왕에게 이길 수 있다고 생각하고 있다면 깔보고 있는 거야.

……뭐, 후회할 시간은 얼마든지 있겠지만. 내 위장 속에서 말이야.

이쪽의 선두 악마가 쏜 '기아의 파동' 이 환상을 침식한다. 마력을 먹는 그 힘에 닿은 소녀의 눈썹이 한순간 찌푸려지는 것을 나는 똑똑히 봤다.

미숙하구나. 전투 경험이 부족해. 아니, 이쪽의 힘을 확인하는 것이 역할인가.

후후, 좋아. 놀아 주도록 할까.

선두 악마의 손이 순간적으로 소녀의 담백하게 아름다운 미모에 멈춘다.

　금방 식욕을 되찾아 공격을 시도하지만 늦다. 소녀는 일격을 손쉽게 피하고, 수도로 목을 꿰뚫는다. 깔끔한 수법.

　색욕에 현혹되다니…… 후후, 청춘이구나. 젊다 젊어.

　지면에서 촉수를 뻗어 쓰러진 악마를 먹어 치운다. 마력이 미약하게 증가한다.

　맛보고 있을 틈은 없지만, 너의 희생을 허비하지는 않을게……. 이 세계는 약육강식이니까 말이야.

　갈이 그 이빨로 등 뒤가 텅 비어 있는 소녀를 꿰뚫는다.

　하지만 그 실체는 곧바로 환몽(幻夢)으로 변화해, 마력으로 돌아가 흩어진다.

　그것을 모조리 빨아들인다. 달콤해. 대단히 달콤한 마력이다. 그렇구나……. 색욕, 그런 스킬을 쓸 만한 능력은 되는구나.

　생각한 것 이상으로 맛있을 것 같다.

　그리고 천운을 타고났는지, 그 마력을 흡수한 순간 내 마력이 레이지의 그것을 뛰어넘었다.

　뚝 하고 무언가가 끊어지는 듯한 감각과 동시에 레이지의 존이 부서지고 내 존이 넓어진다. 그것에 닿은 순간 소녀의 움직임이 멈췄다.

　그것도 모든 분신체가 동시에.

　후후후, 이렇게나 강력한 존이다. 깨진 경험이 없었을 것이다.

　하지만 안 돼, 그럴 때 움직임을 멈추면…….

　지면을 조용히 기어가게 했던 촉수로, 적과 싸우고 있던 열 명

가까운 분신체를 지면에서 꼬치로 꿰었다. 사각에서 꿰뚫린 분신체는 전부 마력으로 환원되어 안개처럼 사라진다.

아무리 그래도 본체는 들어 있지 않았던 모양이다. 뭐, 간 보기였을 테니까.

하지만 그 마력은 대단히 맛있었다. 마왕을 먹을 수 없더라도, 충분하고도 남을 맛이다.

내 혀를 떨리게 하다니, 저 아이 식재료로서의 재능이 있네……

……좋아, 미식가인 내가 최고의 조리를 선보이고 먹어 주도록 하자.

결의한 바로 그 순간, 나는 터무니없이 안 좋은 예감을 느꼈다.

순간적으로 '기아의 파동'을 사용했다.

그것은 나를 지금까지 폭식의 왕으로 계속 살게 해 주었던 직감이었고, 이번에도 그것에 따르는 것은 올바른 선택이었다.

갑자기 멀리서 발생한, 마왕에 필적하는 거대한 힘.

암옥의 땅 전부를 삼킨 불꽃의 용이 순간적으로 사용한 파동과 충돌했다.

마계의 태양과 비교해도 손색이 없는 강렬한 열이, 빛이, 기아의 파동과 대치한다.

"제블 님, 이건……."

"큭……. 후…… 지금, 말을 걸지 말아주겠어?"

그것은 어마어마한 빛과 불꽃의 유린이었다.

과거 가까이서 봤던 천병이 썼던 무기, 신의 심판에도 어쩌면 필적할지 모르는 불꽃의 신성.

파동을 뛰어넘어 느껴지는 열풍에 내 머리카락이 흔들리고, 땀에 젖어 이마에 달라붙는다.

뭐지 이 힘은?! 아무리 공복이라고는 해도, 제5위인 내 기아의 파동으로 전부 먹지 못하는 마력이라니?!

분노? 아니야, 이것은⋯⋯ 분노의 불꽃이 아니네. 맛이 달라.

그때 나는 얼마 전에 지금은 없는 미즈나 녀석들이 했던 잡담을 떠올렸다.

바로 직전, 그 마왕에게 주어진 전설의 마검 한 자루에 대한 이야기를.

⋯⋯그런가, 이것은⋯⋯ 마검 셀레스테──마왕을 뛰어넘는 전설급 용의 이름을 지닌 보구의 힘인가!!

후후후, 잊고 있었어⋯⋯.

제대로 들어주세요! 라이벌 마왕님이잖아요?

나에게 파견되었던 필두 감시관인 미즈나가 난처한 표정으로 그렇게 보고했던 기억이 뇌리를 스친다.

그렇군, 이건 확실히── 위협이 되네.

아무래도 미즈나, 너는 생각했던 것보다도 훨씬 우수했던 모양이야.

"상대 마왕인가?!"

"후후후⋯⋯. 마왕이 썼다면 우리는 틀림없이 숯덩이가 되어 있었어."

열이, 빛이, 장렬한 감칠맛이 되어 나에게 환원된다.

충족감이 전신에 퍼진다. 이 무슨 맛인가⋯⋯ 농후한 감칠맛,

눈이 뜨일 정도의 자극. 훌륭해, 이것이야말로 마검의 힘인가!

즐거움이 또 한 가지 늘어나고 말았어…….

환원된 마력에 의해 기아의 파동이 더욱 강력해져 마검의 불꽃을 밀기 시작한다.

몸 밑바닥에서부터 힘이 넘쳐 흐르는 것만 같아…….

"이 무슨 맛인가……! 검의 효과가 이렇게나 맛있다면, 본체라면 얼마나 맛이 있을까……."

"제블 님, 치사합니다!! 혼자만……."

"너희의 그릇으로는 먹으면 죽고 말아……. 후후, 함께 식탁에 앉을 수 있도록 정진하도록 해."

이런 때에도 아직 식욕에 의식을 기울이는 귀여운 부하 군을 둘러봤다.

꽤나 거창한 선물을 갖고 와 주었구나.

후후, 이 정도의 마검을 갖고 왔다. 마왕님 없이도 할 수 있다고 착각해도 어쩔 수 없다. 참으로 어쩔 수 없다.

역시 마왕은 오지 않았다. 만약 나태의 왕이 참가했다면, 일격에 결판이 났을 것이다.

하지만 대마왕님도 상당히 위험한 무기를 포상으로 주네……. 나에게도 주면 좋았을 텐데…….

온갖 것을 먹어 치우는 폭식에게, 힘의 대치는 최고의 성찬이었다.

혀를 핥으며 불꽃의 힘을 먹었다.

그때, 완전히 우위를 점하고 있던 파동이 더욱 기세가 늘어난 불꽃에 밀렸다.

아직 출력이 올라가나……. 파동의 제어에 힘을 담았다.

하지만 시간이 지나면 지날수록 내가 유리해지기 시작한다. 이 정도로는 내 식욕을 채울 수 없다.

폭식의 스킬은 방출계의 스킬이나 마검과 대단히 상성이 좋다.

불꽃이든, 얼음이든, 번개든, 뭐가 되었든 먹어 치울 수 있다.

이런 마검의 위력은 사용자에 의존한다.

확실히 이 마검의 위력은—— 강력하다. 하지만 평범한 마왕이라면 모를까 나를 일격에 토멸할 수 있을 정도는 아니다.

또한 마검의 불꽃은 무한히 내보낼 수 없지만, '기아의 파동'은 폭식의 기본 스킬. 나라면 몇 시간이라도 유지할 수 있다.

"후후, 언제까지 계속 내보낼 수 있으려나? 내 굶주림을 채워 준다면, 용서해 줘도 좋은데 말이야."

너무나도 많은 마력이 식욕을 채우는 쾌감에, 쑤시는 듯한 열이 몸 전체로 퍼지고 파도가 되어 머릿속을 맴돈다.

아아, 이 얼마나 훌륭한가. 역시 멀리 돌아가는 볼품없는 짓을 하지 않아서 다행이었어!

황홀한 기분으로 불꽃을 맛보고 있었지만, 눈을 가늘게 뜨고 맛을 느끼던 순간 마검의 힘이 크게 부풀어 올랐다.

그것은 정말 찰나의 순간.

바로 지금까지 밀어내던 느낌이었던 파동이 단숨에 밀려, 모든 것을 불태울 불꽃이 시야를 뒤덮었다.

"무슨?!"

"헉?!"

옆에 서 있던 갈이 약간의 저항도 없이, 마지막 비명을 터트리는 일도 없이, 순식간에 불꽃에 불타 버렸다.

순간적으로 촉수를 뻗어, 영혼이 사그라들기 직전에 그 마력을 먹었다.

완전히 예상 밖의 일이었다. 이쪽이 밀어내고 있던 것이 방심으로 이어졌다.

무아지경 중에 배 속에서 그 불꽃에 뒤지지 않고 몸을 먹어 치울 것만 같은 굶주림이, 충동이 거칠게 날뛴다.

말도 안 돼, 말도 안 돼, 말도 안 돼, 말도 안 돼.

무수한 촉수로 휩쓸었다. 아군을. 폭식의 악마가 한 번 호흡할 틈도 없이, 불꽃에 타 버리기 전에 촉수에 흡수된다.

이 에너지, 마력. 나 이외는 틀림없이 전멸한다. 스킬을 펼칠 틈도 없다. 원래 폭식의 스킬은 방어에 적합하지 않다.

계속 결심하고 있었다. 자신의 군대가 파멸할 때는——— 내가 그 유지를 잇겠다고.

내 굶주림을 공유하기 위해 단련시켰던 군을 스스로 먹는다.

단 한 번 주변을 휩쓴 촉수가 끊임없이 에너지를 보내온다. 그때마다 나는 마력을 먹고 더욱 자신의 힘이 강인해지는 것을 느꼈다.

나를 감싸고 있던 '허망한 우야'가 불꽃을 맞받아친다. 이제 그 불꽃은 분노의 마왕이 쏘는 불꽃에 필적하는 위력을 머금고 있었다.

하지만 '기아의 파동'과 달리 '허망한 우야'는 마왕의 스킬이다. 평범한 악마의 스킬이 아니다.

범위는 좁지만, 나를 감싼 '허망한 우야'는 셀레스테의 불꽃을 차단하고 그 에너지를 남김없이 나에게 전달했다.

눈물이 나온다. 그 힘, 그 의미, 그 너무나도 뛰어난 맛에.

아마도 저쪽 악마에게는 비장의 수였을 것이다.

불꽃의 격류는 겨우 몇 초 만에 끝났다. 불꽃이 남긴 열이 바람이 되어 황야를 쓸고 지나간다.

아무것도…… 남지 않았다. 300 가까이 있었던 내 군은 남김없이 마력이 되어 내 배 속으로 들어갔다.

셀레스테의 불꽃과 마찬가지로.

"하아 하아 하아, 미안해……. 모두——."

입술을 핥았다. 만감이 복받쳐 하늘을 올려다봤다.

적군은 아직 멀다. 넓은 암옥의 황야에 나는 단 혼자였다.

양손을 맞붙였다. 감사를 담아.

"——잘 먹었습니다."

먹은 힘이 환원되어, 내 위계를 더욱 높인다.

이제는 의미가 없어진 내 존이 레이지의 존을 완전히 웃돌아, 황야를 달려 나갔다.

힘이 넘쳐 흐른다. 전에 없을 정도로.

후후후후후후후. 이제는 모든 것을 알 수 있다.

이 마검을 쓴 상대의 장군이 있는 장소까지.

내 존은 몇 킬로에 걸쳐 레이지의 존을 깨트리고 있었다.

폭발적으로 넓어진 지각이 전해 온다.

예상했던 대로, 마왕의 기척은 어디에도 없다.

"얕잡아 봤어⋯⋯. 후후후, 설마 고작 장군급에 이렇게까지 몰리다니⋯⋯. 확실히 너희가 보여 준 비장의 수, 제대로 맛봤어."

'허망한 우야'의 스킬을 해제했다. 스킬에 나눠주고 있던 힘이 자신의 몸으로 모여든다.

여기서부터는 나의——아니, 우리의 공격이야.

적장의 목소리와 동시에 우리보다도 월등히 많은 악마가 무서운 얼굴로 달려온다.

예상했던 것보다도 훨씬 강인한 악마다. 장군급 이하의 악마 치고는 말이지.

너희의 힘에, 건투에 경의를 표한다.

입술을 핥았다.

잘 먹겠습니다.

등에서 촉수를 꺼내, 다가오는 악마들에게 찔렀다.

첫 번째를 찌르는 한순간 느꼈다. 맛있어⋯⋯.

후후후, 역시 대단해. 대단하다고! 레이지 슬로터돌즈! 역시나 천계와의 전쟁에서 살아남은 구세대 악마! 좋은 군을 갖고 있잖아!

정신없이 촉수로 먹어 치웠다. 등에서 찔러 들어오는 창을, 공격을 먹었다.

그것은 꿈 같은 시간이었다. 마왕을 상대로 그 전의가 사그라들지 않는다. 이 얼마나 용맹하고 과감한가. 내 군에 뒤지지 않는 강력한 군단이다!

대장처럼 보이는, 팔이 여섯 달린 근육이 불끈불끈한 커다란 악마가 검을 치켜든다.

이쪽도 등에 짊어진 '아검(牙劍)' 을 뽑아 맞받아친다.

상아색의 내 이빨과 큰 남자가 든 진홍색 칼날이 마주했다.

칼날을 교환한 순간에 이해했다.

후후후, 그렇구나. 이 악마가 셀레스테의 사용자인 모양이네. 과연, 맛있어 보이는 냄새가 나고 있다.

검만이 아니라, 악마 본체에서.

나는 치밀어 오르는 웃음을 억눌렀다.

"군단장인가……."

악마가 장렬하게 웃고, 남은 팔에 쥐어진 검을 휘둘렀다. 그 전부에서 제법 강력한 마검의 기척이 느껴진다. 나는 그것을 촉수로 받아냈다.

그 냄새. 전투 스타일로 확실히 알 수 있다.

이만큼의 마검을 다루는 악마. 틀림없이 탐욕의 악마다.

그리고 조금 전 불꽃의 일격.

꽤나 자신의 힘을 쓸 줄 알고 있다.

"좋은 실력이야."

"킥킥킥, 칭찬해 주시니 영광입니다요!!"

검에서 불꽃이 날아오른다. 일렁이는 검에 현혹되지 않고, 아검으로 참격을 받아쳤다. 역시나 소문이 창창한 마검, 제대로 맞으면 위험할 것 같다. 하지만 마왕과 장군은 애초에 기본 스펙이

다르다.

물론 약하지는 않다. 약하지는 않지만, 아무리 육체를 단련했어도…… '오만'이라면 모를까, '탐욕'에 힘으로 밀릴 정도로 장군과 마왕의 차이는 작지 않다.

등 뒤에서 접근한 작은 악마를 촉수로 때려눕히고 몸을 돌렸다.

거기에는 첫 공격에서 이쪽으로 돌격을 시도했던 용감한 소녀가 있었다.

얼음의 마검과 단검. 후후, 그래도 색욕이 근접 전투라니……. 용감하다.

판단했다. 이 둘이 장군급이다.

1위가 탐욕 군, 2위가 색욕 군이고 그 외의 악마가 잡병. 1위와 2위는 전투 능력에 차이가 보이지만, 그쯤이야 내 앞에서는 없는 것이나 마찬가지다.

양쪽 다 공평하게 먹을 것에 지나지 않는다.

"둘인가……. 조금 적지만 꽤나 맛있어 보이네."

소녀의 움직임이 한순간 멈춘다. 아무래도 이 아이는 전장에서 놀랐을 때 움직임이 멈추는 나쁜 버릇이 있는 모양이네. 아직 미숙하다.

그 틈을 놓치지 않고 검으로 꿰뚫었다. 어차피 또 환상이다. 눈이 그렇게 말하고 있다.

생각했던 대로, 소녀의 모습이 안개가 되어 사라진다. 그것을 남김없이 흡수하고, 등 뒤에서 높이 치켜든 검에 대해 크게 입을 벌리고 맞받아쳤다.

악마의 경악한 표정. 후후후, 역시 진짜 맛을 알기 위해서는 자신의 입으로 먹어야지…….

그런 부분은 폭식이든 탐욕이든 차이가 없어.

"마검인가……. 먹어 본 적이 없는데. 진미일지도 모르겠어."

"뭐라고?!"

강한 팔로 내려친 검을, 이빨로 단단히 받아냈다.

혀에 느껴지는 금속의 열기, 마력의 농도. 흘러나오는 불꽃도 그저 악센트에 지나지 않는다.

먹어 주겠어……. 너의 컬렉션을 말이야.

왜냐하면 그것이 탐욕의 조리법이니까.

다른 팔로 내리친 검을 아검으로 받아 내고, 고의로 빈틈을 만들었다.

후후후, 알고 있어. 색욕.

나는 모든 것을 알고 있어. 왜냐면 너는 지금…… 내 영역에 있으니까.

젊다. 젊다. 젊다. 젊다. 젊은 색욕——. 아아아아아아아, 틀림없이 맛이 있을 거야.

더는 참을 수 없을지도 몰라.

"네가 본체인가……. 상당히 맛있어 보이는 마력을 갖고 있어."

일부러 놀라게 하고, 그 틈에 등에 해방한 입에서 혀를 뻗어 검을 휘감는다.

차갑고 맛있는 마검이다. 탐욕의 악마가 일순간 표정을 일그러뜨렸다.

"후후후, 혀에 닿는 감촉은 나쁘지 않네……."

혀를 과시하듯이 움직여 소녀의 손에서 검을 빼앗았다.

힘이 없구나. 제대로 완력을 '질투' 해 두지 않으니까 그래…….
후후.

당황한 것처럼 휘두른 탐욕의 검을 손바닥에 출현시킨 입으로
받아내고, 그대로 깨물어 부쉈다.

모든 것이 우월했다.

막대한 전투 경험. 악마로서의 격. 그 모두가 내 발밑에도 미치
지 못한다.

탐욕은 컬렉션이 부서지면 틈이 생긴다.

이러니까 요즘 악마란 것들은……. 또 늙은이 같은 소리를 해
버린 것이려나?

혀로 받아낸 검을 그대로 깨물어 부숴 삼킨다.

탐욕이 비명을 질렀다. 괜찮아, 네 자랑스러운 검은 굉장히 맛
있어.

자, 슬슬 괜찮으려나?

예상대로 그대로 움직임이 멈춘 탐욕에게 혀를 뻗으려고 한 순
간, 혀가 엄청난 힘에 밀려 날아갔다.

뭐야?! 갑자기?!

투박한 바스타드 소드가 바닥을 크게 부쉈다.

자갈이 폭발하듯이 튕겨 나간다. 그 기세 그대로, 움직임은 기
묘하지만 엄청난 기세로 접근해 오는 칼날. 혀와 촉수로 받아 내
려다가 한꺼번에 튕겨 날아갔다.

"……뭐야, 너는?"

그것은 납색을 띤 해골이었다. 신장 2미터. 감정도 기척도 없이, 그저 투박하게 그 팔을 휘두르고 있다. 지금까지 본 적이 없는 공허한 기척.

하지만 그 힘은 탐욕의 남자를 아득히 초월해 있었다.

너무나 이해가 되지 않는다. 악마가 아니다. 악마의 냄새가 나지 않는다.

셀레스테를 한 번 핥고, 어쩔 수 없이 풀어준다. 이미 어떤 약자가 상대라도, 방심하지 않겠다고 결심했으니까 말이야.

"……뭐야, 그건……. 악마도 아니고 기척이 없어."

"킥킥킥, 그냥 촛대라고! 살짝 나리의 스킬이 걸려 있지만 말이지!"

해골이 지면을 박차고 짐승처럼 돌진했다.

내 신장 정도 되는 거대한 검을 휘두른다.

그 속도는 확실히 빠르고 힘은 강하지만, 나에게는 그다지 대단한 공격이 아니다. 공격이 전부 보이고, 정면에서 검으로 받아치면 힘으로도 이쪽이 이길 것이다.

생물의 냄새가 나지 않아서 놀랐지만, 단지 그뿐이다.

하지만 이 녀석……. 전혀 맛있을 거 같지 않단 말이지.

촛대? 그 양초를 세우는? 어째서 촛대가 움직이는 거야?

"……그다지 맛이 없어 보인단 말이지. 나는 이래 봬도 맛있는 걸 좋아한다고."

페인트가 없이 힘뿐인 검격을 피하고, 한쪽 팔을 잘라 날렸다.

해골의 표정에 변화는 없다. 통증이 없는 건가? 아니, 애초에 이 녀석은 생물인가?

뭐, 그런 것은 아무래도 좋아.

지금의 공방으로 알았다. 확실히 탐욕 군도 색욕 군도 강하고, 촛대 군도 그럭저럭 강하지만 나에게는 이길 수 없다. 기초 능력이, 경험이, 갈망이 너무 차이가 나는 것이다.

단지 셀레스테만이 나를 쓰러트릴 수 있는 유일한 수단이고, 아마 이것 이상으로 치명적인 수는 없을 것이다. 평범한 장군급에게 상위의 마왕인 나를 토멸할 가능성을 주다니 터무니없는 무기다. 충분해.

거리를 벌렸다. 슬슬 조리로 넘어가도록 하자.

마왕의 스킬 중 하나, '마왕의 눈(이 빌 아 이)'을 발동시킨다.

격이 떨어지는 자의 행동을 묶는 속박의 마안이다. 이쪽도 움직이지 못하게 된다는 제약은 있지만, 스킬의 충전 시간을 버는 정도라면 충분히 이용할 수 있다.

그리고 나는 그대로 폭식의 스킬을 발동시켰다.

'끝없는 식탁(오 버 테 이 블)'.

공기 중에 떠도는 마력을 먹어 치운다.

몸 전체에서, 얼굴이나 몸이나 다리의 구분 없는 모든 곳에서 지금까지와는 다른 촉수를 발생시킨다.

보라색으로 젖은 무수한 연체(軟體). 이미 성쇠는 결정되었다. 여기서부터는 조리의 시간이다.

지극히 높은 식욕을 품은 아귀의 팔. 후후, 너희가 견딜 수 있으려나?

하다못해 마지막 선물로 조리법을 설명하고, 대상에게 촉수를 뻗었다.

지금까지의 손과 같다고 생각한다면 곤란하다.

후후후, 이것은…… 악마가 아니야. 마왕의 클래스 스킬이라고.

색욕과 탐욕이 피하고, 해골이 그것을 검으로 받으려다가 산산조각이 난다.

맛을 더욱 확실하게 확인하기 위해 그대로 촉수로 잡아당겨 입에 넣어 깨물어 부수지만, 역시 그냥 '물건'이다. 아무런 조작도 없는 그냥 물체. 그다지 맛있지는 않다.

하지만 탐욕 군의 컬렉션 중 하나였는지, 좋은 느낌의 비명을 터트려 주었다.

후후, 또 조리가 한 공정 끝난 모양이네.

"빌어먹을, 그걸 만들어 달라고 하려고 내가 얼마나 고생하고, 몇 명이나 죽였는지……!"

"후후후, 그건 미안한 일을 했구나. 괜찮아, 금방 배 속에서 만날 수 있어."

촉수를 뻗는다.

물론 메인 디쉬에 직접 맞히는 짓은 하지 않는다.

그 외의 악마를 쏙쏙 집어 먹으며 탐욕 군 쪽은 무기를, 색욕 군쪽은 장비를 슬금슬금 노린다.

아귀의 팔은 평범한 촉수보다도 월등히 빠르다. 탐욕 군은 능숙하게 피하고 있지만, 색욕 군 쪽에는 조금 허들이 높았는지 가려져 있던 피부가 빠르게 보이기 시작하는 데에는 일종의 관능적인 즐거움이 있었다.

살의가 담긴 눈이 아름답다. 나도 같은 여자지만, 욕정하고 말 정도로.

"무슨 짓이지……."

"후후후, 너는 식사를 할 때 껍질째로 음식을 먹어?"

촉수를 휘둘렀다. 갑옷이 깎여 나가고, 살짝 상기된 피부가 보였다.

후후후, 미안 미안. 내가 착각했었어.

식도락가로서 인정하겠어. 확실히 너는 색욕이야. 게다가 최고급의.

최고급 디저트다. 내가 너에게 진정한 기쁨을 가르쳐 주겠어.

셀레스테는 딱딱하다. 하지만 아무리 마검이라고는 해도, 내 힘을 몇 번이고 받으면 너덜너덜해지기 시작한다.

꽤 오래전에 비축이 떨어진 모양이다. 이미 탐욕 군의 컬렉션은 한 자루뿐이다.

거기서부터는 기본적인 흐름대로였다.

하지만 그것이 좋다. 중요한 공정이다.

슬금슬금 탐욕 군을 괴롭힌다. 한 장 한 장 색욕 군을 벗겨 간다.

이런 공정이 식욕을 증진시키는 거야. 직접 만든 요리만큼 맛있는 것은 없어.

색욕 군이 태어난 그대로의 모습이 되었을 때, 무언가 상담을 나누기 시작했다.

일단 손을 멈추고 바라봤다. 아직 뭔가 반격의 수단이 있나?

이쪽도 군이 박살이 났다. 그런 만큼 맛이 있어 주지 않으면 곤란하다.

기왕이면 전부 보여 주길 바란다. 그래야 맛이 향상될 테니.

색욕 군은 여기까지 오고도 아직 부끄러운지 가슴과 성기를 미묘한 손놀림으로 가리며, 무서운 표정으로 탐욕 군에게 무엇인가를 말하고 있다.

하지만…… 적 앞에서 말다툼을 하다니 젊구나. 빈틈투성이다. 전장이었다면 틀림없이 죽었다. 내가 그런 짓을 했던 것은 언제였을까…….

몇만 년의 아득히 먼 기억을 뒤지려다가, 그때 깨달았다.

내 바람이 다른 바람에 밀려났다.

주변 몇 킬로까지 빼앗은 영역이 순식간에 튕겨 나와, 새로운 마왕의 힘에 침식되었다.

그것은 그저 조용한, 단지 그곳에 있을 뿐인, 무시무시하게 정밀(靜謐)한 마력.

그리고 동시에 그것은 조금 전 내가 전부 먹어 치우기 전까지 이 땅에 가득 차 있던 힘과 같은 것이다.

말도 안 돼……. 어째서 이제 와서…….

"……어이어이, 뭘 한 거야? 이것이 너희의 비책?"

그럴 리가 없다. 새삼 존을 부활시켰다고 해도 이들의 필패는 뒤집어지지 않는다.

나와 이들의 차이는 그 정도가 아니다. 아니, 애초에 그런 수단이 있을 리가──.

하지만 그런 것은 순식간에 아무래도 상관없어졌다.

눈앞의 색욕 군이나, 탐욕 군이 때문이 아니다.

번개를 맞은 것처럼 영혼에 흐르는 힘.

나와 필적할 만큼 거대한 마력의 기척, 어둠의 존재.

서 있는 것만으로 느껴지는 무언가가 일어난다는 고양감. 악마로서는 나름 격이 있던 색욕 군이나 탐욕 군을 더해도 아직 부족한 절대적인 존재감.

과연…… 엄청난 행운이다. 대보스까지 나와 준 모양이다.

지금의 나는 엄청나게 상태가 좋다. 색욕 군과 탐욕 군을 잡아먹었다면 더욱 올라갔겠지만, 더는 신경 쓰고 있을 여유도 없다.

어떤 기술인지 모르겠지만 검은 머리 마른 몸의 청년이 갑자기 눈앞에 나타났다. 그러고는 피곤하다는 표정으로, 나를 눈앞에 두고서 어이없게도 땅바닥에 드러누웠다.

그 어처구니없는 동작으로 확신했다.

이자야말로,

위대한 마왕 중 하나.

타락과 나태를 담당하는 악마의 왕.

"……넌 누구야."

내 질문에 마왕이 나른한 표정으로 말했다.

"……그러냐."

제4화 잘 먹었습니다

"후후후후후, 과연……. 이것이 너희의 비책인가. 꽤 하찮아, 전혀 알아채지 못했어."

"……어? 아, 아니……."

색욕 군이 곤혹스러운 표정으로 누워 있는 나태의 왕을 봤다.

그 표정에는 거짓이 없다. 어? 우연? 아니 아니지, 그런 말도 안 되는…….

하필이면 나태의 왕이 우연히 지나치는 일 따위는 있을 수 없다.

하지만 색욕 군도 탐욕 군도 당혹스러운 시선을 마왕에게 보내고 있다.

바닥에 늘어진 레이지가 지긋지긋하다는 표정으로 말했다.

"어째서 내가……."

"……어? 이 판국에 와서?!"

레이지와 거의 동시에 나타난, 진홍색 머리 소녀가 있는 대로 표정을 찌푸렸다.

검은색을 기조로 한 군복은 미즈나 녀석들이 입고 있던 것과 같다. 검은 사도의 것이다.

드러누워 있는 레이지의 팔을 잡아끌어 어찌어찌 일으키려고 하고 있다. 그 모습은 기억에 존재하는 대마왕님의 취임식에서 잡아끌려 나왔던 레이지의 구도와 딱 일치했다.

……과연, 나태의 왕을 전장에 끌고 나오다니, 꽤나 우수한 분노다.

아무래도 정말로 나는 아까운 짓을 하고 말았던 모양이다. 미즈나……. 좀 더 제대로 요리해서 먹어 주었으면 좋았으려나.

하지만 잡아끌고는 있지만, 레이지가 일어날 기색은 없다. 엄청나게 싫다는 듯이 고개를 가로젓고 있다. 그 행위는 틀림없이 나태였다. 눈에 전혀 생기가 없다.

나에게는 잡아먹히기를 기다리고 있는 것으로밖에 생각되지 않았고, 동시에 그것이 나태의 악마의 본질이기도 했다.

그들은 한없이 단단하지만, 동시에 거의 움직이지 않는다.

후후후, 재미있어. 정말로 재미있어. 그런 상태로 나와 싸우려 하다니——.

어마어마한 힘을 지닌 마왕과의 대전을 앞두고 굶주림이 전의를 동반해 불타오른다.

일단 인사만이라도 해 둘까.

"나태의 왕. 처음 뵙겠어……. 아니, 오랜만이네. 내 이름은 제블 굴라코스……. 폭식을 담당하는 마왕이야."

"그러냐."

내 자기소개를 마치 아무래도 좋다는 듯이 레이지가 대답했다. 게다가 한마디로.

하지만 생김새와 동작에 속아서는 안 된다.

레이지의 존은 틀림없이 나를 상회하고 있다.

이 녀석은 나태할 뿐이지 절대로 약하지 않고, 이런 터무니없이 거대한 마력을 눈앞에 두고도 어째서인지 식욕이 전혀 솟아오르지 않는 것을 보면 폭식과 상성이 나쁘다는 걸 뼈저리게 느끼게 된다.

"레이지 님! 기껏 왔으니까 제대로 싸워요!"

"……그치만, 저 녀석, 강해……."

분노 군의 말에, 레이지가 진심으로 싫다는 표정을 보냈다.

분노 군의 얼굴이 절망과 분노로 물든다. 불타는 듯한 얼얼한 마력이 냄새가 되어 콧구멍을 간지럽힌다. 대단히 맛있을 것 같은 향기다.

후후후후후후, 아하하하하하하하하. 설마 나를 상대하면서 손쉽게 토멸할 줄 알았던 건가?

"아무리 그래도 너무 얕잡아 봤어, 레이지."

"그래……. 카레로는 수지가 맞지 않는데……."

의미를 알 수 없는 얼빠진 말과 동시에, 아무런 신호도 없이 갑자기 전투가 시작되었다.

실력을 시험해 보기 위해 아귀의 팔을 사방팔방에서 레이지에게 뻗는다. 한 개만은 곁에 있는 분노 군에게.

레이지에게 불평을 말하면서도 방심하지 않았던 모양인지, 분노 군이 백스텝으로 날아오는 촉수를 피하고 그대로 손바닥을 겨눠 불꽃을 발사했다.

촉수가 불꽃을 삼키지만, 전부 삼키지 못한다. 끝부분이 탄다.

상당히 강력한 분노의 사용자다.

그에 걸맞게 맛있는 맛이었다. 하지만 다음 순간, 나는 토했다.

"우억, 으에에에에에에에엑!"

무릎을 꿇고, 촉수를 되돌려 양팔로 땅을 짚었다.

위가 엄청난 기세로 위아래로 흔들리고 있는 듯한 구토감.

머리가 뒤죽박죽되는 감각과 신맛. 몸이 경련을 멈추지 않는다. 구역질을 하지만 입에서는 아무것도 나오지 않았다.

오랜만에 느끼는 강렬한 고통에 눈물이 나왔다.

뭐, 뭐지 이건?!

눈물로 흐려지는 경치 너머를 봤다.

전투 중에 무슨 꼴불견이지. 하지만 적은 아무도 지금의 상태를 이해하지 못했던 모양이다. 갑자기 구토하기 시작한 나를 수상쩍은 눈으로 바라볼 뿐이었다. 공격도 시도하지 않는다.

흐릿한 시야에서 민첩한 움직임을 발휘한 분노 군과는 정반대로 전혀 움직이지 않고 촉수를 받아낸 레이지가 눈물을 머금고 말했다.

"……아파."

잘 보니, 촉수가 꽂혔던 것으로 보이는 전신 이곳저곳의 '옷'이 찢어져 있다. 빈틈에서 보이는 맨살에서 피가 나올락 말락 하고 있다.

이것이 내구성이 뛰어나다고 이야기되는 '나태'의 극치.

나태의 왕……. 말도 안 되게 단단하다…….

과거 토멸했던 나태의 장군급 따위는 비교가 되지 않는 압도적인 VIT다. 마검조차 손쉽게 꿰뚫고 먹어 치우는 아귀의 팔이 전혀 통하지 않는다.

쿨럭……. 후후후, 재, 재미있지 않나……!!

눈물을 닦고, 마안을 사용했다. 레이지를 제외한 세 악마의 움직임이 속박된다. 덤으로 레이지는 자주적으로 움직이지 않는다.

어찌어찌 구역질도 잦아들고 스킬을 사용하려 한 순간, 코를 찌르는 엄청난 쓴맛과 아린 맛을 깨달았다. 그것은 과거 나태의 악마와 싸웠을 때의 충격적인 체험을 월등히 상회하는, 이 세상의 것으로는 생각되지 않는 극악한 악취였다.

조금 전까지는 맹렬한 구역질 쪽에 집중해 버리느라, 전혀 알아채지 못했지만 이건…….

마력을 확인하자, 조금 전보다 약간 회복되어 있다.

분노 군의 불꽃만 먹었다기에는 지나치게 많은 정도가.

나는 절망했다. 이 세상에 신은 없는 것인가!

트라우마는 지금 여기서 다시 쓰였다.

레이지를 노려봤다. 입가를 소매로 닦고 불평을 했다.

"……너, 무진장 맛없어…… 이 세상의 것으로는 생각되지 않아."

"……아파."

레이지가 완만한 동작으로 찢어진 부분을 쓰다듬고 있다. 이미 피는 사라져 있었다. 아니, 피가 나왔다고 해도, 저건 전혀 대미지라고 할 수 없는 레벨이라고!!

분노 군이 절망한 표정으로 옆의 레이지를 보고 있지만, 절망한 것은 내 쪽이다.

위험하다. 이 맛은 뭐야…….

이전에 먹었던 나태의 상급 악마 따위는 발끝에도 미치지 못하는, 식사를 모독하는 맛.

도저히 이 세상의 것으로는 생각되지 않는다. 대체 어떤 섭리로 저런 맛이 나는 걸까? 지금 이 순간까지 이 세상 구석구석의 모든 것을 먹을 수 있다고 생각하고 있었지만, 전력으로 철회하지 않을 수가 없다. 인생관마저 바뀌는 맛이었다.

참을 수 있는 레벨을 아득히 초월했다. 두 번 다시 맛보고 싶지 않다.

……그렇다는 것은 레이지의 힘을 흡수할 수 없다는 소리다.

참고서 흡수했다가는 아마 레이지를 토멸하기 전에 내가 쇠약해져서 죽고 만다.

하하하, 먹지 못하는 폭식에 무슨 의미가 있다는 건가!!

참으로 짜증스러운 속성이다.

레이지가 아직 눈물이 맺힌 눈으로 갑자기 말했다.

"항복."

"응? 뭐라고?"

"나, 아픈 것은 싫어해."

"뭐어어어어어어어어어어?"

이, 이 녀석, 어떻게 마왕이 된 거지……. 아니, 어떻게 지금까지 살아남았지?

어떤 의미로 맛보다도 충격적인 말에 내 의식에 순간적으로 공백이 생겨났다.

찰나, 어이없어하는 나를 향해 레이지에게서 쏘아진 보이지 않는 힘, 스킬을 패시브 스킬이 무력화했다. 정신 오염 내성 스킬이다. 레이지가 절망적으로 귀찮다는, 완전히 얕잡아 보는 표정을 지으며 혀를 찼다.

굶주림이 살의가 되고 바람으로 변해 황야에 거칠게 불어댔다.

……후후후, 꽤나 무시하고 있네. 방심시키고 기습이라니, 악마라고 볼 수도 없는 짓거리를…….

알겠어. 이제 카논 따위는 아무래도 좋아. 전력으로 너를 죽여주겠어. 이 세상에 먹을 수 없는 것 따위가 존재해서는 안 되니까 말이야.

폭식의 스킬 대부분은 상대를 잡아먹는 스킬이다.

그것을 제외하고 나면 내가 쓸 수 있는 스킬은 대단히 한정된다.

손바닥을 있는 힘껏 쥐고, 이빨을 바란다. 무엇이든 깨물어 부술 수 있는 원초의 힘을.

레이지가 나무늘보보다도 완만한 동작으로, 나무늘보보다도 읽을 수 없는 표정으로 주머니를 뒤지다가 그대로 힘을 잃고 팔을 떨궜다.

"……말을 놓고 왔어……. 말 안 갖고 있어? 체스면 되니까……."

"뭐? 체스? 가, 갖고 있을 리가 없잖아요!"

분노 군이 울컥한 표정으로 레이지를 혼냈다.

이제는 이것도 저것도, 나에게는 얕잡아 보고 있는 것으로밖에는 생각되지 않았다.

아아, 더는 안 돼.

알겠어, 먹어 주도록 하지.

폭식의 극치를 보여 주겠어.

폭식이 먹어 치우는 것만이라고 생각하지 마.

아귀의 팔을 꺼냈을 때보다도 훨씬 많은 마력이 소비되어, 굶주림이 견디기 어려울 정도로 강해진다.

위가 의지를 지니고 자신을 잡아먹어 버리고 말 것만 같을 정도로.

그리고 나는 실로 1만 년 만에 그 스킬을 사용했다.

'원초의 이빨'.

적의 내성을 무시하고 무엇이든 깨물어 뚫는 마신의 이빨을 현현시키는 폭식의 스킬.

육체를 변화시키는 것이 아니고, 마력을 조작해 팔로 삼는 것도 아니다. 순수한 무구, 검을 생성하는, 환상병장(幻想兵裝)이라고 불리는 스킬 중 한 가지.

폭식의 원죄에서 생성된 어둠의 검이 내 팔을 감싸는 것처럼 발생한다.

그것은 자루와 도신, 모든 것이 새카만 태도(太刀)였다. 길이는 1미터 반.

하지만 리치는 관계없다. 이것은 나의 이빨이자, 동시에 이 세상의 끊임없는 굶주림을 구현화시킨 존재이기도 하다.

탐욕 군과 싸울 때 사용했던 아검을 버렸다. 그리고 양손으로 태도를 들고 촉수를 집어넣었다.

살의를 앞에 두고 아무런 행동을 취하지 않는 어리석은 나태, 식욕을 느끼게 하지 않는 나태를 노려 봤다.

"……후…… 후후……. 그럼 마왕의 싸움을 시작할까."

"……하아……."

레이지가 한숨을 흘렸다.

이게…… 얕보고 있어!

전력으로 한 걸음 내디뎠다. 마왕의 힘을 통해 폭발적인 추진력을 부여해, 찰나의 순간에 거리를 좁히고――.

한순간 몸이 굳었다. 금방 머릿속에서 정신 오염 치유 스킬이 자동으로 발동해 경직이 풀리지만, 그때는 이미 모든 것이 늦은 뒤였다.

몸이 무겁다. 몸 위에서 걸리는 어마어마한 하중에 견디지 못하고 무릎을 꿇었다.

압박감? 아니, 확연하게 다르다. 물리적으로 무거워졌다.

칼을 쥐고 있을 수가 없다.

땅바닥에 엎드린 나를, 나타나고서 고작 반걸음도 움직이지 않은 레이지가 어두운 눈으로 보고 있었다.

"말도 안 돼……. 무슨 짓을 한 거지……."

"……하아……."

레이지가 다시금 한숨을 쉰다.

아니, 알 수 있다. 나태의 스킬은 받아본 적이 있다.

나태의 상위 스킬에 적의 움직임을 저해하는 스킬이 있었을 것이다.

하지만…… 마왕인 나를 속박할 정도의 스킬이라고? 무슨 말도 안 되는!

"큭……. 잠깐, 레이지 님……."

"흑……. 안 돼……."

"으극……. 나, 나리?!"

세 명의 제각각 다른 비명이 난비했다.

들 수 없는 머리를 간신히 돌려 보니, 어째서인지 레이지 군의 악마까지 땅바닥에 자빠져 있었다.

이 녀석──. 아무렇지도 않게 자기 군까지 휘말리게 했어.

아니, 그게 아니다.

한순간의 판단으로 촉수를 무수하게 생성, 몸을 지탱해 일어난다.

그것을 내려다보는 나태의 왕의 눈에는, 살의는커녕 전의조차 없다.

이것은…… 그저 행동을 저해하는 스킬이 아니다. 이 녀석, 중력을 높였다.

이해한다. 확실히 실감한다. 나태의 레이지. 상성도 있겠지만, 이 녀석의 힘──. 내 힘보다 뛰어나다.

떨리는 손으로 칼을 들어서 겨눴다.

몇천, 몇만 톤의 하중이 걸려 있다고? 내가 움직일 수 없을 정도의 무게인데, 어째서 자기 군의 악마는 압살되지 않고 있지?

전의조차 없는 마왕에게 진다고?

"……후후후, 오랜만이야……. 나를 무릎 꿇게 하다니."

"그러냐."

레이지는 단 한마디만을 했다.

동시에 갑자기 바로 옆에서 충격이 덮쳤다.

뭐지? 이번엔 무슨 일이 일어난 거지?

전의가, 살의가 전혀 없다. 색이 없는 공격. 반응이 늦는다.

몸 전체를 뒤흔드는 듯한 힘. 아슬아슬하게 촉수가 지탱하고 있던 몸이 간단히 날아간다.

뒤흔들리는 시야, 현기증이 마왕의 상태 이상 치유 스킬에 의해 순식간에 사라진다.

기적은 전혀 없었다. 레이지도 한 걸음도 움직이지 않았다.

나는 엄청난 속도로 흘러가는 지면에 칼을 꽂고, 촉수를 100개 이상 단숨에 꺼내 땅을 찔렀다.

땅을 긁어내는 감촉. 마찰에 촉수 끝이 달아오르고, 지면에서 연기가 피어오른다.

물리 공격이다. 대미지는 거의 없다. 하지만 무슨 일이 벌어졌는지 알 수가 없다.

이해 불능이라는 것은 전장에서 가장 두려운 것이다.

몇백 미터 거리가 떨어진 탓인지, 몸에 걸려 있던 중력이 사라진다.

승기!

악마도 만능이 아니다.

나태는 내구에 뛰어난 스킬 트리. 반대로 말하면, 공격력은 그다지 대단하지 않다.

완전히 의표를 찔렸음에도 나에게 큰 대미지를 입히지 못할 정도로.

굶주림은 채워지지 않았지만, 다른 감정이 솟아오른다.

재미있다. 나와 대등하게 싸울 수 있는 상대는 몇천 년 만일까?

100개의 촉수를 등에 만들어 바닥에 꽂는다.

칼을 아래로 들고 다리에 마력을 집중시켜 각력을 강화한다.

서 있을 수 없을 정도의 중력? 그렇다면 걸리기 전에 일격에 토멸하면 그만.

레이지는 확실히 단단하지만, 아무리 그래도 두 동강을 내면 스킬은 쓸 수 없을 것이다.

한 걸음 내디디려 한 순간, 머리 안쪽에서 경종이 울렸다.

예감을 거의 100%까지 올린 전사의 직감. 황급히 옆으로 피한 내가 있던 장소가 굉음을 내고 크게 파인다.

보이지 않는다. 보이지 않지만…… 무언가가 있다.

엄청난 속도, 무게.

이해했다. 좀 전에 나를 날렸던 것은 이 녀석이다.

옆으로 쓸어오는 그것을 공기의 흐름으로 감지하고 뛰어서 피한다. 허공에서 움직일 수 없다는 논리는 촉수를 다루는 나에게는 존재하지 않는다. 갑자기 방향 전환을 해서 다가오는 무언가를, 촉수를 뻗어 받아쳤다.

보이지 않는 힘에 촉수가 꽂힌다. 나는 공중에서 토했다.

움직임이 완전히 멈춘다. 나를 향해 그것이 휘둘러졌다.

"으에에에엑……. 윽……. 잠깐……. 치사──."

조금 전과는 비교할 수 없는, 하늘이 떨어진 것 같은 충격이 가차 없이 내 몸을 깔아뭉갰다.

두개골이 으지직 소리를 내고, 황급히 위로 뻗은 손이 뿌득하고 기분 나쁜 소리를 내며 역방향으로 꺾인다.

충격을 피할 수가 있었던 조금 전과는 달리, 거친 땅과의 샌드위치는 영혼이 사라져 버릴 정도로 강력하다.

하지만 지금은 아픔 따위 아무래도 좋다. 이 쓴맛이 위험하다. 지면에 엎드려 눈물을 흘리며 구역질하는 나에게 가차 없이 무언가가 덮친다.

조금 전보다도 광범위로.

방어 스킬──.

'기아의 파동'?

'허망한 우야'?

말도 안 돼……. 그딴 것을 썼다가는 먹고 만다. 강제적으로 섭취하고 만다.

이 세상의 것으로는 생각할 수 없는 맛을.

마계보다 더욱 아래에 위치한 지옥의 바다, 스스로는 빠져나올 수가 없는 나락에 고이고 고인, 탁하디탁한 절망의 진창 같은 맛. 실로 악마를 악마라고 생각하지 않는 지독한──.

충격이 두 번, 세 번 끊임없이 몸을 때려 바닥에 못 박는다. 의식이 한순간 날아간다. 시야가 있는 대로 흔들려 끊임없이 상태이상 치유 스킬이 발동한다. 만약 스킬이 없었다면 진즉에 나는 현기증에 움직일 수 없게 되었을 것이다.

빌어먹을, 저런 멍한 얼굴을 한 주제에 가차 없어.

스킬 하나 하나가 일격필살이라고 이야기되는 마왕의 스킬 중에서는 위력이 낮은 편이지만, 그것이 오히려 징그럽다. 마치 가지고 놀듯이 불규칙하게 몸을 덮치는 충격의 정체는 전혀 알 수 없다. 하지만 맛이 레이지의 것이라는 궁극적으로 최악인 사실만은 분명했다.

그 당사자인 레이지는 아까부터 전혀 있는 장소가 변하지 않았다.

얕잡아 보다니.

지면에 처박히는 순간을 노려 촉수를 바닥에 꽂아서 몸을 강제로 옆으로 치운다. 강하지는 않다. 대미지는 절대로 높지 않지만, 몇 번이나 맞는 것은 위험하다.

부러진 손을 억지로 원래의 위치로 되돌리고, 모아 두었던 영양을 사용해 단숨에 완치시킨다.

그것을 실감할 틈도 없이 땅을 찼다.

충격이 지금 막 내가 있던 위치를 통과한다.

머리를 스치는 생각.

이 스킬은…… 뭐지?

자동 추격 공격 스킬? 바람? 무속성 에너지?

악마의 스킬에는 그 전부에 의미가 있다. 당연히 그것은 악마의 갈망과 연관이 있었다.

폭식이 타인을 잡아먹는 것에 특화되어 있는 것처럼, 나태도

특화되어 있을 것이다.

무엇에?

타인을 나태하게 하는 것? 아니다. 아니, 틀린 것은 아니지만, 그것은 본질이 아니다.

멀리 떨어진 곳에서 레이지가 피곤한 것처럼 지면에 손을 내려치고 있었다. 직감했다.

이거다!

공격을──멀리 날리는 스킬.

즉, 움직이지 않고 외적을 격퇴하기 위한 '나태'의 스킬.

상공에서 쏟아진 광범위 충격을 피한다. 지면에 끝에서 끝까지 5미터는 될, 거대한 펼쳐진 손 모양이 확실하게 남아 있었다.

이 무슨 같잖은 스킬인가. 하지만 그 같잖은 스킬에 농락당하고 있는 것도 사실.

레이지의 손 부분을 주시하며 바닥을 단숨에 찼다. 레이지가 팔을 휘두른 순간에 크게 뛰었다.

내려친 주먹을 칼로 받아 낸다. 보이지 않는 손이 가차 없이 갈라지지만, 레이지의 손에 대미지가 생긴 기색은 없다. 보이지 않는 주먹을 깨도 피드백은 없나……. 일격필살의 힘은 없지만, 디메리트도 보이지 않는다. 팔을 쓸 수 없다는 것뿐이다. 우수한 스킬이다.

바로 옆에서 온 공격을 칼로 처리한다. 보이지 않는 손가락──그것만으로 장군급을 뛰어넘는 마력이 찢어져 허공에서 녹는다. 먹을 수 없는 것이 대단히 아쉽다.

……아니, 먹을 수 있다 없다 같은 소리를 하고 있을 때인가?

나는 어떻게든 카논 님을 이겨야만 한다. 승리해서 맛을 확인해야만 한다. 먼저 간 신하를 위해서도.

레이지가 지닌 막대한 마력은 그걸 위한 큰 무기가 된다.

확신할 수 있다. 마력만을 비교해도, 나보다 훨씬 격이 높다.

빌어먹을. 이 녀석, 몇 년을 살았던 거야.

하지만 몇 번이나 이 녀석을 먹으면 나는 틀림없이 죽는다. 너무나 맛이 없어 쇠약해져 죽는다. 그것은 폭식의 마왕으로서는 대단히 유감이다.

그러나…… 그러나 앞으로 한 번만이라면——!

그래. 각오하는 거다! 그것이야말로 필승의 책략.

맛이 없어? 그게 어쨌다고.

아직 콧속에 남아 있는 처절한 쓴맛과 악취가 내 정신을 자근자근 짓밟는다.

맛이 있느니 없느니 하는 것은 상관없다.

각오를 정하고 적을 노려본다.

나는 자신만을 위해서, 자신의 힘만을 위해, 레이지, 너를——.

"——잡아먹겠어."

"……봐주세요."

봐주세요는 무슨…….

농담 같은 말에 울컥한 순간을 찔려 몸이 옆으로 날아갔다.

정말로 의욕이 없어 보이게 공격한다.

내가 먹어 치우는 것처럼, 분노가 격노하는 것처럼, 탐욕이 바라는 것처럼, 레이지는 의미도 없이 그저 게으름을 피운다.

대단히 식욕이 사라지지만, 참으로 훌륭한 일관성이었다.

나태의 왕……. 과연, 납득했다.

그래도 같은 마왕인 내가 농락당하는 다종다양한 스킬.

나태를 추구해, 그 심연을 들여다보고 안 게 이것인가?

……좋아. 나도 보답으로 보여 주지. 지고한 폭식을 추구해 온 결과 얻은 힘을.

마안을 쓴다. 레이지의 그것과 맞부딪혀 순식간에 패배한다.

기습처럼 등 뒤에서 접근하는 분노의 불꽃은 기아의 파동을 발동해 흡수한다. 마왕도 아닌 악마의 기습에 질 정도로 약하지 않다.

오랜만에 먹을 수 있었던 마력 덕분에 몸 안쪽에 남아 있던 쓴 맛이 불식된다.

대미지는 됐다. 분노 군도, 색욕 군도, 탐욕 군도 지금은 신경 쓰지 않아도 된다.

정신을 집중한다.

왼손을 들어 빈다. 굶주림의 귀신에게.

좌우에서 접근하는 풍압. 우득우득 소리를 내며 팔꿈치가 부러진다. 양손으로 짓눌린 것 같다고 뇌가 이해한다.

오른손에 들린 칼만은 놓지 않는다. 이것은 비장의 수다. 팔이 부러진다. 놓지 않는다. 치유가 작동한다. 전체를 고르게 짓누르는 중압. 치료될 때마다 다시 부러진다.

레이지가 손을 쥔다. 몸 전체에 막대한 부하가 걸린다. 뼈가 마치 이쑤시개처럼 부러진다. 오랫동안 느끼지 못했던 아픔에 전신이 비명을 터트린다.

방어 스킬은 쓸 수 없다. 레이지를 먹고 만다.

나는 전신을 압축하는 열과 아픔 속에서 크게 심호흡하고 각오를 정했다.

살의를 이빨에 담는다. 혼신의 힘을 담아 그 스킬을 발동시켰다.

"'굶주린 왕의 만찬'." ^{이터즈 플레이트}

굉음과 함께 땅이 찢어지고 황야가 갈라진다. 맨몸의 인간족이라면 그저 닿는 것만으로도 10분을 견디지 못할 막대한 마력에 천지가 울리고 공간이 왜곡된다.

탐욕 군과 색욕 군이 황급히 도망쳤다. 소용돌이 속의 마왕은 태연하게 앉아 있었다. 아니, 드러누워 있었다.

불러낸 것은 굶주린 왕의 목구멍. 삼라만상을 먹는 자.

전장 수백 미터에 달하는 거대한 허공. 이빨도 없고 혀도 없는 그것은, 끊임없는 굶주림과 견딜 수 없는 기아를 충족시키는 것에만 특화되어 있다. 하늘에서 내려다보면 대지에 생긴 거대한 반원형 틈이 보일 것이다.

그리고 나는 어안이 벙벙했다.

타깃으로 설정했던 레이지가, 갑자기 지면에 생긴 구멍으로 당황하지 않고 태연하게 떨어지기 시작했다. 졸리다는 듯이 하품까지 하고 있다.

나태는 분노나 폭식, 오만 등 공격력이 높은 악마와 상성이 나쁘다. 어째서냐면 그들은 기본적으로 움직이지 않기 때문이다.

움직이지 않는 악마라니 좋은 표적이란 말로는 부족하다. 스킬도 공들여 준비할 수 있기에, 그들은 상당히 강하지 않으면 사냥당하고 말 운명이었다.

하지만 아무리 그래도 이 결말은 예상 밖이다.

어? 뭐야? 그렇게 하는 거야?

지금까지 잔뜩 싸웠는데?

피하려고 뛰면 그 틈을 노려서 칼로 조각을 내줄 예정이었는데……

손에 있는 검은 칼로 시선을 돌렸다. 환상병장에 리치 같은 것은 없다. 내 의지로 자유자재로 늘릴 수 있는 것이다. 그것은 여차하는 순간에 사용하는 내 필살의 한 수였다.

거대한 입술이 닫힌다.

몸을 조이고 있던 힘이 풀리고 해방되었다.

오른손으로 뺨을 긁었다.

"……뭔가 맥이 빠지네."

"……그러냐."

뒤에서 들려서는 안 될 목소리가 들렸다.

황급히 몸을 돌리고 칼을 겨눴다. 아무런 상처가 없는 레이지가 무방비하게 누워 있었다.

배후를 잡았는데 손을 쓸 기색도 없다.

잠깐……

반사적으로 칼을 휘둘렀다. 리치를 늘릴 필요도 없다. 지극히 가깝다. 엎드려 누운 상태로 피할 수 있을 리 없다. 하지만 칼날이 레이지를 두 동강 내기 직전에 그 모습이 사라졌다.

오한이 흘렀다.

이것이 굶주린 왕의 목구멍에서 도망칠 수 있었던 이유?!

……순간 이동이라고?! 그게 말이 되나? 아니, 갑자기 나타난 시점에 예상했어야만 했다.

완전한 내 실수다.

회피와 나태라니, 이미지 차이가 너무 나서 생각도 못 했다.

아니, 그보다, 너무 비겁하다.

말도 안 돼, 말도 안 돼, 말도 안 돼, 말도 안 돼!

3위와 5위, 이렇게까지 차이가 나는 건가?!

카논 님은 이것까지 고려해서 레이지를 나에게 붙인 거였나?!

휘두른 힘을 그대로 이용해 칼을 등 뒤쪽으로 휘둘렀다.

뒤쪽으로 전이했던 레이지의 팔에 칼날이 스친다. 분수처럼 뿜어 나온 피. 거기서 느낀 냄새에 나는 몇 걸음 뒤로 물러났다.

레이지가 눈물을 흘렸다. 아마도 통증 때문에. 하지만 그때는 이미 팔의 피가 멈추고 아무 일도 없었던 것처럼 재생되어 있다. 터무니없는 재생력. 깊이 단련된 완강함. 그리고 그런 탓에 터무니없이 취약한 통증에 대한 내성.

나아가려 한 순간에 몸이 다시 경직되었다.

다시금 중력에 사로잡힌 것을 깨달았다. 이 잠시 동안의 경직 —— '마안' 의 힘이다.

레이지가 '마안' 으로 나를 속박하고 있는 것이다. 격이 낮은 상대에게만 통하는 '마안' 으로.

그것은 분명하게 알 수 있는 힘의 차이였다.

"아, 하하, 하하하……. 레이, 지. 너, 몇 년이나, 산 거야?"

"……아마 100년 정도."

그럴 리가 없잖아!

나는, 너와 1만 년도 더 전에 만났던 적이 있다고!!

틀림없이…… 잊고 있을 뿐이다.

하하하하하, 왠지 싸우는 것이 바보처럼 느껴지기 시작했어.

아무리 먹어도 충족되지 않았던 굶주림까지 아무래도 좋아지고 말았을 정도로.

레이지는 그저 아무 말도 하지 않고 졸린 것처럼 눈을 반쯤 감고 있다.

이 마왕이 이렇게까지 강력하기 그지없는 힘을 손에 넣은 이유를 생각해 봤다.

생겨나고 1만 년도 지나지 않고 마왕이 된 카논 님과 달리, 나태의 레이지는 아마도 그저 유구한 시간을 살아온 결과, 힘이 자연스럽게 쌓여서 마왕에 오르고 만 악마겠지.

야망이라고 부를 만한 것 따위는 없고, 목적이라고 할 만한 것도 없다. 무위의 왕.

타인의 갈망조차 아무래도 좋고, 나와 싸웠다는 사실조차 틀림없이 금방 잊고 만다. 그것은 얼마나 부러운 일인가.

어느샌가 레이지의 손이, 손가락이 하얗게 될 정도로 강하게 쥐어져 있었다.

몸이 사방팔방에서 조여진다. 몸속에서 무언가가 부러지는 소리가 났지만, 더는 통증도 없다. 저항할 기분도 들지 않는다. 방법이 없다. 식욕이 돋지 않는다.

10만 년 가까운 시간을 살아온 결과 얻은 '원초의 이빨'이 모래가 되어 내 손안에서 사라져 간다.

눈앞에는 나태가 있었다. 살짝 눈이 열린다. 그저 만사가 귀찮다는 듯한 눈이.

"……후…… 후후, 바이…… 바이, 나태. 즐거웠어."

"……그러냐."

가능하면 나 대신에 카논 님을 쓰러트려 주길 바라지만, 그런 귀찮은 일은 하지 않겠지.

쥐어져 있는 손 틈 사이로 귀찮다는 듯이 박히는 검지손가락.

머리를 힘으로 강제로 짓눌리면서, 나는 생각했다.

잘 먹었습니다.

승리의 대가

어둠 중의 어둠. 나락 속의 나락.

온갖 마귀와 괴물이 사방에서 활개를 치는 마계에서도 한층 강력한 악마의 왕.

얼핏 강하게는 보이지 않는 왜소한 몸에 짙은 다크서클이 들러붙어 있는 두 눈. 타락의 왕으로 칭해지는 남자가 중얼거렸다.

자신의 갈망을 위해 서로가 서로를 잡아먹는 이 세계에서 유일하게 아무것도 이루지 않는 자가.

"뭔가 지쳤는데……."

"……고, 고생, 하셨습니다."

그 음색은 조금 전까지 마왕과 사투를 펼쳤던 초월자의 것으로는 들리지 않았다.

리제가 딸꾹질하듯 목을 꿀렁이며 입술을 떨고 있다.

눈썹이 움찔거린다.

드물게 '움직인 뒤'라 지독하게 한심스러운 모습이라 하더라도 화를 낼래야 낼 수가 없다. 그 마음은 뼈저리게 이해가 되었다.

하지만 침대 옆에 선 리제에게는 보이지 않겠지. 보였다면 그녀는 틀림없이 분노를 품을 수가 없었으리라.

정면에서 보이는 침대 위에 엎드려 베개에 얼굴을 파묻고 있는 그 모습.

살짝 베개 위로 보이는 탁한 검은 눈—— 이 세상의 모든 악덕을 달여 넣은 것처럼 어두운 눈동자가 몽롱한 시선을 이쪽으로 보내고 있다.

그것은 절대로 절망을 부여하는 자의 눈이 아니라, 절망에 몸을 담근 자의 눈.

적의도 악의도—— 아니, 이쪽에 대해 틀림없이 아무런 생각도 갖고 있지 않을 텐데, 어째선지 홀린 것처럼 움직일 수가 없다.

악식의 마왕, 제블 굴라코스 토멸.

——그것은 실로 다른 세상의 전쟁이었다.

마왕끼리의 싸움이란 그리 간단히 볼 수 있는 광경이 아니다.

마왕이란 즉, 하나의 재난이다. 만물을 유린하는 끊임없는 갈망과 평범한 악마와는 비교할 수 없는 신체 능력은 장군급 이하의 악마가 제대로 맞설 수 없다.

그것은 우리 사이에서 하나의 상식이다.

하지만 내 눈앞에서 펼쳐진 광경은, 이제까지의 삶을 돌아봐도 절대로 허용할 수 있는 종류의 것이 아니었다.

공간을 지배하는 중압.

그 일격 일격에 화려함은 없었다. 아니, 어떤 공격도 눈에 보이지 않았다. 하지만 눈앞에 남은 결과에 몸만이 떨리고 있었다.

설령 눈으로 포착하지 못했더라도, 무슨 일이 벌어지고 있는지 이해할 수 없더라도, 혼핵의 밑바닥에서 떨려오는 본능은 우리가 설령 무리를 이루더라도 마왕에게 맞서는 일이 얼마나 어리석은지를 이해하게 했다.

그리고 전혀 대항할 수 없었던 상대마저도 압도하는 힘이 이 세상에 존재하고 있다는 사실 또한.

용의 날개를 사용해도 끝이 보이지 않는 이 넓은 마계에는, 때때로 상상을 초월하는 진짜 괴물이 있다. 전투라고도 부를 수 없는 그 전투를 보고, 나는 그 사실을 새삼 깨닫게 된 것이다.

"……킥킥킥, 여전히── 미쳤어."

뺨을 타고 땀이 흘러 떨어진다. 수많은 악마를 죽이고, 몇천 번의 전장을 헤쳐 왔던 데지가 두려움이 담긴 눈으로 황야에 누워 있는 남자를 보고 있었다.

나태를 담당하는 마왕, 대마왕에게 소속된 마왕 중 하나로 그중에서도 세 손가락 안에 드는 남자를.

지극히 강력한 인형으로 적대자를 모조리 멸하고, '학살인형'슬로터돌즈의 레이지라고 불리는 남자를.

바로 지금 그 압도적인 힘을 과시하며 폭식의 왕을 멸한 마왕이 드러누운 채로 눈앞의 잔해를 보고 있었다. 사방에서 압축되어 더는 시체로조차 보이지 않는 것. 과거 '악식'이라고 불리며 두 명의 마왕을 잡아먹은 강대한 마왕, 제블 굴라코스였던 '물건'을.

땅에 누워 있다고 해도 대미지를 입은 것이 아니다. 처음부터 그는 제대로 움직이지도 않았다.

"차이가…… 너무 커."

흘러나오는 말. 뇌의 밑바닥에서 느껴지는 희미한 열, 검은 불꽃이 사고를 불태운다.

있을 수 없는 일이었다. 나도──수천 년의 세월을 계속 싸워왔는데. 학살인형 레이지의 힘은 전혀 다르다. 차원이 다르다.

얼마나 떨어져 있는지도 모르겠다. 하지만 따라잡지 못할 정도로 멀리 있다는 것만은 알 수 있다.

마치 하늘에 떠 있는 달을 보고 있는 것처럼.

악마의 심장──가슴의 혼핵이 크게 맥동했다.

"킥킥킥, 왜 그러지? 괜찮은 거야?"

말을 걸어오고 나서야 자신의 의식이 허술해졌다는 것을 깨달았다.

손바닥이 지긋이 아프다. 어느새 힘을 주고 있었던 건지, 피부를 뚫은 손톱 사이로 진득한 어둠 같은 시커먼 피가 물방울처럼 맺혀 뚝뚝 바닥에 떨어지고 있었다.

어째선지 전혀 현실감이 없다. 꿈이라도 꾸고 있는 기분 그대로, 자신의 몸에서 흘러나온 그것을 옷으로 닦았다.

검은색을 기조로 한 외투라 핏자국은 거의 눈에 띄지 않는다.

"……쳇, 먹혀 버린 보구랑 비교하면 수지가 하나도 맞지 않는구먼."

데지가 바닥에 꽂힌 초승달 칼을 앞에 두고 한숨을 쉬었다. 제블이 제일 처음에 사용했던 것이다. 그는 보구의 수집을 욕망의 대상으로 삼은 악마다. 나에게는 전부 같은 것으로 보이지만, 데지는 확실하게 질의 차이를 알 수 있을 것이다.

　모으고 모은 무구를 모조리 먹힌 그가 가장 큰 피해자일지도 모른다. 당연히 목숨까지 먹힌 그 부하들과 비교하면 훨씬 낫겠지만.

　투덜투덜 불평하며 그것을 손에 든 데지는, 조금 전까지 절망적인 전장에 있었음에도 전혀 평소와 차이가 없다.

　그 정신적인 강함이, 나에게는 없는 강함이 질투가 난다. 나는 패배를 잊을 수 없다. 이 몸으로 겪은 상처의 아픔과 그 굴욕도.

　어느샌가 뺨에 느껴지는 액체를 손으로 닦았다. 액체는 진홍색을 띠고 있었다.

　"레이지 님?! 잠깐……! 이런 곳에서 잠들지 마시죠?! 어떻게 돌아가려는 겁니까!!"

　리제 블러드크로스가 필사적으로 바닥에 누워 있는 마왕을 흔들었다.

　그 눈꺼풀은 아직 간신히 열려 있지만, 완전히 닫히는 것도 시간문제겠지.

　갑자기 나타난 것에는 놀랐다. 아마도 레이지 님의 스킬 중 한 가지겠지. 순식간에 자유자재로 이동할 수 있다면, 그 편리성은 전술적인 의미에서도 지극히 높다. 실로 하늘마저 끌어내릴 스킬이다.

　처음 영침전에 파견되어 왔을 때와 비교해 상당히 거칠어진 손놀림으로 거침없이 마왕을 때리는 그 모습은 지독히 우스꽝스러웠고, 그 압도적인 힘을 보고서도 아직 그런 태도를 취할 수 있다는 사실이 그저――부럽다.

"……어이, 우리도 데리고 가 주지 않으면 안 돼. 비룡은 이미 도망쳐 버렸으니 말이야……."

제블의 마력에 겁을 먹은 것인지, 이곳에 올 때까지 타고 왔던 비룡은 이미 사라진 상태였다.

암옥의 땅은 인접한 적옥(赤獄)이나 염옥(炎獄)의 땅과 비교해도 훨씬 넓다. 자신의 다리로 귀환하기에는 시간이 지나치게 걸린다.

"어이, 뭘 멍하니 있어. 가자고."

데지가 내 손을 잡아끌었다. 그러는 사이에도 나는 계속 홀로 기억을 떠올리고 있었다.

과거 아직 암옥의 땅에, 영침전에 막 왔던 시절에 항상 느끼고 있던 감정.

어째서, 왜, 나는 이곳에 있는 것인가.

그리고 어째서――아직 무엇 하나 얻지 못한 것인가.

계속 그 답을 찾고 있으나, 아직 얻지 못했다.

마왕은 무릎 꿇은 우리에게 한마디도 하지 않고 그대로 눈을 감았다.

그것은 실로, 안중에 없다는 것.

상기한다.

용의 날개로 몇 시간이 걸리는 거리를 순식간에 제로로 만드는, 지극히 유용한 이동 능력.

제블을 다가오지 못하게 했던, 눈에 보이지 않는 정체 불명의 공격. 주위 일대를 무릎 꿇게 만든 중력을 높이는 묘기.

그 모두가 이제까지 몇천 년이나 레이지 님을 모셨던 내가 모르는 것들이었다.

아니, 몇천 년 동안──나는 한 번도 레이지 님의 싸움을 본 적이 없었던 것이다.

계속 생각하고 있었다. 착각하고 있었다. 레이지 님은 싸움을 싫어하는 왕이라고. 강력한 인형은 만들 수 있어도 자신은 싸울 수 없다고.

침소에서도 좀처럼 나오지 않는 타락의 왕. 그렇기에 우리 부하 3군이 그분을 대신해 그 위광을 보여야만 한다고.

생각하고 있었다. 생각하고 싶었던 것일지도 모른다. 우리가 ──도움이 되고 있다고.

하지만 그런 일이 있을 리가 없다. 마왕이 약하다? 말도 안 된다. 생각할 가치도 없다.

악마의 힘이란 즉, 자기 욕망의 현현.

욕구는 악마를 강하게 한다. 수천 년 동안 당연한 것처럼 자기 방에 틀어박혀 있던 남자.

나태를 추구하는 그 갈망은 틀림없이, 누구보다도 강하고, 틀림없이──.

──그렇기에 그 마왕에게 패배는 없다.

그 남자에게 군대 따위는 필요 없다.

일기당천. 거리도 물량도 그 힘 앞에—— 무력하다.

천을 넘는 데지의 군세를 단 혼자서 먹어 치웠던 마왕. 그것을 단 세 개의 스킬로 분쇄한 우리 주인에게…… 우리가 무엇을 할 수 있을까.

깊은 잠에 빠지는 것을 지켜보고 침실을 나왔다.

마왕님이 오지 않았다면 나도 데지도 전부 먹혀 죽었을 것이다.

우리 뒤를 이어 리제 블러드크로스가 나오고, 감정을 담아 조금 큰 소리를 내며 문을 닫았다.

카논 님 직속인 검은 사도의 일원은 엘리트 악마다. 레이지 님이 카논 님에게 있어 일종의 특별한 의미를 지니고 있다는 것은 알고 있었다. 그런 이유로 레이지 님에게 파견되어 온 그녀는 정말로 우수하다.

우리가 전혀 생각도 못 했던 마왕님의 소환이라는 큰 역할을 해내다니, 대체 무엇을 대가로 삼았을지 상상도 되지 않는다. 리제 본인은 전투에서는 아무런 도움도 되지 않았지만, 분하게도 우리 역시—— 마찬가지다.

문이 닫혀 있는 것을 다시 한번 확인한 리제가 크게 등을 뻗었다. 그 얼굴색에는 확연하게 피로가 번져 있어, 농담으로라도 좋다고는 할 수 없었다. 그녀도 스트레스가 쌓여 있을 것이다. 분노의 악마와 나태의 악마는 성격상 상당히 상성이 나쁘다.

"후우……. 그럼…… 카논 님께…… 보고를 해야지……."

"……잠깐."

그 등을 뒤에서 뻗어온 팔이 붙잡았다.

문밖에서 대기하고 있던 두 명의 소녀.

로나와 히이로. 색욕과 오만을 담당하는 악마. 내가 이곳에 오기 훨씬 전부터 레이지 님을 모시고 있던 악마 자매다.

리제의 어깨를 아무렇게나 붙잡은 것은 언니 쪽이었다. 레이지 님을 돌봐 주는 일을 전부 담당하는 집사장 같은 위치에 있는 소녀. 레이지 님에게 전력의 핵심, 군의 우두머리가 총사령관인 하드 로더라면, 레이지 님의 사생활을 전담하는 자가 바로 이 로나라는 소녀다.

요리도 청소도 빨래도―― 그리고 옷 갈아입기나 물 떠다 주기까지, 성 전체는 몰라도 레이지 님에 대해서는 모든 것을 맡고 있다. 그것 때문에 리제에게 한 번 불타 죽은 적이 있지만 자세를 바꾸지 않는, 존경해야 마땅한 무시무시한 영혼과 충성심의 소유자다.

누구보다도 곁에서 레이지 님을 모시면서 결코 무엇도 주장하지 않았던 소녀가 리제의 어깨를 붙잡고 있다.

손쉽게 부러질 것만 같은 섬세한 몸. 투쟁심은 조금도 찾아볼 수 없이 살짝 처진 온화한 눈매와 맑은 푸른 눈. 기능적인 에이프런의 가슴 부분을 밀어 올리는 가슴팍만이 그녀의 색욕에 어울리게 솟아올라 있다.

분홍색 입술이 당장에라도 사라질 것만 같은 작은 목소리를 자아낸다. 그 음색은 남자라면 누구라도―― 아니, 남자가 아니더라도 매혹될 정도로 가련하다.

로나는 근위병인 나보다도 훨씬 레이지 님의 곁에 있다. 그러니까 리제와 면식이 있어도 이상하지 않지만, 어느새 레이지 님을 빼고 대화를 나눌 정도로 사이가 좋아졌던 것일까.

　"……저기…… 리제……."

　"……."

　무심코 두 사람을 보고 있으니, 로나의 시선을 정면으로 받은 리제 쪽이 눈을 피했다.

　대체 어떻게 된 것일까. 난처한 표정이 확실하게 보인다.

　"……리제?"

　"……자, 자 그럼, 카논 님께…… 보고서를……."

　눈을 피한 채로 떠나려 하는 리제의 어깨를 로나가 눈이 번쩍 뜨일 민첩함으로 붙잡았다.

　완전히 리제가 호흡하는 간격을 읽고 있었다. 아무런 전조도 없는 일격. 장군급 악마일 터인 리제가 피할 기색조차 보이지 못하고 붙잡히다니. 그녀는 틀림없이…… 전사의 재능이 있다.

　나와 함께 나온 데지가 입을 떡 벌리고 그 모습을 보고 있었다. 항상 탐욕에 가득 차 있는 여섯 개의 눈이 그 갈망을 잊고 두 사람을 쫓고 있다.

　리제의 표정은 살짝 핼쑥해져 있었다. 화를 내는 것이 아닌 다른 이유로 그 입가가 움찔거린다. 설마 자신이 붙잡힐 줄은 생각하지 못했겠지. 너무 방심…… 아니, 로나를 너무 얕봤다.

　내가 이곳에 왔을 때에는 이미 레이지 님을 모시고 있던 로나. 그녀가 새기고 있는 시간은—— 리제는 물론이고 틀림없이 나보다도 훨씬 길다.

색욕이 그 힘을 필요 이상으로 발휘할 기회는…… 대체로 상상이 된다.

……이상하다고 생각했다. 아무리 계속 감시하고 있다고는 해도 아직 레이지 님을 모신 날이 얼마 되지 않는 리제가 나태의 왕을 움직일 수 있을 리가 없다. 레이지 님의 갈망은 그런 어설픈 것이 아니다.

그 답이── 금발에 푸른 눈, 몇천 년 동안 레이지 님을 계속 돌봐 온, 틀림없이 레이지 님과 가장 가까운 소녀.

리제는 아마도 로나와의 교섭을 위해 색욕 상대로 절대로 꺼내서는 안 되는 카드를 내밀고 말았을 것이다. 로나는 레이지 님을 대단히 능숙하게 다룰 줄 안다. 물론 그 정도로 어떻게 할 수 있을 만큼 마왕님은 무르지 않지만, 이번에는 틀림없이 레이지 님을 움직일 수 있을 효과적인 수단이 있었을 것이다.

보통이 아닌 분위기인 리제와 로나를 보고 데지가 검지로 뺨을 긁적였다.

"뭐, 뭘 하는 거야……. 저 아가씨들은……."

"쿡쿡쿡. 언니 대단히 기대하고 있었으니까요……. 떠난 뒤에도 계속 안절부절못하면서 기분 좋게 콧노래 같은 걸 부르며──으극."

로나의 왼팔이 뱀처럼 기괴하게 움직여 히이로의 목덜미를 잡았다.

오른손으로 리제의 어깨를 잡고 있는데, 믿을 수 없을 정도로 스무스한 움직임. 더할 나위 없는 속도와 지독하게 파악하기 어려운 궤도. 그리고 아무리 그래도 여동생을 상대로 놀라울 정도로 주저하지 않는 모습. 그럴 리가 없지만── 마치 오랜 세월 숙달된 기술처럼 보였다. 무슨 권법이야.

이렇게까지 해 놓고 뭐가 부끄러운 건지 로나의 뺨이 살짝 상기되어 있다.

데지가 감탄했다는 듯이 한숨을 쉬었다.

"……기술의 날카로움이 장난 아니야. 내 군에 넣고 싶을 정도야."

"분명…… 넣더라도 저 정도까지 날카로운 기술이 나오진 않을 거라고 생각해……."

그것은 데지도 알고 있겠지. 왜냐면 데지는…… 나보다도 훨씬 오랜 세월, 전장에서 살고 있었으니까.

호흡기를 압박당한 히이로는 얼굴색이 점점 파랗게 질려갔다.

자신과 거의 차이가 없는 신장의 소녀를 팔 하나로 들어 올리는 모습은 옆에서 보기에도 무시무시하다.

이것이 '본래'의 색욕. 애욕이 연관된 일이라면, 그 가느다란 몸에 감춰진 혼핵이라는 내연기관은 색욕의 악마에게 자비나 주저도 없이 폭발적인 힘을 부여해 준다.

로나는 악마였다. 얼핏 온화하게 보이는 기질은 겉모습에 지나지 않는다. 전장에 서지 않는 것은 그녀가 담당하는 색욕의 대상이…… 무시무시하게도 자신의 주인에게 향하고 있기 때문이다. 그것은 오랜 세월 옆에서 보고 있으면 자연스럽게 알게 되는 사실로, 그래서 나는──.

자신이 무의식중에 입술을 핥고 있다는 것을 깨달았다. 마치 입맛을 다시는 것처럼.

내뱉은 숨에는 말이 섞여 있었다.

"──부러워."

"어이어이, 어떻게 저런 움직임이── 응? 뭔가 말했어?"

"아무것도…… 아니야."

후회한다. 어느샌가 감정을 말로 옮기고 있었다.

데지에게는 정말로 들리지 않았을까, 아니면── 들렸지만 들리지 않은 척을 해 줬을까.

로나의 손이 순간적으로 두 사람을 놓고, 두 사람이 숨을 내쉰 그 약간의 틈에 다시금 번개처럼 움직였다. 전사인 내 눈에도 잔상밖에 보이지 않는다. 비정상적인 가속과 신기한 솜씨.

데지가 신음했다. 타고난 군인을 신음하게 하다니, 이 여자는 어떻게 되먹은 거지? 정말로 비전투원인가?!

계속 그녀를 봐 왔을 터인 나로서도── 이곳에 처음 왔을 당시에 신세까지 졌던 나로서도, 살짝 자신이 없어질 정도로 숙달된 움직임.

갑작스러운 충격에 두 사람이 펄쩍 뛰었다.

"으아?!"

"꺅?!"

"……두 사람 다, 이야기를 나누도록 할까요. 아무래도 서로 인식의 차이가 있는 모양이고, 레이지 님께 폐가 되니까, 다른 방에서 천천히———."

온화한 목소리. 성모 같은 미소로, 양손에 쥔 두 사람의 꼬리를 들어 올려 보였다.

악마에게 꼬리란 천사의 날개와 마찬가지로—— 긍지이자 상징이다. 그러니까 여성 악마는 특히 꼬리의 손질을 빼먹지 않는다. ……구애에도 사용한다. 그래서 없애는 것도 가능하지만, 대부분의 악마는 일상 생활에서 꼬리를 없애지 않는다.

급소를 잡힌 리제와 히이로의 표정이 확연하게 창백해졌다.

나도 모르게 반사적으로 자신의 꼬리를 감췄다. 잡아당긴다고 쉽게 끊어지는 건 아니지만…… 지독한 짓이다.

로나가 마치 천박한 모습이라도 보였다는 듯이 뺨을 붉히고, 나와 데지 쪽을 돌아보며 살짝 머리를 숙여 보였다.

음색은 온화한데, 어째선지 위압감 같은 무언가가 느껴진다.

묻지 않아도 알 수 있다. 눈이 말하고 있었다. 여기서 일어난 일을 누구에게도 말하지 말라고.

"……제블의 토멸, 고생하셨어요. 저는 이 아이들과 할 이야기가 있어서요."

"그, 그래……."

"……다녀오도록 해."

그것밖에 말할 수 없다. 내가 피해자가 아니었다는 행운을 곱씹을 뿐이다.

데지도 마찬가지인지, 내뱉은 것은 한마디뿐…….

두 사람의 꼬리를 잡고서 끌고 가듯 통로 모퉁이로 사라지는

로나. 누군가에게 보였다가는── 그냥 부끄러운 정도의 일이
아니다.

"잠깐……. 잡아당기지 마. 하지 마! 어, 어쩔 수 없었어! 레이
지 님이, 갑자기 날려 대는 바람에 영사결정을 준비할 틈도 없어
서──!"

"죄송해요, 언니──! 하지만 저는, 관계없──!"

"꼬리…… 어떻게 되더라도 괜찮아?"

"?!"

지금 거울을 보면 내 표정은 아주 굳어 있겠지.

무표정하다든지 무뚝뚝하다든지 뒷말을 듣고 있는 것은 알고
있지만…… 아무리 그래도 저건 좀 '아니다'.

"……킥킥킥, 뭔지 모르겠지만, 큰일이구면."

"……응."

이것저것 있을 것이다. 하지만 이제부터 큰일인 건 이쪽도 마
찬가지다.

가슴 안쪽에서 응어리지는 감정을 마음 깊숙한 곳으로 밀어 넣
는다. 깊은 심호흡을 했다.

로나의 행동은 리제나 히이로에게 재난이었겠지만, 나에게는
좋은 방향으로 작용해 주었다.

가볍게 팔과 어깨를 움직이고, 굳어 있던 근육을 풀었다.

몸이 무겁다. 마력도 텅 비어 있다. 옷도 먹혀서 데지에게 빌린
외투가 피부를 가려 주고는 있지만 너덜너덜하다. 데지도 마찬
가지로 아무렇지 않은 척하긴 해도 피로를 감추지는 못하고 있

다. 몇 시간에 걸쳐 마왕과 상대한 일은 육체에도 정신에도 깊은 피로를 남겨 주었다.

누가 보더라도 패잔병이고—— 그것은 '사실'이다. 제블 굴라코스를 토멸한 것은 우리가 아니라—— 레이지 님.

우리는 결국 시간 벌이밖에 할 수 없었다. 그것도 상대가 놀았기 때문에 그렇게 된 것이지, 전혀 위협이 되지 못했다.

결과적으로 데지의 군은 괴멸했고, 우리는 형편없는 상태로 살아 돌아왔다.

안 된다. 아직 쉴 수 없다.

제블과의 전쟁은 이제 막 끝났지만, 지금 쉴 수는 없다.

데지의 눈이 이글이글 반짝인다. 그 입이 일그러진 웃음을 만들고 있었다.

가지런히 늘어선 칼날 같은 이가 그 의지를 드러내듯 흔들리고 있었다.

레이지 슬로터돌즈의 군세는 정강하고, 일기당천이다.

모든 마왕의 군을 쳐부수고 온갖 전공을 세워, 나태의 왕 본인이 나설 것도 없이 그 지위를 제3위까지 끌어 올렸다.

악마라는 종은 절대 수가 많지 않음에도, 악마만으로 구성된 그 군의 총수는 만을 넘는다.

가장 구성 인원수가 많고, 전쟁에서 공수의 핵심인 제1군.

가장 구성 인원수가 적고, 레이지 님의 수호 및 성의 경비를 담당하는, 내가 이끄는 제2군.

중간 인원수를 보유하고, 높은 기동력과 공격력을 살려 대규모 전시 상황에 유격과 선발을 담당하는, 데지가 이끄는 제3군.

단 한 번의 패배도 용납하지 않는, 레이지 슬로터돌즈의 무적의 군세.

그리고 그것을 이룩한 중심인물.

위대한 악마의 왕인 나태의 레이지를 대신해, 그 군을 움직여 모든 적대종을 제거하는 악마.

레이지 군 총사령관이자, 레이지 님 다음 가는 힘을 지닌 악마. '오만독존' 하드 로더.

오만의 갈망을 품고, 그러면서 나태를 모시는 희귀한 남자.

누구보다도 먼저 레이지 님을 모시고, 누구보다도 많은 공적을 쌓아온 남자.

가혹할 정도로 무적. 비정상적일 정도로 강함에 집착하고 승리를 갈망한다.

레이지 님과의 대비는 빛과 그림자 같고, 이 군에 있어서 누구보다도 두려움을 받고 있는 전쟁광이다.

그 남자에게 변명은 통하지 않는다. 군은 무패여야만 한다. 따라서 부하 악마는 무적이어야만 한다. 특히 그것이 세 명밖에 존재하지 않는 장군이라면 더욱 더.

뇌리에 떠오른 것은 레이지 님과 같은 칠흑의 머리카락에 어둠색 눈. 그리고 레이지 님과 정반대로 뽑아 든 칼 같은 냉철한 의지와 한없이 높은 전투 본능.

오싹오싹한 오한을 그저 아무렇지 않게 받아들이고, 데지를 올려다봤다.

"……데지."

"킥킥킥, 정말로 하드한 이야기야……. 악식 다음에는 오만독 존인가……."

몇천 년을 함께 해 왔기에 알고 있다. 그 남자에게 동료 의식 같은 것은 존재하지 않음을.

원하는 것은 승리. 존재하는 것은 끊임없는 강함을 향한 굶주림과 레이지 님에 대한…… '충성'.

마왕에는 마왕을 맞붙이는 것이 정석이다. 그것이 '일반적인 군'이었다면.

하드 로더의—— 레이지 슬로터돌즈의 군에 패배는 용납되지 않는다.

귀를 기울였다. 히이로의 울음소리도 리제의 비명도 지금은 들리지 않는다.

영침전은 조용하다. 그 주인과 마찬가지로 아직 잠들어 있다.

하지만 예감이 느껴졌다. 상황이 변한다. 있어서는 안 됐던 군의 패배에 의해. 있어서는 안 됐던 마왕이 나선다는 비상사태에 의해.

오만의 악마는—— 그 긍지에 흠집이 생기는 것을 몹시 싫어한다.

그것을 알면서도, 데지는 웃고 있었다. 마치 악마처럼.

"킥킥킥, 총사령관님의 온정을 기대할 수밖에 없겠구먼."

"……."

오만독존의 하드 로더.

악마가 지닌 일곱 개의 스킬 체계 중 최강으로 일컬어지는 오만을 담당하는 악마이자, 한없이 오랜 시간 동안 나태의 왕을 모셨던 장군급 악마.

그리고—— 가장 마왕에 가깝다고 일컬어지는 악마다.

To be continued.

Skill Tree

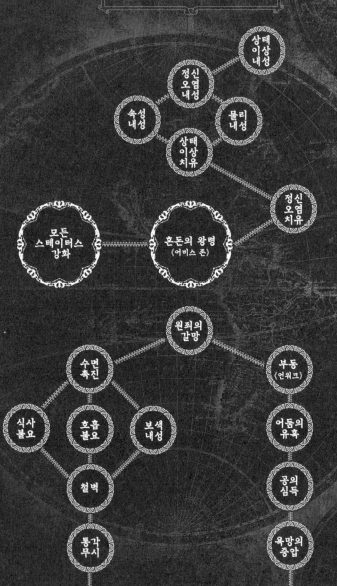

ACEDIA《나태》

- 상태이상내성
- 정신오염내성
- 속성내성
- 물리내성
- 상태이상치유
- 정신오염치유
- 모든 스테이터스 강화
- 혼돈의 왕령 〈어비스 존〉
- 원죄의 갈망
- 수면촉진
- 부동 〈언워크〉
- 식사불요
- 호흡불요
- 보색내성
- 어둠의 유혹
- 철벽
- 공의 심득
- 통각무시
- 욕망의 중압

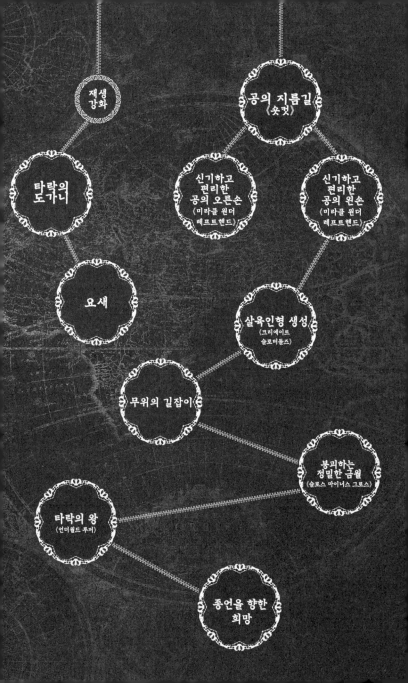

AVARITIA 《 탐욕 》

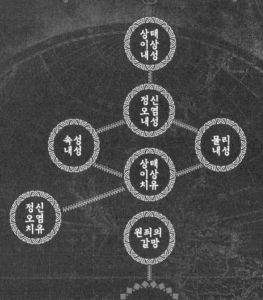

상태
이상
내성

정신
오염
내성

속성
내성

물리
내성

상태
이상
치유

정신
오염
치유

원죄의
갈망

찬탈
《스틸 룰러》

육구의 유혹

탐욕의 창고
《빅 포켓》

탐욕의 손
《그리드 핸드》

욕망의 궁전
《액티브 팰리스》

LUXURIA 《색욕》

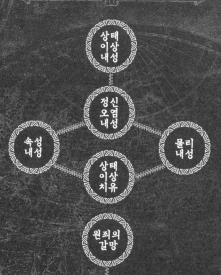

상상 이상 내성

정신 오염 내성

속성 내성

물리 내성

상태 이상 치유

원죄의 갈망

모방
《이미테이트》

복제의 거울

엿보기 구멍
《어나더 사이트》

선망의 손
《엔비 핸드》

분장환무

GULA 《폭식》

상태이상내성

정신오염내성

속성내성 · 상태이상치유 · 물리내성

정신오염치유

혼돈의 왕령
《어비스 존》

모든 스테이터스 강화 · 마왕의 눈
《이빌 아이》

원죄의 갈망 · 기아의 파동

식욕촉진 · 포식자

나락의 식탐 · 만물을 먹는 자
《월드 이터》

기아의 야망

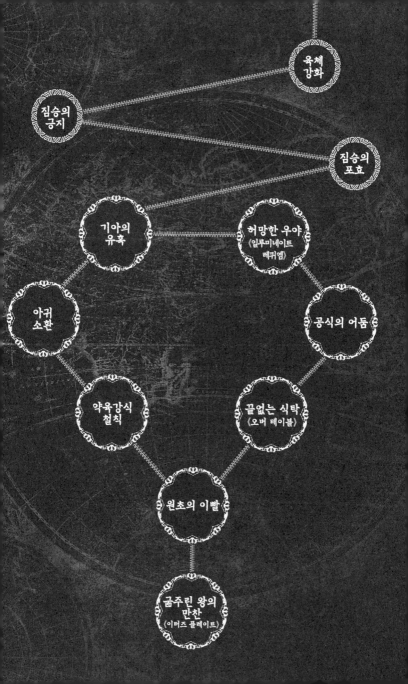

IRA 《분노》

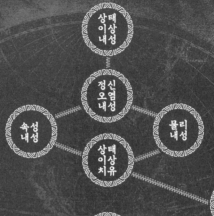

상태
이상
내성

정신
오염
내성

속성
내성

물리
내성

상태
이상
치유

정신
오염
치유

원죄의
갈망

그을리는 불

불타는 혈류
《블러드 사인》

망각의 불꽃

노여움의 화살
《앵그리 애로우즈》

분노의 화염
《레이지 플레임》

후기

우선, 이번에 본 작품을 구입해 주셔서 정말로 감사드립니다.

처음 보시는 분은 처음 뵙겠습니다, Web판부터 보시던 독자님은 서적 쪽에서도 만날 수 있어서 황공하기 그지없습니다. 본 작품 '타락의 왕'으로 데뷔하게 된 츠키카게라고 합니다. 잘 부탁드리겠습니다.

저자 소개란에서도 썼습니다만, 본 작품은 원래 소설 투고 사이트 '소설가가 되자'에 게시되었던 작품입니다. 다수의 독자여러분께 응원을 받은 결과, 패미통 문고님께서 거두어 주셔서 이번에 출판을 하게 되었습니다. 조금이라도 많은 분께서 즐겨주시면 좋겠다고 생각해 게시했던 소설이 Web이라는 모체 밖으로 나와 많은 분께서 읽어 주실 수 있게 되다니, 작가로서 기대이상의 행운이라고 느끼고 있습니다.

Web판에서부터 응원해 주셨던 분도, 일러스트를 그려 주신 에렉트 사와루 님의 표지에 이끌려 구매해 주신 분들도, 조금이라도 즐겨 주신다면 기쁘겠습니다.

그럼, 본 작품에 대해 가볍게 설명을 드리겠습니다. 인터넷 연재판 '줄거리'에는 다음처럼 쓰여 있습니다.

정신을 차리고 보니 이세계에 환생해 있었다.

잠만 자다 보니 어느새 바라지도 않았던 마왕이 되어 있었다.

일하지 않아도 된다니, 이 세계는 최고다. 틀림없이 평소의 행실이 좋았기 때문이겠지.

나태의 맛은 꿀맛. 영광, 근면, 정숙, 명예 따윈 흥미도 없다.

타락의 왕이란 다름 아닌——나를 말한다.

내용은 줄거리 그대로입니다만, 가볍게 설명하자면 아무것도 하지 않는 것을 최고로 여기는 주인공이 나태를 담당하는 악마로 환생해, 잠만 퍼질러 자는 주인공 주변에서 주위 인물들이 시끌벅적한 이야기입니다. 주인공은 아무튼 나태한지라 거의 움직이지 않습니다. 입버릇은 '귀찮아'입니다. 이래서 괜찮으려나?

마지막으로, 이 자리를 빌어 신세를 진 여러분께 감사 인사를.

패미통 문고 편집부 여러분 및 출판하는 데 있어 조력해 주신 여러분. 아무것도 모르는 제가 많은 폐를 끼쳐 드렸던 담당이신 토츠카 님. 작가의 이미지 이상으로 어울리고 훌륭한 일러스트를 그려 주셨던 에렉트 사와루 님, 그리고 무엇보다 이 책을 구매해 주신 여러분과 Web에서 연재하던 당시부터 오랫동안 응원해 주셨던 독자 여러분께 깊은 감사를 드립니다.

츠키카게

타락의 왕 1

2023년 11월 25일 제1판 인쇄
2023년 12월 01일 제1판 발행

지음 츠키카게
일러스트 에렉트 사와루

발행 영상출판미디어(주)
등록번호 제 2002-000003호
주소 07551 서울특별시 강서구 양천로 570 NH서울타워 19층
대표전화 02-2013-5665

ISBN 979-11-380-4137-9
ISBN 979-11-380-4136-2 (세트)

DARAKU NO OU Volume1
ⓒTsukikage 2016
First published in Japan in 2016 by KADOKAWA CORPORATION ENTERBRAIN
Korean translation rights arranged with KADOKAWA CORPORATION ENTERBRAIN

노블엔진(NOVEL ENGINE)은 영상출판미디어(주)의 라이트노벨 및 관련서적 브랜드입니다.

제15회 MF문고J 라이트노벨 신인상 《최우수상》 수상
2021년 7월 TV 애니메이션 방영작! 시즌 2 제작 결정!

탐정은 이미 죽었다

1~8

◆

애니메이션 방영작

고등학교 3학년인 나, 키미즈카 키미히코는 한때 명탐정의 조수였다.

──"너, 내 조수가 되어줘."

시작은 4년 전, 지상 1만 미터 위의 상공. 하이재킹을 당한 비행기 안에서 나는 천사 같은 탐정 시에스타의 조수로 선택되었다.

그로부터 3년, 우리는 눈부신 모험극을 펼쳤고── 죽음으로써 헤어졌다. 홀로 살아남은 나는 일상이라는 이름의 현실에 빠져 안주하고 있었다. ……그걸로 괜찮냐고?

괜찮고말고

다른 사람에게 피해를 주는 것도 아니니까.

그렇잖아? 탐정은 이미, 죽었으니까.

 니고 쥬우 지음 | 우미보즈 일러스트 | 2023년 12월 제8권 출간
청춘의 상상, 시동을 걸어라!

과거의 영웅은 현재의 미소녀?
영웅의 딸로 환생해 시작하는 새로운 영웅담, 개막!!

영웅의 딸로 환생한 영웅은 다시 영웅을 꿈꾼다

1~3

'검은 깃털의 암살자'로 불리는 자이자, 사룡으로부터 세상을 구한 여섯 영웅의 일원. 그리고 마신과의 싸움에서 목숨을 잃은 '레이드'는 놀랍게도 동료 부부의 딸 '니콜'로 태어나 새로운 생을 얻었다──?!

전생의 기억을 지닌 탓에 젖도 제대로 빨지 못해 허약한 미소녀로 성장하는 니콜=레이드. 하지만 옛 동료인 용사와 성녀의 딸이라면 누구보다도 강해질 수 있다!

전생의 경험과 부모에게 물려받은 재능으로, 마침내 원하던 마법검사가 되고, 다시금 영웅이 되어 보겠습니다!

카부라기 하루카 지음 | 아키타 히카 일러스트 | 2023년 10월 제3권 출간
청춘의 상상, 시동을 걸어라!

팔리다 남은 떨거지 스킬로, 『외톨이』는
이세계에서 치트를 넘어선 최강의 길을 걷는다──.

외톨이의 이세계 공략

1~2

학교에서 '외톨이'로 보내던 하루카는 어느 날 갑자기 반 아이들과 함께 이세계로 소환된다. 이세계 소환의 정석인 '치트 스킬'을 얻을 수 있다고 생각했으나── 스킬 선택권은 선착순, 그것도 반 아이들이 다 가져간 상태?!

아무도 안 가져간 떨거지 스킬, 그리고 『외톨이』 스킬의 효과로 인해 파티도 못 들어가 고독한 모험에 나설 수밖에 없게 된 하루카.

그러던 중에 반 친구들의 위기를 알게 되고, 치트에 의존하지 않으며 치트를 넘어서는 이단적인 최강의 길을 걷기 시작하는데──.

최강 외톨이의 이세계 공략 이야기, 개막!

고지 쇼지 지음 │ 부-타 일러스트 │ 2023년 11월 제2권 출간
청춘의 상상,시동을 걸어라!